Hermann Weinhauer

Imperium Germanicum – Alternativweltgeschichte Zweiter Weltkrieg Band 2

Blutmühle Rostow

EK-2 Militär

Verpassen Sie keine Neuerscheinung mehr!

Tragen Sie sich in den Newsletter von *EK-2 Militär* ein, um über aktuelle Angebote und Neuerscheinungen informiert zu werden und an exklusiven Leser-Aktionen teilzunehmen.

Als besonderes Dankeschön erhalten Sie **kostenlos** das E-Book »Die Weltenkrieg Saga« von Tom Zola.

Deutsche Panzertechnik trifft außerirdischen Zorn in diesem fesselnden Action-Spektakel!

Ihre Zufriedenheit ist unser Ziel!

Liebe Leser, liebe Leserinnen,

zunächst möchten wir uns herzlich bei Ihnen dafür bedanken, dass Sie dieses Buch erworben haben. Wir sind ein kleines Familienunternehmen aus Duisburg und freuen uns riesig über jeden einzelnen Verkauf!

Mit unserem Label *EK-2 Militär* möchten wir militärische und militärgeschichtliche Themen sichtbarer machen und Leserinnen und Leser begeistern.

Vor allem aber möchten wir, dass jedes unserer Bücher **<u>Ihnen ein einzigartiges und erfreuliches Leseerlebnis</u>** bietet. Daher liegt uns Ihre Meinung ganz besonders am Herzen!

Wir freuen uns über Ihr Feedback zu unserem Buch. Haben Sie Anmerkungen? Kritik? Bitte lassen Sie es uns wissen. Ihre Rückmeldung ist wertvoll für uns, damit wir in Zukunft noch bessere Bücher für Sie machen können.

Schreiben Sie uns: info@ek2-publishing.com

Nun wünschen wir Ihnen ein angenehmes Leseerlebnis!

Jill & Moni
von
EK-2 Publishing

Das Oberkommando der Wehrmacht gibt bekannt

... Im Süden der Ostfront herrschen weiterhin stärkste Gefechtstätigkeiten der Roten Armee gegen die Kräfte der im Raum Rostow stehenden Verbände der Heeresgruppe B. Der Feind konnte geringe Geländegewinne erzielen, welche jedoch in keinem Verhältnis zu seinen erlittenen Verlusten an Menschen und Material stehen.

Die Heeresgruppe A zieht weiterhin ihre Kräfte in den Raum des Kuban zurück und verstärkt dort gegen harten Widerstand der Bolschewisten den gebildeten Brückenkopf, um für neuerliche Offensivhandlungen bereit zu stehen.

Im Bereich der Heeresgruppe Mitte kommt es weiterhin zu keinen größeren Kampfhandlungen.

Die Heeresgruppe Nord zieht in Stoßtruppunternehmen den Ring um Leningrad immer enger. Die schweren Artillerie-Abteilungen nehmen verstärkt strategisch wichtige Ziele in der Stadt unter Punktfeuer und zerschlagen Produktionsstätten der Bolschewisten.

An der Front in Afrika gehen die schweren Abwehrkämpfe und Absetzbewegungen unserer Truppen unvermindert weiter. Die Kräfte der britischen 8. Armee versuchen unvermindert, die Buerat-Stellung zu durchbrechen. Ihre Bemühungen zerschlagen sich im wütenden Abwehrfeuer deutscher und italienischer Verteidiger.

Die anglo-amerikanischen Streitkräfte werden von deutsch-italienischen Truppen und loyalen französischen Verbänden aufgehalten und abgedrängt.

In der Schlacht im Atlantik kam es zu vereinzelten Gefechten mit gegnerischen Sicherungskräften eines Konvois.

Im Nordmeer wurde ein feindlicher Murmansk-Geleitzug von eigenen Kräften aufgeklärt ...

01. Januar 1943

Früher Morgen, Neue Reichskanzlei, Berlin

In tadelloser Uniform steht Generaladmiral Alfred Saalwächter in der 146 Meter langen Marmorgalerie der Neuen Reichskanzlei, welche noch im Auftrag Adolf Hitlers errichtet worden ist und nun dem neuen Oberhaupt des Großdeutschen Kaiserreiches, Louis Ferdinand I., dient. Dieser, gekleidet in die schwarze Uniform der neu geschaffenen »Kaiserlichen Garde«, die geschmückt ist mit der kaiserlichen Krone auf den Schulterstücken, prescht auf seinen Verbindungsoffizier zum Oberbefehlshaber der Kriegsmarine zu. Trotz der frühen Stunde ist der junge Monarch bereits hellwach. Ohne den Gruß des Admirals abzuwarten, bestürmt er den 59-jährigen Offizier.

»Generaladmiral Saalwächter, haben Sie nun endlich Nachricht von Admiral Dönitz oder Großadmiral Raeder erhalten?«

Den Monarchen grüßend, erwidert Saalwächter beschwichtigend: »Nein, Eure Majestät, es ist weder eine Nachricht vom Oberkommando noch von der Seekriegsleitung eingetroffen. Doch das hat nichts zu heißen. Wir wissen, dass in Norwegen sehr schlechtes Wetter herrscht. Daher kann es gut sein, dass die Verbindung gestört ist.«

Unwirsch winkt der Kaiser ab und meint: »Die Briten posaunen bereits einen großen Seesieg in die Welt hinaus! Haben die etwa anderes Wetter?«

Wieder muss Saalwächter beschwichtigen: »Mein Kaiser, es ist gut möglich, dass die Funkanlage der ›Lützow‹ getroffen wurde, oder dass Admiral Kummetz aus Sicherheitsgründen nicht funkt, bis er sich wieder im Hafen befindet.«

Der junge Kaiser atmet hörbar tief durch, sammelt sich und sagt dann zu seinem Verbindungsoffizier: »Sei es, wie es ist. Ich erwarte unverzüglich zu erfahren, wenn Sie Meldung von der Kampfgruppe ›Kummetz‹ haben. Des Weiteren erwarte ich sowohl Raeder als auch Dönitz morgen zum Rapport! Nun verabschiede ich mich und sehe Sie zum Neujahresempfang unserer ausländischen Freunde wieder.«

01. Januar 1943

Mittag, Neue Reichskanzlei, Berlin

Die geladenen Gäste aus den verbündeten Staaten des Großdeutschen Reiches sowie der neutralen Staaten Europas sind bereits im runden Saal eingetroffen und warten darauf, in den Empfangssaal einzutreten, um am Bankett des Neujahresempfangs für das diplomatische Korps teilzunehmen.

Doch noch spricht der junge Kaiser mit seinem Verbindungsoffizier zur Marine. Saalwächter erstattet ihm in diesem Augenblick Meldung über die Vorkommnisse im Nordmeer. Mit einer Fingerbewegung gibt er einer der Wachen ein Zeichen, die Gäste bereits in die Marmorgalerie eintreten zu lassen.

Geleitet werden sie vom Großdeutschen Reichsaußenminister Konstantin von Neurath, gekleidet in den großen Gesellschaftsanzug und verziert mit der Sonderstufe des Verdienstordens vom Deutschen Adler als Amtsabzeichen.

Der Admiral berichtet soeben dem Kaiser, dass Vizeadmiral Kummetz tatsächlich aus Geheimhaltungsgründen nicht sofort nach dem Gefecht gefunkt habe und dies stattdessen erst nach der sicheren Ankunft getan hätte. Durch atmosphärische Störungen in Norwegen sei es dann auch noch zu Verzögerungen in der Übertragung der Meldungen zur Seekriegsleitung gekommen. Über den Ausgang der Schlacht in der Barentssee berichtete der Admiral, dass die deutsche Kampfgruppe auf englische Sicherungskräfte gestoßen sei, welche die deutschen Schiffe erfolgreich abgedrängt hätten. Es sei zwar gelungen, einen britischen Zerstörer und einen Minenleger zu versenken, doch habe man selbst auch einen Zerstörer eingebüßt. Die »Admiral Hipper« habe einige Treffer erhalten. Alles in allem kein Sieg, aber auch keine eindeutige Niederlage angesichts der Schiffsverluste. Doch anhand der taktischen Vorgaben müsse man doch von einer Niederlage sprechen, da die Handelsschiffe durchgekommen seien.

Ein wenig verwundert fragt der Monarch nun den altgedienten Admiral: »Herr Saalwächter, ich bin weiß Gott kein Marineexperte, doch es kommt mir so vor, als ob Vizeadmiral Kummetz nicht mit genügend Nachdruck an den Feind gegangen ist. Wie kann es sein, dass es zwei schweren Kreuzern samt Zerstörern nicht gelingt, eine relativ schwache britische Deckungsgruppe zu durchbrechen, um wenigstens einige Handelsschiffe zu versenken?«

Verdutzt schaut ihn der Generaladmiral an, ehe er erwidert: »Eure Majestät wissen doch von der Anweisung des Führers, das es unter allen Umständen zu vermeiden ist, mit stärkeren oder auch nur gleichstarken gegnerischen Einheiten in ein Gefecht verwickelt zu werden, um Schiffsverluste zu vermeiden. Aus diesem Grund hat Admiral Kummetz entschieden, das unübersichtlich gewordene Gefecht abzubrechen.«

Nun ist es der Kaiser, welcher ungläubig dreinblickt. Mit gedämpfter Stimme gibt er zurück: »Saalwächter, wie kann man den einen offensiven Tonnagekrieg führen, wenn den Schiffen Fesseln angelegt sind?« Ohne eine Antwort abzuwarten, führt der Kaiser weiter aus: »Natürlich ist es richtig, keine unnötigen Verluste zu riskieren, doch dies grundsätzlich vermeiden zu wollen, ist Unsinn. Zweifellos ist es für das Prestige des Reiches und die Moral des Volkes nicht zuträglich, wenn wir Schiffe verlieren, doch derartig Niederlagen, wie wir nun eine haben, sind auch nicht besser!« Der Kaiser muss sich zu einer ruhigen Stimmlage zwingen. Sich straffend und seine Uniform glattstreichend ergänzt er: »Doch auch dies werde ich mit Raeder und Dönitz zu klären haben.«

Admiral Alfred Saalwächter nickt dem Monarchen zu und zieht sich zurück.

Kaiser Louis Ferdinand I. begibt sich nun zu seiner jungen Frau Kira Kirillowna, geborene Romanowa, der neuen Kaiserin Deutschlands.

Das Kaiserpaar betritt die festlich geschmückte Marmorgalerie, flankiert von zwei Soldaten der Garde, welche ebenso wie der Kaiser selbst eine schlichte und doch elegante schwarze Uniform mit weißem Koppelzeug tragen. An der Uniform der beiden Soldaten sind das »Eiserne Kreuze Zweiter« und »Erster Klasse« zu sehen, ein Soldat trägt zudem das »Verwundetenabzeichen in Schwarz«, der zweite Soldat verfügt neben dem Band des »Eisernen Kreuzes Zweiter Klasse« auch über das Band der »Medaille Winterschlacht im Osten« und das »Infanteriesturmabzeichen« Der ganze Habitus der beiden Männer macht dem Beobachter unmissverständlich klar, dass es sich um im Feuer gestählte Frontkämpfer handelt.

Die Uniform des Kaisers wird geschmückt vom »Flugzeugführerabzeichen«, der »Sonderstufe des Verdienstordens vom Deutschen Adler« und dem »Schwarzen Adlerorden«

Als sie in den Saal eintreten, erheben sich die Abgesandten und Botschafter Japans, Italiens, Ungarns, Rumäniens, der Slowakei, Bulgariens, Kroatiens, Finnlands, Spaniens, Portugals und auch der Schweiz, Schwedens, Vichy-Frankreichs, des Königreichs Dänemark und des Vatikanstaates. Erhaben begibt sich das Paar zu seinen Plätzen. Dort angekommen, erhebt der Kaiser seine Hand und spricht feierlich zur Begrüßung der Gäste: »Meine verehrten Gäste, liebe Freunde, Würdenträger … es erfüllt mich mit Stolz und Freude, wenn ich Sie hier und heute in diesen schweren Zeiten begrüßen darf. Wie Sie alle Wissen, habe ich mich entschieden, nach dem Tod des Führers die Amtsgeschäfte der Reichsregierung zu übernehmen. Ich habe, als erste Amtshandlung, ein Friedensangebot an die kriegführenden Mächte gesandt. Leider wurde mir mit Gewalt geantwortet. Nichtsdestotrotz mussten in den letzten Tagen sowohl die Sowjetunion als auch die westlichen Alliierten schmerzlich erfahren, dass dieses Angebot keineswegs aus einer vermeintlichen Schwäche heraus gemacht wurde, sondern aus dem Wunsch nach Frieden zwischen den Völkern. Die erfolgreiche Befreiung und Herauslösung der 6. Armee aus der Festung Stalingrad und die überaus ruhmreiche Operation »Hermann« unserer Luftwaffe haben gezeigt, dass das Reich und seine Verbündeten sowohl zu Lande als auch in der Luft weiterhin der Machtfaktor in Europa sind. Und auch wenn die letzte Seeschlacht im Nordmeer nicht siegreich für uns ausgefallen sein mag, so kann man dennoch nicht von einem beispiellosen Seesieg der Briten sprechen, wie es die alliierte Propaganda so gern verlautbaren lässt. Schon allein die Tatsache, dass sich die Anglo-Amerikaner einer so billigen Propaganda bedienen müssen, zeigt, dass sie sich für keine schändliche Lüge zu schade sind.

In Wahrheit haben wir die Schlacht aus freien Stücken abgebrochen, um Mensch und Material zu schonen.

Letztendlich werden die Feinde der Achse erkennen müssen, dass das Großdeutsche Kaiserreich und seine Verbündeten den Sieg davontragen werden!

Nun jedoch wünsche ich Ihnen einen angenehmen Aufenthalt und es würde mich freuen, mit dem einen oder anderen ein persönliches Wort wechseln zu können.

Es lebe Großdeutschland; es lebe Europa!«

Als der Kaiser mit seiner Ansprache endet, erheben die Diplomaten und Würdenträger die Gläser und es erschallt ein: »Es lebe Europa; es lebe Großdeutschland!«

Nun beginnt gemäß Protokoll der gesellschaftliche Teil, ein festliches Mahl, ehe es dazu übergeht, einige rechtliche Dinge mit dem neuen Staatsoberhaupt Großdeutschlands zu klären.

Nachdem das reichhaltige Mahl beendet und alle weiteren protokollarischen Notwendigkeiten erledigt sind, zieht der Kaiser die Vertreter seines wichtigsten Verbündeten ins Gespräch. Der italienische Außenminister Graf Ciano wartet bereits ungeduldig darauf, dass der deutsche Kaiser Zeit für ihn findet. In einer etwas ruhigeren Ecke der Marmorgalerie, abgeschirmt von zwei Gardesoldaten, beginnt der Graf mithilfe eines Dolmetschers das Gespräch: »Eure Majestät, es ist für Italien von größter Wichtigkeit, Gewissheit über den mit dem Führer Adolf Hitler vereinbarten Stahlpakt zu erlangen. Erkennen Sie die Vereinbarung an?«

Mit einem zaghaften Lächeln auf den Lippen erwidert der Monarch: »Graf Ciano, seid euch Gewiss, das der Stahlpakt für uns weiterhin seine uneingeschränkte Gültigkeit besitzt. Wir wollen diesen sogar noch intensivieren und einen Austausch von Technologie und Wissen anregen!«

Nun ist es Ciano, der ein Lächeln zur Schau stellt, doch sofort weicht es neuer Skepsis: »Doch unser gemeinsamer Feldzug in Nordafrika steht unter einem schlechten Stern; die Truppen müssen weiter und weiter zurückweichen und wir haben den Eindruck gewonnen, dass Sie sich bereits damit abgefunden haben. Das italienische Oberkommando hat jedenfalls entschieden, dass unsere nordafrikanischen Kolonien unter gar keinen Umständen aufgegeben werden dürfen!«

Ausweichend erwidert der Kaiser: »Wir tun gut daran, die Fakten so zu akzeptieren, wie sie sich darstellen. Ich werde so bald wie möglich Generalfeldmarschall Rommel als meinen Bevollmächtigten in euer Oberkommando entsenden, um weitere Maßnahmen abzusprechen und den bereits erwähnten Technologieaustausch voranzutreiben.« Mit diesen Worten lässt der Kaiser den italienischen Regierungsvertreter mit einem Fragezeichen im Gesicht zurück und wendet sich anderen Gästen zu.

01. Januar 1943

Nachmittags, südöstlich von Rostow am Don

»Feuert aus allen Rohren!«, schreit Feldwebel Klaudius seinen Männern zu. Wieder stürmen Massen von sowjetischen Soldaten gegen die Stellungen der Deutschen. Wieder hallen die Abschüsse der Maschinengewehre, Karabiner und Maschinenpistolen über die verschneiten Ebenen.

Trotz des massiven Einsatzes schwerster Artillerie der Kaliber 15 cm bis hin zu 80 cm – das überdimensionierte Eisenbahngeschütz »Schwerer Gustav« gelangt in diesen Augenblicken zu einem seiner seltenen Einsätze – kann die Sturmflut der roten Angriffstruppen kaum gestoppt werden. Das Klaudius mit seinen Pionieren mit im vordersten Graben liegen muss, sagt einiges über die personelle Lage aus.

Die Sowjets hingegen haben massenhaft Reserven an diesen Frontabschnitt geschafft, um Rostow zu erobern und damit die gesamte Heeresgruppe A abzuschneiden.

Genau dies will Generalfeldmarschall von Manstein als Oberbefehlshaber Ost verhindern. Man könnte natürlich Rostow aufgeben und die Truppen vom Kuban aus über die Meerenge von Kertsch zur Krim evakuieren, doch ist dies in der Größenordnung einer kompletten Heeresgruppe zu riskant und ein zu hoher logistischer Aufwand.

Die Männer von Feldwebel Klaudius sehen sich deshalb beinahe ununterbrochen Angriffen der Roten Armee ausgesetzt, dabei wissen sie eigentlich nicht einmal mehr, welcher Division sie angehören. Die Befehlsstrukturen wurden nie angepasst, dabei dürfte es ihre Stammeinheit, die 3. SS-Division »Totenkopf«, gar nicht mehr geben. Doch die hohen Herren in den Hauptquartieren haben angesichts des Ausmaßes der sowjetischen Angriffe ganz andere Probleme. Daher stehen in diesem Abschnitt noch immer die SS-Divisionen »Leibstandarte«, »Das Reich« und »Totenkopf« im Kampf. Gleiches gilt für die 5. SS-Division »Wiking«, welche sich zusammen mit den Verbänden der Heeresgruppe A auf dem Rückmarsch zur Kuban-Stellung befindet.

»Passt auf die linke Flanke auf!«, ruft Klaudius im Gefechtslärm. »Dort scheinen die Italiener in Schwierigkeiten zu sein!«

Lins der Einheit von Feldwebel Marcus Klaudius liegen die Italiener, mit denen sie bereits gemeinsam aus dem Kessel von Stalingrad ausgebrochen sind.

Unteroffizier Riedel, der zusammen mit dem Obergefreiten Steinbach ein MG 42 bedient, schwenkt seine Waffe nach links und mäht eine ganze Gruppe von Rotarmisten nieder, welche bereits gefährlich nahe an die Gräben der Italiener herangekommen waren. Schuss um Schuss verlässt den Lauf des Maschinengewehrs. Steinbach hat den nächsten Gurt bereits griffbereit, um ihn sofort in das Schloss einführen zu können.

Die ganze Aufmerksamkeit der Soldaten richtet sich auf die Abwehr des Infanterieangriffs und so merken sie nicht, dass sich aus dem Hinterland des Feindes eine mächtige Panzerstreitmacht nähert, die soeben von mehreren Schlachtflugzeugen donnernd überflogen wird. Auch die knallenden Abschüsse der Flugabwehrgeschütze vermögen sie aus dem Schlachtenlärm nicht herauszufiltern.

Klaudius feuert seine MP 40 in eine Gruppe Rotarmisten ab, welche gerade zum Sprung nach vorn angesetzt haben, und trifft zwei der Soldaten. Diese fallen wie vom Blitz getroffen zu Boden. Das Blut, das warm aus den Wunden strömt, verfärbt den weißen Schnee. Die übrigen Rotarmisten haben sich sofort wieder in Deckung geworfen und sind durch die weißen Schneeanzüge und dem tiefen Schnee nicht mehr auszumachen. Nun kann Klaudius einen winzigen Augenblick lang einen Blick auf das Vorgelände werfen und erkennt mit Erschrecken, was auf ihn und seine Männer zurollt. Doch noch ehe er einen Warnruf ausstoßen kann, vernimmt er aus dem deutschen Hinterland markerschütternden Donner. Noch gewaltiger als der Abschuss der mächtigen Kanone ist jedoch der Einschlag der Granate. Es kommt Klaudius so vor, als ob der Donnergott persönlich seinen Hammer zwischen ihn und seine Feinde auf die Erde geschleudert hat. Dort, wo die 80-cm-Granate des Eisenbahngeschützes einschlägt – genau in einige T-34-Panzer, die von Infanterie begleitet werden – steht sodann ein Pilz aus Rauch, Erde und Schnee über dem Schlachtfeld. Die Erschütterung des Einschlags ist bis in die deutschen Stellungen hinein zu spüren. Panzer, welche in unmittelbarer Nähe des Einschlags rollten, sind wie Spielzeuge weggeschleudert worden. Es herrscht im Umfeld des Granateinschlags nun gähnende Leere. Nun schleudern auch die anderen Artillerieabteilungen ihre schweren Granaten gegen den Feind und reißen immer wieder Lücken in seine Reihen.

»Meine Güte! Da, wo diese Kaventsmänner runterkommen, möchte ich bei Leibe nicht sein«, ruft Riedel beeindruckt. Der Angriff der Sowjets kommt nun ins Stocken. Durch den massiven Artilleriebeschuss kommen kaum noch Truppen nach, die Spitzen des Angriffs jedoch werden durch die ungebrochene Abwehr der Deutschen und Italiener gestoppt und aufgerieben. Auch die sowjetischen Schlachtflieger greifen nicht in das Kampfgeschehen entlang der Hauptkampflinie ein, sondern fliegen weiter ins Hinterland. In einer etwas ruhigeren Sekunde schaut Klaudius nach oben und denkt sich: *Wollen wohl die Ari-Stellungen aufs Korn nehmen.*

Doch weiter hat er keine Zeit, sich auf die sowjetischen Schlächter zu konzentrieren. Das schwere Artilleriefeuer lässt nun wieder nach, um dann ganz aufzuhören.

Einige Panzer haben das Höllenfeuer überstanden und rücken weiter vor. Doch kaum sind sie in Reichweite, da werden sie von den getarnt aufgestellten 8,8-cm-Flak-Geschützen in Empfang genommen. Wie auf einem Schlag dröhnen ihre Abschüsse im Erdeinsatz. Schon bei der ersten Salve stehen fünf Russenpanzer in Flammen. Rund um die brennenden Panzer schmilzt der Schnee.

Aber die anderen Tanks rücken weiterhin vor. Nun wird Schuss um Schuss von den deutschen Achtacht abgegeben. Fast jeder Schuss ist ein Treffer und so mancher Stahlkoloss wird förmlich auseinandergerissen. Die verbliebene rote Infanterie, welche in Deckung gegangen ist und eigentlich auf das Vorrücken der Panzer warten wollte, erkennt nun die Ausweglosigkeit ihrer Situation. Sie zieht sich daher wieder zurück. So mancher Sowjetsoldat wird von den deutschen Soldaten beim Rückzug getroffen und bleibt für immer liegen.

Ungefähr eine halbe Stunde nach Angriffsbeginn ist auch diese Attacke der Sowjets abgeschlagen und die übriggebliebenen Rotarmisten rücken ab. Als sie sich bereits in Sicherheit wähnen, erfolgt erneut ein mächtiger Schlag im deutschen Hinterland und wenige Augenblicke später ergießt sich ein gewaltiger Donner über die bereits einige Kilometer von der deutschen Front entfernten Sowjettruppen. Mit ungeheurer Naturgewalt werden noch einmal Panzer und Infanteristen zerrissen, zudem auch Lastkraftwagen und andere Fahrzeuge. Allein der Einschlagskrater reißt ein 32 Meter tiefes Loch. Soldaten, welche sich in der

Nähe des Einschlages befinden, werden durch den Luftdruck getötet oder von gigantischen Erdbrocken erschlagen und verschüttet. Wieder werden Panzer, Geschützen und Fahrzeuge wie Spielzeug herumgeschleudert und vernichtet. Die Wirkung des Einschlags indes ist sowohl auf physischer als auch psychischer Ebene enorm. Die Sowjets können und wollen an diesem Tag keinen weiteren Angriff mehr wagen.

Das Oberkommando der Wehrmacht gibt bekannt

… Im Süden der Ostfront versucht der bolschewistische Feind weiterhin mit nie gekanntem Einsatz von Menschen und Material die Stadt Rostow am Don zu nehmen. Unter äußerstem Einsatz gelingt es unseren tapferen Soldaten, dem Feind standzuhalten. Wo Gelände aufgegeben werden musste, geschah dies aus taktischen Überlegungen heraus und in planmäßigen Absetzbewegungen, wobei dem nachrückenden Sowjet ungeheure Verluste beigebracht werden.

An der Front in Afrika tobt noch immer der Kampf um die Buerat-Stellung. Dort gelingt es Einheiten der deutschen 15. und 21. Panzerdivision immer wieder in schnellen Gegenstößen, den Einheiten der britischen 8. Armee empfindliche Verluste beizubringen. Die US-amerikanischen Streitkräfte rücken weiterhin in verhaltenem Tempo in Algerien vor. Dabei werden sie immer wieder von Vichy-loyalen Truppen angegriffen und verzögert.

Im Nordmeer ereignete sich am 31. Dezember ein Seegefecht. Die beiden schweren Kreuzer »Admiral Hipper« und »Lützow« sowie mehrere Zerstörer beteiligten sich an diesem Kampf gegen britische Deckungskräfte des Russland-Geleitzuges JW 51B. Im Laufe dieses Gefechtes gelang es den deutschen Kräften, einen britischen Zerstörer und einen Minensucher zu versenken. Die deutsche Kampfgruppe beklagt den Verlust eines Zerstörers. Um weitere Verluste in einem aufgrund von schlechtester Witterung und schwerstem Seegang unübersichtlichen Gefecht zu vermeiden, entschied sich der deutsche Befehlshaber für den Abbruch der Feindseligkeiten. Sodann führte er seine Kräfte wohlbehalten in die norwegische Basis zurück.

In der Schlacht im Atlantik …

02. Januar 1943

Nachmittags, Neue Reichskanzlei, Berlin

Major Maximilian Reichenbach, persönlicher Adjutant Louis Ferdinand I., öffnet die schwere Eichentür des Arbeitszimmers in der Neuen Reichskanzlei und begibt sich zum jungen Monarchen Großdeutschlands. Der Kaiser sitzt in dem fast 400 Quadratmeter großen und 10 Meter hohen Zimmer, welches mit feinstem Saalburger Marmor, Palisander und Rosenholz geschmückt ist, hinter einem mit rotem Leder bespannten überdimensionierten Schreibtisch.

»Eure Majestät, Ihre geladenen Gäste sind nun vollzählig eingetroffen.«

Der Kaiser sieht kurz auf und lässt sich leger vernehmen: »Sollen reinkommen.«

Reichenbach eilt wieder zur Tür und bittet die Gäste herein. Nach und nach treten der Erbgroßherzog von Mecklenburg, der Erbprinz von zu Waldeck und Pyrmont, die Prinzen Christof und Wilhelm von Hessen, die Grafen Bassewitz-Behr und Pfeil-Burghauß, der Reichsfreiherr von Tüngen, die Freiherren von Geyr, von Reitzenstein, von Malsen-Ponickau, der Graf von der Schulenburg, Graf von Röder, Graf Strachwitz, Freiherr von der Goltz, Edler von der Planitz und noch so manch andere erlauchte Persönlichkeit in den riesigen Raum mit edelsten Gemälden an den Wänden. Sie alle sind in die feinsten und teuersten Anzüge gekleidet.

Als alle Gäste im Raum Aufstellung genommen haben, erhebt sich der Kaiser und bewegt sich unter den wachsamen Augen zweier bewaffneter Gardisten auf die Neuankömmlinge zu.

Kaiser Louis Ferdinand I. beginnt jovial mit einem leicht überheblichen Lächeln: »Meine Herren, wie ich sehe, ist niemand von Ihnen in der schwarzen Uniform der Schutzstaffel erschienen … Dabei waren Sie es doch, die nach der Ernennung Hitlers zum Kanzler – oder bereits davor? – jener Partei beitraten und dieser damit eine gewisse historische Daseinsberechtigung verliehen …«

Eisiges Schweigen herrscht nach diesen Worten im Raum. Jeder der anwesenden Adligen ist sich bewusst, dass er nach den zurückliegenden Geschehnissen unter Verdacht steht, etwas mit den Verschwörern aus höchsten SS-Kreisen zu tun gehabt zu haben.

Nach langen Sekunden der Stille fährt der Kaiser fort: »Dennoch bin ich gewillt, Ihnen eine Möglichkeit zu geben, sich im neuen Reich für Staatsapparat, Wehrmacht oder Garde zu engagieren, ganz gleich ob in einer aktiven Rolle oder als förderndes Mitglied. Es ist mir wichtig, dass dem Kaiserreich nicht nur an oberster Stelle ein Monarch vorsteht, sondern dass auch administrative Stellen wieder mit dem Adel besetzt werden. In den nächsten Tagen wird Ihnen ein Schriftstück zukommen, das

Ihnen Möglichkeiten offenbart, sich um Ihr Vaterland verdient zu machen. Ich erwarte Ihre Antwort in der nächsten Woche.«

Ein leises Raunen geht durch die Reihen des angetretenen Adels. Graf von Bassewitz-Behr setzt ein arrogantes Lächeln auf.

»Also sind Sie auf uns angewiesen, um ihre wacklige Autorität zu untermauern!«

Schlagartig weicht jede Freundlichkeit aus dem Gesicht des Monarchen. Stattdessen stellt es nun frostige Entschlossenheit zur Schau.

»Meine Autorität und auch meine Legitimität ergeben sich aus der Notwendigkeit der Zeit und dem Rückhalt der Truppe, zum Wohle von Volk und Reich! Ich möchte Ihnen die Chance einräumen, sich zu rehabilitieren und sich in das neue Reich einzugliedern. Seien Sie sich gewiss, dass ich keineswegs auf Sie angewiesen bin, um meine Autorität durchzusetzen.«

Eine kurze, fast unauffällige Handbewegung genügt, um zwei Gardisten auf den Plan zu rufen, welche den Grafen von Bassewitz-Behr flankieren und vom Rest der Gruppe abdrängen.

»Sie, Graf von Bassewitz, werden nun erfahren, dass jeder von Ihnen entbehrlich ist.«

Unterkühlt sehen sich die beiden in die Augen.

»Glauben Sie nicht, dass ich mich so einfach von Ihnen einsperren lasse. Ihre Herrschaft ist nicht so fest, wie Sie vielleicht denken mögen!«

Messerscharf entgegnet der Kaiser: »Glauben Sie nicht, dass ich Ihr Spiel nicht durchschaut hätte. Sie sind nicht der Einzige, der in diesem Augenblick verhaftet wird!« Er wendet sich wie beiläufig den Gardisten zu. »Abführen!« Und schon wird der ehemalige SS- und Polizeiführer von Dnejpropetrowsk abgeführt. Langsam weicht wieder die Härte aus dem Gesicht von Louis Ferdinand I.

»Nun, da diese ›unschöne‹ Sache erledigt ist und ich wohl meinen Standpunkt verdeutlichen konnte, möchte ich Ihnen versichern, dass mein Angebot ernstgemeint ist. Ich biete Ihnen nicht nur Rehabilitation, sondern auch Einfluss an. Inwieweit Sie davon Gebrauch machen mögen, ist Ihre Entscheidung, doch möchte ich Ihnen auch sagen, dass ich keinerlei Aktivitäten gegen meine Person oder die Reichsführung dulden werde! Seien sie sich darüber im Klaren, dass ich darauf vorbereitet bin, hart und entschlossen durchzugreifen!« Der Kaiser übt sich in einer

Kunstpause. »Meine Herren, das war es fürs Erste und ich erwarte Ihre Antwort. Guten Tag.« Ohne die adligen Herrschaften noch eines Blickes zu würdigen, dreht sich der Kaiser um und begibt sich wieder zu seinem Arbeitstisch.

Die so kalt verabschiedeten Männer werden von Major Reichenbach hinausgeleitet.

Als sich der persönliche Adjutant wieder zum Kaiser begibt, sitzt dieser noch immer in seinem überdimensionierten Ledersessel hinter dem ausladenden Schreibtisch. Der Monarch ist über die Arbeitsplatte gebeugt; den rechten Ellenbogen hat er auf den Tisch gestützt. Er reibt sich mit der Hand über die Augen. Ohne zu Reichenbach hochzuschauen, meint er müde: »Solche Gespräche schwächen mich. Ich hoffe, die Unterredung mit den Herren von Habsburg, von Bayern, von Sachsen und den anderen wird erbaulicher.«

Reichenbach reicht dem Monarchen ein Glas goldbraunen Whisky. Louis Ferdinand I. bedeutet dem Major, sich ebenfalls ein Glas zu genehmigen, was sich Reichenbach nicht zweimal sagen lässt. Beide leeren ihren Drink in einem Zug. Sie spüren, wie das alkoholische Getränk die Kehle hinunterläuft.

»Gut, Herr Reichenbach, schauen Sie bitte, ob unser nächster Gast bereits eingetroffen ist!«

Schnellen Schrittes eilt Reichenbach zur schweren Eichentür, öffnet sie und verlässt den Arbeitsraum des Kaisers.

Kurze Zeit später erscheint der Major zusammen mit einer hochgewachsenen Gestalt mit dunklem Haupthaar und einer großen, dunkel umrahmten Brille. Reichenbach meldet vorschriftsmäßig: »Eure Majestät, General Wlassow ist eingetroffen.«

Kaiser Louis Ferdinand I. erhebt sich.

»Führen Sie meinen Gast herein, Major Reichenbach.«

Die beiden Männer nähern sich dem großen Schreibtisch des Kaisers. Dieser bittet den General mit einer freundlichen Handbewegung, Platz zu nehmen. An seinen Adjutanten gewandt, befiehlt er: »Gießen Sie General Wlassow und mir einen Whisky ein und lassen Sie uns dann allein, Herr Reichenbach.«

Der Angesprochen tut, wie ihm geheißen. Der Kaiser lehnt sich in seinem Sessel zurück. Er beobachtet sein Gegenüber. Vor ihm sitzt eine zwar massige, aber keineswegs korpulente Gestalt in einer Phantasieuniform, bestehend aus einer schwarzen Hose mit roten Generalsbiesen, einem dunkelbraunen Rock ohne Spiegel und Schulterstücke und einem ebensolchen Mantel mit roten Aufschlägen. Die Uniform ist besetzt mit goldenen Generalsknöpfen. Wlassow hat ein großflächiges Gesicht, einen breitlippigen Mund und eine hohe Stirn über intelligenten Augen. Ohne weitere Umschweife sagt der Kaiser auf Russisch und nahezu akzentfrei: »Nun, General Andrej Andrejewitsch Wlassow, sowohl mein Generalstabschef als auch mein Außenminister haben mir empfohlen, Sie zu empfangen, und beide sind der Meinung, Sie hätten mir ein sehr interessantes und für beide Seiten gewinnbringendes Angebot zu unterbreiten.«

Der ehemalige sowjetische General schaut den Monarchen etwas verdutzt an, da er nicht damit gerechnet hat, dass das neue deutsche Staatsoberhaupt fehlerfrei Russisch spricht. Doch hat er sich auch schnell wieder gefangen und erwidert ohne falsche Zurückhaltung: »Eure Majestät, ich möchte Ihnen den Vorschlag machen, aus in Gefangenschaft befindlichen russischen Soldaten und in Ihren Diensten stehenden Hilfswilligen eine russische Befreiungsarmee aufzustellen. Für den Anfang schweben mir vier Divisionen vor, gegliedert zu einer Armee mit zwei Korps samt Korpstruppen. Diese Befreiungsarmee kann beizeiten nach Bedarf und Möglichkeit weiter ausgebaut werden. Doch dazu sind einige Voraussetzungen nötig!«

Skeptisch forscht der Monarch im Antlitz seines Gegenübers.

»Von welchen Voraussetzungen sprechen Sie? Und wieso sollte ich zulassen, dass Sie Männer zusammenziehen und bewaffnen, die dem Deutschen Reich im Herzen vielleicht noch immer feindlich gesonnen sind?«

Der ehemalige sowjetische Generalleutnant lässt sich nicht verunsichern. »Eure Majestät, eine unbedingte Voraussetzung ist die restlose Abkehr Ihrer Nation von der nationalsozialistischen Untermenschentheorie, denn diese wurde wohl durch die Praxis widerlegt, wenn ich das sagen darf. Des Weiteren fordere ich, wie im Smolensker Komitee beschlossen, die Beseitigung des kommunistischen Systems, der Abschluss eines ehrenvollen Friedens mit dem Großdeutschen Kaiserreichs durch eine autonome russische Gegenregierung und die Unterstellung aller Ostverbände unter das Kommando ebenjener Gegenregierung.

Abgesehen von der beachtlichen Mannstärke, mit der meine Befreiungsarmee Ihren Kampf gegen Stalins Unrechtssystem unterstützen könnte, bedenken Sie bitte die psychologische Wirkung auf die Bevölkerung und auf die Rote Armee selbst. Wir bieten den Russen eine echte Alternative zum Bolschewismus! Es muss klar sein, dass die neue deutsche Regierung als Befreier agiert und nicht als Eroberer! Behandeln Sie uns Russen anständig und als gleichberechtigte Freunde und Verbündete, dann haben Sie uns – dann haben Sie mich, dann haben Sie den größten Teil der Generalität und den halben Parteiapparat!«

Feixend lehnt sich der Kaiser ein wenig nach vorn und verringert somit die Distanz zu seinem Gesprächspartner. »Mein lieber Andrej Andrejewitsch, wie ich bereits erwähnte, habe ich mich natürlich zuvor mit Außenminister von Neurath und auch mit Generalfeldmarschall von Witzleben unterhalten. Wir haben Ihren Vorschlag eingehend erörtert. Ich darf sagen, Sie haben einige impulsive wie durchsetzungsstarke Fürsprecher auf Ihrer Seite.«

Der Kaiser gönnt sich den Luxus einer gedehnten Pause, um sein Gegenüber ein wenig zu verunsichern. »Wir sind zu dem Schluss gekommen, dass es ratsam ist, eine russische Volksbefreiungsarmee unter Ihrer Führung in Stärke von vorerst zehn Schützendivisionen, zwei Panzerdivisionen und entsprechenden Luftstreitkräften zu bilden. Später können Marinestreitkräfte aufgebaut werden – je nach Lage. Ihnen und Ihren Männern wird der Status der Streitmacht einer Verbündeten Nation zuerkannt. Aber, die Zuverlässigkeit der ausgewählten Freiwilligen hat für mich oberste Priorität! Als erste Maßnahme werde ich veranlassen, dass Ihnen bei der Rekrutierung in den Gefangenenlagern freie Hand gelassen wird, ebenso wie bei der Anwerbung von Soldaten aus dem Bestand der Hilfswilligen. Auch erwarte ich, dass Ihr Stab ein Propagandakonzept erarbeitet, um Rotarmisten zum Desertieren zu bewegen.

Des Weiteren werden Ihnen die bereits bestehende Georgischen Legion unter Oberst Schalwa Maglakelidse, die Nordkaukasischen Legion, die 1. und 2. Turkestanische Legion, die Kosaken-Verbände, die bereits bestehenden Ost-Bataillone und die Selbstschutzeinheit des Generals Kaminski unterstellt. Ziel ist es, sämtliche bestehenden Osttruppen in Ihre russischen Volksbefreiungsarmee zu integrieren, sowie dies möglich erscheint. Wir haben kein Interesse daran, Männer fremder Nationen dauerhaft unter unserer Fahne kämpfen zu lassen.

Sie sehen, ich bin keineswegs unvorbereitet. Erste Planungen liegen bereits vor. Ihre Heereseinheiten werden vorzugsweise mit erbeuteten sowjetischen Waffen ausgerüstet – das verkürzt die Ausbildungszeit. Die Aufstellung und Ausbildung ihrer Heereseinheiten werden später im Generalgouvernement vonstattengehen. Für die 1. Schützendivision haben wir jedoch den Truppenübungsplatz Münsingen und für die 2. Schützendivision den Truppenübungsplatz Heuberg in Württemberg vorbereitet. Die Luftwaffeneinheiten werden in Nordfrankreich aufgestellt und größtenteils mit Maschinen aus deutscher Produktion versehen, da wir nicht genügend sowjetische Muster in vernünftiger Qualität zur Verfügung haben. Auch stellen wir Ihnen geeignete deutsche Offiziere und Mannschaften zur Ausbildung zur Verfügung – so unter anderem Generalleutnant Max Mohr und Generalleutnant Karl Barlen für die Luftstreitkräfte, außerdem Generalmajor Wolfgang Thomale, Generalmajor Hans Krebs, Generalleutnant Josef Harpe und Helmuth von Pannwitz für die Heerestruppen. Sie alle sind Offiziere, welche bereits Erfahrung in der Führung von und in der Zusammenarbeit mit Ostverbänden haben.«

Nach dieser Offenbarung überreicht der Kaiser dem sowjetischen Generalleutnant einen dicken Umschlag mit verschiedensten Papieren.

»Generalleutnant Wlassow, in diesem Umschlag befinden sich sämtliche Papiere in deutscher und russischer Ausfertigung. Damit haben Sie weitgehend freie Hand.«

Wlassow vermochte seine Verblüffung nicht zu verbergen.

»Einer Einschränkung müssen Sie sich jedoch unterwerfen. Für die bessere Koordinierung der Ostfront haben wir einen Oberbefehlshaber Ost eingesetzt, dem alle Truppen im Frontbereich unterstehen, ganz gleich, ob es deutsche, rumänische, ungarische, italienische, slowakische oder dann eben russische Einheiten sind. Die Rede ist von Generalfeldmarschall von Manstein; er wird selbstverständlich über die neuen Gegebenheiten instruiert und selbstredend können Sie einen Vertreter in den Stab des OB Ost entsenden, so wie es die anderen Verbündeten auch pflegen. Ansonsten ist Ihnen freigestellt, ob sie Ihre Truppen als Divisionen, Korps oder als Armee einsetzen. Weitere Absprachen sind dahingehend wohl direkt mit Feldmarschall von Manstein zweckdienlicher.«

20

Der soeben zum Befehlshaber der »Russischen Volksarmee« ernannte Wlassow ist ob dieser Offenbarung der Zusammenarbeit sprachlos. Es übertrifft alles, was er nach den zahlreichen Rückschlägen der Vergangenheit zu hoffen gewagt hatte. Als er sich wieder gefangen hat, erhebt sich der ehemalige sowjetische General und meint: »Eure Majestät, ich bin Ihnen zu ewigem Dank verpflichtet. Es ehrt mich, dass Sie mir diese Chance einräumen, um mein Land und mein Volk von der roten Pest zu befreien und den Grundstein für eine erfolgreiche und gleichberechtigte Zusammenarbeit mit dem ruhmreichen deutschen Volke zu legen.«

Nun erhebt sich auch Louis Ferdinand I., gießt sich und Wlassow Whiskey ein und sagt in feierlichem Ton: »Mein lieber Andrej Andrejewitsch, ich freue mich auf diese glorreiche Zusammenarbeit zwischen unseren Völkern, die den Bündnissen zwischen Friedrich Wilhelm I. und Peter dem Großen oder zwischen Friedrich dem Großen und Peter III. in nichts nachstehen soll!

Es wartet ein Fahrer auf Sie, der Sie unverzüglich zum Oberkommando der Wehrmacht bringen wird. Herr Generalfeldmarschall von Witzleben ist im Bilde und wird Ihnen volle Unterstützung zukommen lassen.«

Schnellen Schrittes verlässt General Wlassow das Arbeitszimmer des Kaisers, um sich schnellstmöglich an die Arbeit zu machen. Kaum ist er verschwunden, da öffnet Major Reichbach bereits wieder die schwere Eichentür und kündigt weitere Herrschaften an.

Herein treten zwei in Admiralsuniformen gekleidete Männer. Es handelt sich um Großadmiral Erich Raeder, Oberbefehlshaber der Kriegsmarine, und Generaladmiral Karl Dönitz, frisch ernannter Chef des Stabes der Seekriegsleitung und in Personalunion Befehlshaber der Unterseeboote.

Die beiden Männer bleiben vor dem Arbeitstisch des Kaisers stehen. Raeder salutiert durch Präsentieren des Großadmiralsstabs, Dönitz grüß ebenfalls militärisch.

Louis Ferdinand I. schreitet auf die beiden Männer zu und reicht ihnen die Hand. Dann bedeutet er ihnen, Platz zu nehmen. Er hält nicht viel von überzogenem Pathos und Standesgehabe.

Der Monarch setzt sich wieder in seinen Sessel und lehnt sich etwas zurück.

»Nun, mein lieber Großadmiral Raeder, nach meiner kurzen Besprechung mit Admiral Saalwächter verfüge ich bereits über ein kleines Lagebild betreffend das«, der Monarch räuspert sich kurz, »sagen wir unglückliche Unternehmen ›Regenbogen‹. Dennoch erwarte ich eine Stellungnahme von Ihnen als Oberbefehlshaber der Kriegsmarine.«

Großadmiral Erich Raeder, Geburtsjahr 1876 und durch und durch ein Marineoffizier der alten Schule, öffnet seine mitgebrachte Aktentasche und holt eine große Karte hervor. Der Kaiser beeilt sich, einige Akten und Dokumente beiseitezuschieben, um Platz für die große Karte zu schaffen.

Raeder zeigt dem Kaiser die genauen Positionen der verschiedenen Streitkräfte, sowohl der deutschen als auch der britischen, so, wie sie bei Gefechtsbeginn positioniert waren. Auch verdeutlicht er die Positionen der Deckungsstreitkräfte, Nahsicherung wie Fernsicherung, soweit diese bekannt sind.

»Diese Informationen hatte Admiral Kummetz zu Beginn der Kampfhandlungen jedoch nicht«, schränkt Raeder ein und fährt fort: »Wir haben sie vor Kurzem von der Abwehr und aus britischen Quellen erfahren.«

Minutiös erklärt der Großadmiral seinem Monarchen den Verlauf der Schlacht, gibt weiterführende Erklärungen zu den verschiedenen Befehlen, die Kummetz gab, und beantwortet jede Frage detailreich, die Louis Ferdinand I. stellt.

Nachdem der Auswertung der Operation »Regenbogen« fragt der Kaiser abschließend: »Nun, Herr Raeder, wie lautet Ihre persönliche Einschätzung?«

Der Kaiser des Großdeutschen Reiches lehnt sich wieder in seinem opulenten Ledersessel zurück und streicht sich mit seiner linken Hand über das Kinn.

Großadmiral Erich Raeder, der auch jetzt recht steif auf seinem Stuhl sitzt, antwortet: »Eure Majestät, angesichts der geltenden Befehle, keine unabsehbaren Risiken einzugehen und Seegefechte, selbst bei gleichstarken Deckungseinheiten, zu unterlassen, gab es für Admiral Kummetz keine Alternative. Er musste den Abbruch befehlen oder er hätte seine schweren Einheiten gefährdet.«

Nun wendet sich der Monarch an den bisher nicht zu Wort gekommenen neuen Chef des Stabes der Seekriegsleitung, Generaladmiral Karl Dönitz. »Wie sehen Sie die Sachen, Herr Dönitz?«

Dieser blickt Louis Ferdinand I. entschlossen an und erwidert kühl: »Eure Majestät, ich stimme dem verehrten Herrn Großadmiral voll und ganz zu. Admiral Kummetz hatte schlicht und ergreifend keine Wahl, wenn ich so offen sein darf. Eingedenk der ihm zur Verfügung stehenden Einheiten und ob der geltenden Befehlslage tat der Herr Admiral das einzig Richtige.«

Nach diesen Worten erhebt sich der Kaiser abrupt aus seinem Sessel und stützt sich mit den Armen auf der Tischplatte ab. Er blickt schnaufend seinen Großadmiral an.

»Und genau das ist der Punkt! Die zur Verfügung stehenden Einheiten!« Er holt eine dicke Akte aus einer Schreibtischschublade, öffnet sie und legt sie Raeder vor. Energisch fährt er fort: »Herr Raeder, wir müssen uns über die Bau- und Umbaumaßnahmen der Kriegsmarine verständigen und endlich eine Lösung finden! Wir haben die ›Gneisenau‹ im Umbau auf 38-cm-Geschütze. Wie weit sind die Arbeiten vorangeschritten und wann ist mit der Einsatzfähigkeit des Schiffes zu rechnen? Darüber hinaus steht die ›Graf Zeppelin‹ anscheinend kurz vor der Fertigstellung. Wie ist da der Stand? Dann der schwere Kreuzer ›Seydlitz‹, der angeblich kurz vor der Fertigstellung stand und dann zum Flugzeugträger umgebaut werden sollte. Was hat es damit auf sich?«

Der Kaiser fischt die nächste Akte aus der Schublade. »Dann haben wir da noch einige Schiffe, die in den Werften in den besetzten Gebieten beschlagnahmt wurden. Da haben wir zum Beispiel die ›De Grasse‹ in Lorient, welche ebenfalls als Flugzeugträger umgebaut werden soll. Weiter den Flugzeugträger ›Joffre‹ in Saint-Nazaire. Ferner haben wir das Schlachtschiff ›Sowjetskaja Ukraina‹ in Nikolajew und zwei leichte Kreuzer in holländischen Bauwerften.« Wieder legt der Kaiser dem Großadmiral die Akte vor.

Dieser schaut sie sich flüchtig an. »Eure Majestät, diese Schiffe sind uns natürlich bekannt, auch der sehr unterschiedliche Stand der Umbaumaßnahmen.«

Da ergreift der jüngere und energischer wirkende Dönitz das Wort, was Raeder mit einem zweideutigen Seitenblick quittiert.

»Eure Majestät, die Umbaumaßnahmen der ›Gneisenau‹ sind bereits sehr weit vorangeschritten. Nach meinen letzten Kenntnissen können wir mit der Fertigstellung im Juni, spätestens im Juli dieses Jahres rechnen. Die ›Graf Zeppelin‹ ist zu 90 Prozent fertiggestellt und könnte ebenfalls im Juni in Dienst gestellt werden. Doch fehlen uns die passenden Flugzeuge und Besatzungen. Die geplanten Flugzeugtypen stammen noch aus den Jahren 40 und 41. Die Entwicklung neuer Trägerflugzeuge ist wieder eingestellt worden!

Der französische leichte Kreuzer ›De Grasse‹, welcher zum Träger umgebaut werden soll, wird nach Fertigstellung gerade 23 Flugzeuge aufnehmen können. Das gleiche gilt im Übrigen auch für die ›Seydlitz‹, deren Umbau ich nicht gutheißen kann. Ich empfehle, beide Einheiten als leichte und schwere Kreuzer fertigzustellen. Nach vorsichtigen Schätzungen könnte die ›De Grasse‹ dann im Juli nächsten Jahres einsatzbereit sein; die ›Seydlitz‹ wahrscheinlich sogar etwas eher. Der französische Träger ›Joffre‹ sollte ebenfalls fertiggestellt werden, doch ist er nach meinem letzten Stand erst zu 28 Prozent überhaupt gebaut, so dass es noch einige Zeit in Anspruch nehmen würde, ehe wir ihn einsetzen könnten.

Die beiden leichten Kreuzer aus den holländischen Werften könnten Mitte nächsten Jahres auslaufen und würden sicherlich eine wertvolle Unterstützung bedeuten.

Was die ›Sowjetskaja Ukraina‹ betrifft, so liegen die Dinge etwas anders. Das Schiff ist erst zu ungefähr 18 Prozent fertiggestellt und überhaupt erst zu 75 Prozent für einen Stapellauf bereit. Darüber hinaus konnten die Baupläne nicht gefunden werden, was den weiteren Bau verzögern wird. Das Schiff ist zwar in Nikolaijew konserviert und der Bau könnte augenblicklich wieder aufgenommen werden, doch rate ich, es abzuwracken.«

Der Kaiser setzt sich wieder, überlegt kurz und wendet sich dann an den noch immer stillen Raeder, der, obwohl älter und ranghöher, die Ausführungen von Generaladmiral Karl Dönitz nicht unterbrach, obwohl ihm die Gesprächsführung obliegt.

»Großadmiral Raeder, was sagen Sie zu den Ausführungen von Admiral Dönitz?«

Raeder sieht den Monarchen ruhig an und antwortet, dass er ihnen vollends zustimme. Er führt ferner aus: »Auch bin ich der Meinung, dass die ›Gneisenau‹ und die ›Graf Zeppelin‹ so schnell wie möglich fertiggestellt werden müssen. Gleiches gilt für die ›Seydlitz‹, jedoch, wie ursprünglich geplant, als schwerer

Kreuzer. Die ›De Grasse‹ sollte als geplanter leichter Kreuzer beendet werden. Ich stimme mit Generaladmiral Dönitz in dieser Hinsicht vollkommen überein, dass leichte Träger in unserer seestrategischen Lage nicht sinnvoll sind. Die holländischen Kreuzer sollten ebenfalls in Dienst gestellt werden; der angeordnete Baustopp muss schnellstmöglich aufgehoben werden. Darüber hinaus muss geprüft werden, ob man die Schiffe nach Gotenhafen oder Danzig schleppen kann, damit sie besser gegen Luftangriffe geschützt sind.«

Kaiser Louis Ferdinand I. hört sich die weiteren Ausführungen seiner beiden wichtigsten Marinebefehlshaber genau und gewissenhaft an. Er stellt von Zeit zu Zeit Fragen und es werden auch einige demnächst anstehende Marineoperationen erörtert.

Nach mehreren Stunden ist die Besprechung beendet und die beiden Admirale verlassen die Neue Reichskanzlei, um ins Shell-Haus – der Sitz des Oberkommandos der Kriegsmarine – einzukehren.

02. Januar 1943

Früher Abend, südöstlich von Rostow am Don

Sergente Danielo Tomasi liegt mit seinen beiden Kameraden erschöpft in einem Graben. Der letzte Angriff der sowjetischen Verbände ist gerade einmal eine Stunde her. Das Vorfeld ist mit zerstörten roten, aber auch deutschen Panzern übersät. Erschöpft und ausgelaugt löffeln die Männer in ihren Essgeschirren herum.

»Na, wenigstens klappt es mit der Verpflegung«, meint der italienische Unteroffizier zu seinem Kameraden Salva. Dieser, der ob eines Streifschusses einen dicken Verband um den Kopf trägt, kratzt die letzten Reste vom Schweinebraten mit Kartoffeln und reichlich Soße zusammen, um nichts zu verschwenden. Schmatzend erwidert er: »Ja, Danielo, wenigstens das läuft bei den Deutschen wie geschmiert. Aber Ersatz und neues Material wären auch mal was.«

Noch ehe auch der dritte im Bunde, Caporale Antonio Dio, etwas zum Besten geben kann, vernehmen sie schon wieder das Wummern der sowjetischen Geschütze. Schon im nächsten Augenblick schlagen die Granaten in die deutsch-italienischen Verteidigungslinien ein. Wieder wird das Niemandsland vor der Front und auch die Hauptkampflinie umgepflügt. Von Minute zu Minute steigert sich das Trommelfeuer und gereicht zum Orkan der Vernichtung. Genau wie die anderen Landser pressen sich die drei Italiener dicht gegen die Grabenwand. Jeder einzelne von ihnen wünscht sich jetzt, sich so klein wie ein Insekt machen zu können, um sich in einem Spalt tief unter der Erde in Sicherheit zu bringen.

MG- und PAK-Stellungen werden zerschlagen und in den Boden gestampft, Mannschaftsstände eingeebnet.

Nach einer halben Stunde, die den Männern wie eine Ewigkeit vorkommt, wird das Feuer in das deutsche Hinterland verlegt – ein sicheres Zeichen dafür, dass der gegnerische Sturmangriff unmittelbar bevorsteht.

Tomasi riskiert einen Blick über den Grabenrand und erstarrt.

»Merde!«, flucht er. »Dio, Salva, es geht los. Die Iwans rücken an! Wuchtet die Panzerbüchse in Stellung und legt die Muni bereit.«

Die beiden Angesprochenen tun wie geheißen.

»Männer, in Stellung, der Iwan rückt an!«, ruft Tomasi den ihm verbliebenen Männern zu. Viele sind es nicht mehr, die ihm antworten können. Der Zug des Unteroffiziers ist durch die andauernden Sturmangriffe der Rotarmisten stark zusammengeschrumpft und nun steht ein neuer Angriff unmittelbar bevor. Vor dem Trommelfeuer unterstanden ihm 31 Mann – nun werden es einige weniger sein.

Tomasi winkt einen jungen Infanteristen zu sich heran. Geduckt läuft der Soldat zu seinem Zugführer.

»Hör zu, Bianchi, lauf zu Caporalmaggiore de Luca hinüber und sag ihm, wenn die Russen wieder mit Panzern angreifen, sollen er und seine Männer die durchlassen. Wir können sie hier eh nicht aufhalten … Müssen sich Einheiten im Hinterland drum kümmern. Wenn sich natürlich günstige Gelegenheiten ergeben, die Stahlkästen mit einer geballten Ladung zu sprengen, kann er das tun. Ansonsten gilt: auf die Infanterie konzentrieren und mit der Panzerbüchse die leichten Panzer und gegebenenfalls Spähpanzer bekämpfen!«

Der junge Italiener wiederholt die Anweisung für den Gruppenführer und beeilt sich, zum italienischen Hauptgefreiten zu kommen. Als Tomasis Zug von Tag zu Tag weniger Männer zählte, entschloss er sich dazu, seine Einheit nur noch in zwei Gruppen aufzuteilen. Die eine Gruppe befehligt seitdem sein Freund, der Caporalmaggiore Salva, die andere Gruppe Caporalmaggiore de Luca, ein kampferfahrener Veteran der Division »Pasubio«. De Luca ist mit einigen Männern auf abenteuerlichste Weise aus Rostow entkommen, wo seine Division beinahe zerschlagen worden wäre.

Die Männer machen sich bereit.

»Ruhig bleiben und warten, bis ich das Feuer eröffne!«, ruft Tomasi. Er lädt seine PPSch-41 durch und wartet, bis der Feind nahe genug heran ist. An der rechten Flanke wird bereits das Feuer eröffnet. Das Bellen von Maschinenpistolen und Maschinengewehren ist immer stärker zu vernehmen. Sprungweise tasten sich auch hier die sowjetischen Sturmtruppen vor. Noch schweigen bei Tomasis Männern die Waffen. Nun traut sich eine Gruppe Rotarmisten, gedeckt von ihren Kameraden, aus der Deckung des mit Trichtern und Wracks übersäten Vorfelds, als Tomasi das Feuer aus seiner Maschinenpistole eröffnet und mehrere Sowjetsoldaten niederstreckt. Auf dieses Zeichen haben die restlichen italienischen Soldaten nur gewartet und auch sie feuern nun auf die Angreifer. Zahlreiche Rotarmisten werden getroffen; die wenigen weißen Inseln im Gelände färben sich rot. Doch immer mehr Feinde stürmen auf die deutsch-italienischen Stellungen zu. Sie werfen sich in Deckung und feuern ihrerseits auf die Italiener. Links neben Tomasi wird ein Soldat getroffen und sinkt lautlos auf den Boden des Grabens. Der Unteroffizier beugt zu dem Getroffenen hinunter und erkennt an der Stirnseite des Helms ein kreisrundes Loch. Dem toten Soldaten rinnt eine Blutspur unter dem Helm hervor; sie läuft am Kopf hinunter und bildet eine kleine Blutlache auf dem matschigen Boden. Danilo Tomasi wendet sich von dem Toten ab und blickt wieder ins Vorfeld. Die Feinde kommen näher und näher. Zu allem Überfluss erkennt der Sergente Panzer aus dem Hinterland hervorbrechen.

»Panzeralarm!«, brüllt er seinen Männern zu. Doch noch sind die Stahlungetüme keine akute Gefahr für die Italiener. Ununterbrochen tobt der infanteristische Kampf. Das Schießen der Italiener und Sowjets erwächst zu einer gewaltigen Geräuschkulisse. Nun eröffnen auch die Panzer das Feuer auf die deutschen und italienischen Stellungen. Erste Pak- und Flak schießen auf die heranrollenden Panzer. Sofort zeigt das Geschützfeuer Wirkung und einige Russenpanzer bleiben brennend stehen.

Tomasi wendet sich an seine Kameraden Salva und Dio: »Schmeißt euch hinter die Panzerbüchse, es sind einige T-60 dabei; die könnt ihr knacken!« Die beiden Italiener hocken sich hinter beziehungsweise neben die Panzerbüchse 41. Die ersten leichten Panzer sind bereits circa 400 Meter an ihre Stellungen herangekommen. Salva visiert den ersten leichten Panzer an und feuert. Das Geschoss mit Wolframkern jagt auf den Sowjetpanzer zu und durchschlägt die 35 Millimeter starke Frontpanzerung. Der Panzer stoppt abrupt; der Lukendeckel des Turms fliegt auf und gerade, als der Kommandant ausbooten will, zischt ein Feuerstrahl aus dem offenen Luk und verschlingt ihn. Die explodierende Bereitschaftsmunition im Panzer zerreißt diesen förmlich. Herumfliegende Trümmerteile und Splitter erschlagen oder durchsieben einige Rotarmisten, welche sich im Schutz des leichten Panzers auf die Stellungen der Italiener zubewegten.

Salva hat bereits den nächsten leichten Sowjettank im Visier und feuert auf den Stahlkasten, welcher eine Sprenggranate nach der anderen in MG-Stellungen und Grabenabschnitte schickt. Die ersten beiden Granaten zerfetzen die linke Gleiskette des T-60, welcher sich nun hilflos auf der Stelle dreht und dem Italiener seine noch verwundbarere Flanke zeigt.

Salva und Dio feuern in schneller Folge drei Wolframgranaten in den leichten Tank und auch dieser zerplatzt unter den Schlägen der Granaten. Kein Mitglied der Besatzung kann entkommen.

Trotz der beachtlichen Abwehrerfolge an der gesamten deutsch-italienischen Front kommen die sowjetischen Sturmtruppen immer näher und näher. Schon gibt Tomasi seinen Soldaten den Befehl, sich für den unvermeidbar erscheinenden Nahkampf bereit zu machen, da kommt ein junger deutscher Soldat in die Stellung des italienischen Unteroffiziers gesprungen und teilt ihm mit, dass der Kommandeur den Befehl zum Absetzen auf die nächste Verteidigungslinie gegeben habe.

Wie ein Lauffeuer verbreitet sich die Nachricht unter den Italienern. Schon gehen auf der gesamten Frontbreite Soldaten zurück. Auch Tomasis Männer verlassen nun ihre Stellungen und weichen in geschlossener Ordnung auf die befohlene Verteidigungslinie aus, welche etwa zwei Kilometer im Hinterland liegt. Dabei entgeht ihnen nicht, wie die letzten verbliebenen Flugabwehr- und Panzerabwehrkanonen aufgeprotzt und unter brüllenden Motoren der Zugmaschinen abtransportiert werden.

Kaum sind die letzten Soldaten aus den Stellungen heraus, die ersten sowjetischen Einheiten nachgerückt, da scheint der Horizont im deutschen Hinterland zu brennen. Ein undefinierbares Grummeln beherrscht die Geräuschkulisse.

Genau zu jenem Zeitpunkt, als die Landser in den vordersten Stellungen den Befehl zum Absetzen erhielten, da erging an die Eisenbahn-Artillerieabteilungen 655, 664, 674, 717, 718, 722 und 772 die Order, das Feuer auf die eigenen Stellungen in der Hauptkampflinie zu eröffnen.

Granaten der Kaliber 15 cm, 17 cm und 24 cm krepieren in der Hauptkampflinie und nun auch zwischen den sowjetrussischen Sturmtruppen und zerstampfen Rotarmisten, Panzer und Spähwagen. Dann tut es einen urgewaltigen Donnerschlag, als das Eisenbahngeschütz Schwerer Gustav erneut eine ihrer Granaten, groß wie ein ausgewachsenes Nilpferd, auf den Feind herabregnen lässt. Die überlebenden Sowjets werden von Panik und Grauen gepackt. Sie fluten im Granatenhagel der schweren und schwersten Kaliber zurück zu ihren Ausgangsstellungen. Doch immer wieder werden einzelne Soldaten und auch ganze Gruppen von den niedergehenden Koffern zerfetzt. Noch versuchen Offiziere und Politkommissare Disziplin und Ordnung in die zusammengeschrumpften Einheiten zu bringen, doch wird so mancher von ihnen von den eigenen Männern niedergeschossen. Mehr und mehr erkennen nun auch die Führer vor Ort, dass sie ihre Männer nicht mehr an der Flucht hindern können, und schließen sich dem allgemeinen Rückzug an, um wenigstens im rückwärtigen Gebiet wieder Ordnung herzustellen.

Das Oberkommando der Wehrmacht gibt bekannt

… Im Gegensatz zur restlichen Ostfront herrscht im Südabschnitt weiterhin unvermindert starke Gefechtstätigkeit. Die Bolschewisten

führen immer wieder frische Verbände an die Front, die in kürzester Zeit zerschlagen werden.

Unsere tapferen Divisionen, unterstützt durch Einheiten unserer Verbündeten, schlagen Angriff um Angriff zurück. Unterstützt werden sie dabei von schwersten Artilleriegeschützen. Auch unser Eisenbahngeschütz »Schwerer Gustav«, der Gipfel deutscher Ingenieurskunst, beweist im Frontdienst seine Tauglichkeit.

Die Verluste der sowjetischen Sturmdivisionen stehen in keinem Verhältnis zum minimalen Geländegewinn im Vorfeld von Rostow am Don.

Abgesehen von einigen Aufklärungsflügen über Frankreich übt sich die anglo-amerikanische Luftwaffe in Zurückhaltung.

Dagegen unternehmen unsere Jagdbomber- und Zerstörerstaffeln immer wieder Störangriffe gegen die englische Südküste und den feindlichen Schiffsverkehr im Ärmelkanal. Unterstützt werden die Kräfte unserer Luftwaffe dabei von Schnell- und Torpedobooten der Kriegsmarine.

Mehrere 10.000 Tonnen feindlicher Schiffstonnage konnten vernichtet oder schwer beschädigt werden. In der Atlantikschlacht gelang es deutschen und auch italienischen Unterseebooten, dem Feind empfindliche Verluste an Handelstonnage zu zufügen ...

03. Januar 1943

Vormittags, Neue Reichskanzlei, Berlin

Wieder einmal klopft es an der schweren Eichentür zum Arbeitszimmer des Kaisers. Genervt schaut der Monarch von einem Schreiben auf, das vor ihm auf dem Mahagonischreibtisch liegt.

Es klopft erneut.

»Kommen Sie schon rein, Reichenbach.«

Vorsichtig, doch mit festem Schritt, betritt der Garde-Major den Raum und nähert sich dem Staatsoberhaupt. Er bleibt vor dem schweren Schreibtisch stehen und meldet: »Eure Majestät, der Herr Generaloberst Beck ist mit den übrigen Herren wie befohlen eingetroffen.«

Louis Ferdinand von Preußen nickt seinem Ordonanzoffizier zu.

»Danke, Herr Reichenbach. Die Herren sollen eintreten.«

Der schneidige Major dreht auf den Hacken um und schreitet wieder auf die schwere Tür zu.

Wenige Augenblicke später geleitet er eine Person in der Uniform eines Generalobersten der kaiserlichen Wehrmacht und zwei Herren in zivilem Anzug zum Arbeitsschreibtisch des Kaisers. Dort nehmen alle vier Aufstellung. Der Ordonanzoffizier meldet: »Eure Majestät, die Herren Generaloberst Beck, Goerdeler und Leber.«

»Danke, Reichenbach. Lassen Sie uns bitte allein.«

Unverzüglich verlässt der Major das geräumige Zimmer. Erst als die Tür von außen geschlossen wird, blickt der in die elegante Uniform der Kaiserlichen Garde gekleidete Monarch auf.

Fest und prüfend mustert er die drei Männer vor seinem Schreibtisch. Nach einigen Augenblicken, welche wie eine Ewigkeit erscheinen, bittet er die Herren mit einer kurzen Handbewegung, in den vor dem Schreibtisch stehenden Sesseln Platz zu nehmen.

Er lehnt sich etwas zurück und wendet sich zuerst an den Generaloberst: »Nun, Herr Beck, Sie haben mich gebeten, dass ich ihre beiden,« der Monarch überlegt kurz, ehe er fortfährt, »sagen wir einfach ›Bekanntschaften‹ empfange. Also, was kann ich für Sie tun?«

Der Generaloberst, einst Generalstabschef des Heeres, der aus Protest gegen Hitlers Kriegspläne zurücktrat, antwortet mit einem unterdrückten hessischen Dialekt: »Eure Majestät, ich danke für die Audienz. Ich bin in Begleitung der Herren Goerdeler und Leber, welche die führenden Köpfe des ehemaligen Widerstandes gegen Hitler darstellen, zu Ihnen gekommen, um Ihnen die Vorstellungen der zivilen Vertreter eines neuen Reiches darlegen zu lassen.«

Der Monarch schaut den General skeptisch an. Noch ehe er etwas erwidern kann, meldet sich der ehemalige SPD-Funktionär Julius Leber zu Wort. Er räuspert sich. »Nun Eure … ähm … Majestät …« Die Ablehnung dieser Etikette ist ihm förmlich anzuhören. »Es ist ja sehr schön, dass Hitler und sein rüpelhaftes Gefolge entfernt worden sind, doch … eine Monarchie kann nur funktionieren, wenn Sie durch ein starkes demokratisches Element vervollständigt wird, nicht? Wie sehen die Pläne der neuen Führung für das Reich aus? Welche Rolle werden unsere demokratischen Kräfte spielen?«

Beck wirkt gelinde gesagt überrascht.

»Nun, Leber, warum sollte ich den ›demokratischen‹ Kräften und ganz besonders der SPD irgendwelche gesonderten Positionen im Reich zugestehen?«, fragt der Kaiser und wirkt dabei wie ein Wolf auf der Jagd. »Damit Sie und Ihre Genossen wieder agitieren können? Um Volk und Armee aufzuhetzen?«

Julius Leber wird ob dieser Anschuldigungen rot vor Wut und hält mit seiner Empörung nicht hinterm Berg. Louis Ferdinand lehnt sich nach vorn; die Finger beider Hände berühren sich vor seinem Gesicht und bilden eine Raute. Er fixiert sein Gegenüber mit einem kalten Blick. Leise und nicht ohne eine Drohung mitschwingen zu lassen, sagt er: »Sei es, wie es will. Egal, was Sie und Ihre Genossen unternehmen werden, ein November 1918 wird es nicht noch einmal geben! Und Ihnen, Leber, möchte ich die Chance geben, sich das Arbeiter- und Bauernparadies in seiner ganzen Pracht anzuschauen.«

In Lebers Gesicht bildet sich ein großes Fragezeichen. Noch ehe er etwas erwidern kann, fährt Louis Ferdinand fort: »Sie waren doch schließlich Oberleutnant und Batterieführer! Die Wehrmacht benötigt dringend gute Offiziere. Sie können nach einer kurzen Auffrischung in Jüterbog im Rang eines Hauptmannes und Verbindungsoffiziers bei unseren neuen Verbündeten, der Russischen Volksarmee des Generals Wlassow, Informationen aus erster Hand über den gelebten Sozialismus, Kommunismus und Bolschewismus einholen!«

Leber ist erschüttert, rafft sich jedoch zu einer Erwiderung auf: »So wollen Sie also unliebsame Gegenspieler entfernen? Indem Sie sie an der Front verheizen?«

»Mein lieber Leber, ihre Bekanntschaft, Graf von Wartenburg, ist als Oberleutnant ebenfalls zu General Wlassow abkommandiert, um beim Aufbau der Panzertruppe zu helfen.

Solcherlei Maßnahmen dienen allein dazu, unsere neuen Verbündeten zu unterstützen und Ihnen die Möglichkeit zu geben, sich am Aufbau des neuen Reiches zu beteiligen.

Von Wartenburg hat übrigens ohne Umschweife zugestimmt. Würde ich Sie und Ihre Genossen ohne großes Aufsehen loswerden wollen, hätte ich mit Sicherheit andere Mittel und Möglichkeiten.«

Nun ist Leber natürlich im Zugzwang. Noch ehe der Sozialdemokrat sich zu einer Entscheidung durchringen kann, setzt der Kaiser nach: »Sie können sich natürlich auch mit unserer Zustimmung in die neutrale Schweiz absetzen; daran werden wir Sie nicht hindern. Doch nun möchte ich Ihnen die Möglichkeit zuteilwerden lassen, sich in Ruhe für eine Option zu entscheiden.«

In diesem Moment erscheint ein Soldat der Kaiserlichen Gardedivision »Großdeutschland« in Begleitung des Adjutanten im Arbeitszimmer und geleitet Julius Leber wortlos hinaus.

Carl Friedrich Goerderler, Politiker der aufgelösten Deutschnationalen Volkspartei und ehemaliger Oberbürgermeister von Leipzig, verhielt sich während der Auseinandersetzung zwischen dem Kaiser und Julius Leber vollkommen ruhig.

»Nun zu Ihnen, Herr Goerderler. Sie sind mir als aufrechter Mann und Anhänger meines Hauses bekannt. Ich hoffe, dies entspricht den Tatsachen?«

»Eure Majestät, natürlich bin ich nach wie vor der Monarchie und dem Hause Hohenzollern verpflichtet!«

Der Kaiser nickt zufrieden und reicht sowohl Goerderler als auch Generaloberst Beck zwei Umschläge. Sie nehmen diese überrascht entgegen, öffnen sie und wechseln dann einen Blick.

Louis Ferdinand I. nimmt dies mit einer gewissen Belustigung auf und gibt erklärend bekannt: »Sie, verehrter Herr Generaloberst Beck, werden neuer Reichsprotektor von Böhmen und Mähren. Ihre vorrangigste Aufgabe wird die Vorbereitung zur Wiedererrichtung eines tschechischen Staates werden. Ich denke, dass Ihre entschlossene Haltung in der tschechischen Frage Ihnen auch bei den Tschechen selbst einige Sympathiepunkte eingebracht hate. Ich erwarte eine enge Zusammenarbeit mit den Tschechen, doch etwaige Zugeständnisse betreffend die Souveränität der Tschechei sind nur in Absprache mit dem Reichsaußenminister zu geben. Dennoch wünsche ich, dass mit Ihrem Dienstantritt auch die Flagge der Tschechei in einem feierlichen Akt am Hradschin gehisst wird. Des Weiteren werden Sie mit sofortiger Wirkung im Rang eines Generalobersten in meine Garde übernommen.«

Der stets ruhig und reserviert wirkende Generaloberst kann diesmal seine Freude nur bedingt verbergen.

»Eure Majestät, ich werde mich Ihres Vertrauens als würdig erweisen und nicht enttäuschen.« So lauten die wenigen, wohl überlegten Worte des Dankes, aus denen eine tief empfundene Freude zu hören ist.

Nun richtet sich der Monarch an den noch immer ruhig und abwartend dasitzenden, in einen schlichten, doch sehr elegant wirkenden Anzug gekleideten Goerdeler.

»Mein lieber Goerdeler, wie Sie sicher bereits bemerkt haben, halten Sie die Ernennungsurkunde zu meinem persönlichen politischen Berater in Ihren Händen. Ich denke, dass Sie der richtige Mann sind, um erstens das momentane Kabinett mit den Herren von Neurath als Außenminister, Hierl als Arbeitsminister und Chef der Organisation Todt und des Reichsarbeitsdienstes, Herrn Duesterberg als Innenminister, Herrn Backe als Minister für Ernährung und Landwirtschaft sowie Herrn Speer als Minister für Bewaffnung und Munition zu führen, und natürlich, um zweitens in absehbarer Zukunft ein eigenes Kabinett mit geeigneten Männern aus den verschiedensten Organisationen und Institutionen zu berufen. Auf langer Sicht ist es mein Ziel, Sie als Reichskanzler einzusetzen, um dem Reich eine Friedensregierung zu geben.«

Das Oberkommando der Wehrmacht gibt bekannt

... unseren Flak-Abteilungen im besetzten Teil Frankreichs ist der Abschuss zahlreicher feindlicher Bomber gelungen. Weitere Terrorbomber wurden von der Jagdabwehr vernichtet oder teilweise schwer beschädigt, so dass sie auf besetztem Gebiet notlanden mussten.

An der afrikanischen Front gelang es den Truppen der Heeresgruppe Afrika, den anglo-amerikanischen Streitkräften erneut bedeutende Verluste zuzufügen. Auch die Einheiten der 8. Britischen Armee mussten Verluste hinnehmen, als sie versuchten, weiter vorzudringen.

Im Norden der Ostfront kam es zu keinen nennenswerten Kampfhandlungen. Im Bereich der Heeresgruppe Mitte versuchen die Bolschewisten durch Angriffsoperationen im Raum Rschew unsere Truppen zu binden.

Im Südflügel der Ostfront sind weiterhin schwerste Abwehrkämpfe im Raum Rostow im Gange. Dort halten unsere Truppen, unterstützt

04. Januar 1943

Vormittags, außerhalb des Kriegsgefangenenmannschaftsstammlagers VII A

Der ehemalige Mladschi Serschant der Roten Armee Nikolai Iwanowitsch Wolkow ist wieder einmal mit seinem Arbeitskommando von 25 Mann und acht Wachsoldaten auf der Landstraße zwischen Freisingen und Landshut unterwegs und räumt den in der Nacht gefallenen Schnee. Die Kälte ist schneidend, dennoch schwitzt er durch die schwere Arbeit.

Erneut riskiert er einen flüchtigen Blick in Richtung der Wachsoldaten. Diese sind in dicke Mäntel gehüllt und hüpfen dennoch von einem Bein auf das andere, um warm zu werden.

Je vier Mann stehen auf einer Straßenseite. Unvermittelt schaut einer der Männer genau zu ihm herüber, doch nichts geschieht. In der Vergangenheit hätte es sofort eine Schimpftirade oder gar Schlimmeres gegeben. Doch seit einiger Zeit ist der Umgang der Deutschen mit den Kriegsgefangenen bedeutend besser geworden. Auch einen regen Austausch unter den Wachmannschaften konnte Wolkow beobachten. Viele bekannte Gesichter waren verschwunden und wurden durch meist ältere oder kriegsversehrte Männer ersetzt.

Jener Wachsoldat, ebenfalls ein Neuling, winkt Wolkow zu sich heran. Dieser nähert sich vorsichtig dem Deutschen. Zur Überraschung des Russen zückt der deutsche Soldat eine Schachtel Zigaretten aus seiner Manteltasche und hält sie Wolkow hin. Der ehemalige sowjetische Unteroffizier nimmt sich vorsichtig und unsicher die angebotene Zigarette. Auch der Deutsche angelt sich eine heraus und zündet sie sich mit einem Streichholz an. Dann bekommt Wolkow das brennende Streichholz hingehalten. Genüsslich zieht er an der Zigarette und inhaliert den Rauch tief in seine Lunge. Ein lange nicht mehr gekannter Geschmack. Sofort kommt ein anderer Wachsoldat, der nach Wolkows Schätzung keine 20 Jahre alt ist, auf die beiden zugelaufen, so schnell, dass er auf der verschneiten Straße beinahe ausrutscht. Er kann sich gerade noch so auf den Füßen halten. Wolkow ist schon im Begriff zu verschwinden, doch der ältere Deutsche hält ihn am Ärmel fest. Der junge Wachsoldat stellt sich vor den älteren, gestikuliert aufgeregt mit den Armen und meint: »Herr Obergefreiter, Sie können doch nicht einfach, ich meine, es ist verboten mit den Gefangenen …« Der junge Soldat kommt nicht mehr dazu, seinen Satz zu beenden. Barsch schreit dieser Obergefreite, nach Wolkows Einschätzung vielleicht Mitte 30, den jungen Landsmann an: »Was soll verboten sein? Dass man die Gefangenen mit Anstand und Respekt behandelt? Genauso kommst du mir vor, Freundchen! Solche Experten hatten wir im Osten genug. Hinter der Front, gegen die Zivilisten den dicken Max markieren … die Einwohner mit unsinnigen und verbrecherischen Maßnahmen gegen uns aufbringen, aber noch nie richtig an der Front gewesen! Du Rotznase hast mir gar nichts zu sagen. Wo ich schon hingeschissen habe, willst du erstmal hinkommen!«

Der junge Wachsoldat macht nach dieser Zurechtweisung einen Eindruck wie ein begossener Pudel und verschwindet. Provokativ ruft der Obergefreite in Richtung der übrigen Gefangenen: »Pause, Leute, nachher schneit es ja doch wieder und die Plackerei fängt von vorn an.« Er winkt die sowjetischen Gefangenen zu sich ran und lässt seine Zigarettenschachtel herumgehen.

Sofort bildet sich eine kleine Traube um den Obergefreiten, auch 4 andere Wachsoldaten kommen heran und teilen ihre Zigaretten mit den Gefangenen.

Ein paar Minuten später kommt ein Solo-Krad angebraust und hält vor der Menschenansammlung. Steifbeinig steigt der Fahrer von seiner Maschine, blickt sich etwas irritiert um, sagt aber kein Wort.

Kurz entschlossen geht er auf den Obergefreiten zu, überreicht ihm ein Schriftstück und erläutert: »Befehl vom Lagerkommandanten. Alle sowjetischen Gefangenen sollen sich schnellstmöglich auf dem Exerzierplatz einfinden.« Der Obergefreite überfliegt das Schriftstück und nickt dem Kradmelder zu. Dieser setzt sich wieder auf seine Maschine und braust davon.

Der Obergefreite zieht noch einmal an seiner Zigarette, wirft sie dann in den Schnee, wo sie zischend ausgeht, und sagt: »Also los. In Dreierreihen aufstellen und Abmarsch!«

Nikolai Wolkow tut, wie ihm geheißen, denn so viel Deutsch hat er in der vergangenen Zeit gelernt, seit er bei der Schlacht um Charkow im Mai '42 in Gefangenschaft geraten ist, dass er den Mann versteht.

Kurze Zeit später steht Nikolai Iwanowitsch Wolkow mit hunderten anderen sowjetischen Kriegsgefangenen auf dem großen Exerzierplatz des Mannschaftslagers.

Vor ihnen ist eine Art Podest aufgebaut mit einem Rednerpult in der Mitte. Einige deutsche Soldaten machen sich noch an Kabeln zu schaffen.

Wolkow hat sich bereits bei mehreren Sowjetsoldaten erkundigt, ob jemand wisse, was sie erwarten würde, doch niemand weiß etwas. So wartet er gespannt, was da für sie vorbereitet wird.

Nach weiteren vier Minuten, welche sich ob der Kälte wie Stunden anfühlen, betreten drei Männer das Podest. Voran schreitet ein großer, kräftig gebauter Kerl mit dicker Brille und einer deutschen Generalsuniform, die jedoch mit den Rangabzeichen eines Generals der zaristischen Armee bestückt ist. Hinter ihm marschiert ein ebenfalls in eine deutsche Generalsuniform gehüllter mittelgroßer Mann, versehen mit den Rangabzeichen eines zaristischen Generalleutnants. Zu guter Letzt ist da ein deutscher Offizier, den Wolkow sofort als den Lagerkommandanten erkennt. Dieser bewegt sich ans Rednerpult, während die beiden anderen Männer im Hintergrund auf Stühlen Platz nehmen.

Der Lagerkommandant spricht ins Mikrofon und gibt eine kurze Erklärung der Lage auf Deutsch ab, die kaum jemand versteht.

Als der deutsche Oberst seine Ansprache beendet hat, übergibt er das Wort an den russischen General. Dieser führt nun auf Russisch aus: »Kameraden, für alle, die mich nicht erkannt haben, ich bin General Andrei Andrejewitsch Wlassow, ehemaliger Befehlshaber der 20. Armee, mit der ich Moskau verteidigte, stellvertretender Befehlshaber der Nordwestfront und Befehlshaber der 2. Stoßarmee. Und nun will ich mit euch zusammen als Oberbefehlshaber der ›Russischen Volksbefreiungsarmee‹ unser russisches Vaterland aus den Fängen von Stalin und seinem Terrorregime befreien! Genau wie ihr, meine Kameraden, wurde auch ich von Stalin und seinen Schergen verraten! Man schickte meine Männer und mich in die Sümpfe des Wolchow zum Sterben. Genau wie ihr wurde ich von seiner Propaganda über die Deutschen belogen.

Hinter euch liegt eine schwere Zeit, teils mit entwürdigender Behandlung. Doch nun, da Adolf Hitler und seine Helfer verschwunden sind und der edle Großdeutsche Kaiser dieses Reich führt, hat er mir persönlich versichert, dass dem russischen Volk ein ebenbürtiger Platz in Europa zugestanden wird.

Als erstes Zeichen dieser neuen Freundschaft zwischen unseren Völkern wird mir Erlaubt, eben jene Russische Volksbefreiungsarmee aufzustellen, und die Losung wird nicht lauten: *für Deutschland gegen Russland*! Nein, sie heißt: *mit Deutschland für ein freies und unabhängiges russisches Reich*!

Daher möchte ich euch hier und heute anbieten, an meiner Seite und an der Seite des Großdeutschen Kaiserreiches gegen Stalin und seine kommunistischen Schergen zu kämpfen. Ich biete euch den Eintritt in die Russische Volksbefreiungsarmee an. Jeder behält seinen Dienstgrad! Ich erhoffe eure Freiwilligenmeldung bis zum morgigen Mittag. Doch auch danach ist jeder, der sich freiwillig meldet, höchst willkommen. Kameraden, nun möchte ich jedoch das Wort an Generalleutnant Sergei Kusmitsch Bunjatschenko, seines Zeichens Befehlshaber des Heeres, übergeben.« Mit diesen Worten tritt General Wlassow vom Rednerpult zurück und Generalleutnant Bunjatschenko begibt sich ans Mikrofon. Auch er hält eine kurze, doch ebenso intensive Rede.

Nach einer guten halben Stunde verabschieden sich die beiden russischen Generale.

Wolkow blickt sich um; ihm geht es anscheinend wie vielen seiner Kameraden. Er schaut in Gesichter, aus denen Unglaube, Unsicherheit, Überraschung, aber auch unverhohlene Freude strahlt. Auch offene Ablehnung ist bei einigen zu erkennen.

Wolkow selbst weiß nicht recht, was er davon halten soll. Ja, auch er ist kein Freund der Kommunisten. Sein Vater selbst war erst Unteroffizier im Zarenreich und später in der Weißen Armee. Danach brachte er es in der Roten Armee zum Major, bis eines Tages Soldaten in sein Elternhaus stürmten und ihn mitnahmen. Seither ist er nie wiedergesehen worden.

Doch nun zusammen mit den Deutschen gegen die Sowjets kämpfen? Nikolai Wolkow war sich einer Sache noch nie so unsicher wie jetzt.

Glücklicherweise ist nun erst einmal Mittag und der Lagerkommandant hat für alle russischen Gefangenen die Arbeitseinsätze für heute und morgen abgesagt.

Das Oberkommando der Wehrmacht gibt bekannt

… Jagdbomber- und Zerstörerstaffeln führten erneut Störangriffe gegen britische Flugplätze, Funkmesstürme und Hafenanlagen an der britischen Kanalküste durch und konnten zahlreiche Flugzeuge und Schiffe vernichten oder schwer beschädigen.

Deutsche und italienische Unterseeboote vermochten im Atlantik, Mittelmeer und im Nordmeer mehrere zehntausend Tonnen feindlicher Handelsschiffstonnage zu versenken.

Im Mittelmeer ist es deutschen und italienischen Unterseebooten darüber hinaus gelungen, mehrere feindliche Truppentransportschiffe zu zerstören.

An der Front in Afrika konnten die anglo-amerikanischen Streitkräfte keine nennenswerten Geländegewinne erzielen.

An der Front vor Leningrad ging der Beschuss von kriegswichtigen Zielen mit schwerer Artillerie weiter; es konnten mehrere vernichtende Treffen in kriegswichtigen Rüstungsbetrieben beobachtet werden.

Sowjetische Sturmtruppen versuchen weiterhin, unsere Truppen im Bogen von Rschew zu binden und Geländegewinne zu erzielen. Unsere tapferen Soldaten verwehren ihnen diesen Erfolg.

Im Süden der Ostfront ziehen sich unsere Truppen weiterhin planmäßig und geordnet auf Rostow zurück und verstärken so die dortige Verteidigung. Die Bolschewisten konnten geringe Geländegewinne erzielen, welche jedoch in keinem Verhältnis zu den schweren Verlusten stehen.

Die Kräfte unserer Heeresgruppe A gehen weiter planmäßig auf den Kuban zurück, um dort einen Brückenkopf zu bilden und für neue Offensivaktionen bereit zu stehen ...

06. Januar 1943

Vormittags, Hauptquartier Oberbefehlshaber Ost

Eine aufgeheizte Stimmung herrscht im Hauptquartier des Oberbefehlshabers Ost im Rumjanzew-Paschkewitsch-Palast in Gomel.

Neben dem Oberbefehlshaber aller an der Ostfront eingesetzten Truppen des Großdeutschen Kaiserreichs und seiner Verbündeten, Feldmarschall von Manstein, haben sich in einem der vielen opulenten Festsäle die Herren Generalfeldmarschall Ewald von Kleist als Oberbefehlshaber der Heeresgruppe A, Generalfeldmarschall Maximilian von Weichs als Oberbefehlshaber der Heeresgruppe B, Generaloberst Hoepner als Oberbefehlshaber der Heeresgruppe Don, Generalfeldmarschall Günther von Kluge als Oberbefehlshaber der Heeresgruppe Mitte, Generalfeldmarschall Georg von Küchler als Oberbefehlshaber der Heeresgruppe Nord und der Oberbefehlshaber Nord, Generaloberst Eduard Dietl, eingefunden. Darüber hinaus sind die Luftwaffenbefehlshaber der Luftflotten 4, 1 und 5 sowie des Luftwaffenkommandos Ost anwesend; dies sind Generaloberst Wolfram Freiherr von Richthofen, Generaloberst Alfred Keller, Generaloberst Hans-Jürgen Stumpff und General der Flieger Joachim Coeler.

Als Vertreter der Verbündeten haben sich General Gusztáv Jány, Befehlshaber der 2. Ungarischen Armee, General Italo Gariboldi als Befehlshaber der 8. Italienischen Armee, Petre Dumitrescu, Oberbefehlshaber der 3. Rumänischen Armee, und General Constantin Constaninescu als Befehlshaber der 4. Rumänischen Armee eingefunden. Sie alle sitzen an einem mit reichlich goldfarbenen Ornamenten verzierten weißen Eichentisch. Mehrere Ordonanzen schwirren um die Herrschaften herum, um ihnen jeden Getränkewunsch von den Lippen abzulesen.

Von Manstein lässt die angeregten Gespräche noch eine Weile zu und verfolgt den einen oder anderen Dialog zwischen den höchsten Offizieren der Nord- und Ostfront.

Nach wenigen Minuten erhebt sich der Oberbefehlshaber Ost dann.

»Meine Herren, ich möchte jetzt um Ruhe bitten! Ein jeder von Ihnen hatte in den vergangenen Stunden Gelegenheit, seine Lage klar darzustellen.« Der Generalfeldmarschall mit der markanten Knollnase räuspert sich, wartet, bis die letzten Gespräche verstummt sind, und fährt dann fort. Er tritt dazu an eine große Karte, eingehängt in einen Ständer, die die gesamte Ostfront inklusive Finnland und Karelien zeigt. Von Manstein schwingt seinen Zeigestock.

»Sie können mir glauben, dass ich selbstredend sämtliche Einwände zur Kenntnis genommen habe. Ihre aktuelle Situation ist mir sehr bewusst und alles andere als gleichgültig! Dennoch müssen unliebsame Entscheidungen getroffen werden. Kurz zusammengefasst sehen wir uns mit folgender Lage konfrontiert: Die Abwehrschlacht um Rostow nähert sich ihrem Höhepunkt und trotz massivsten Einsatzes auch schwerster Artillerie rücken die Sowjets weiter vor und werden unsere Kräfte früher oder später in die Stadt hineindrängen. Die Truppen der 6. Armee sind jedoch bereits durch Rostow durch, ihre wenigen noch kampffähigen Verbände wurden mit in die Abwehrfront integriert.« Von Manstein verzieht das Gesicht. »Sie sind jedoch kaum der Rede wert …

Der Rest befindet sich bereits auf dem Weg nach Frankreich zur Auffrischung, auch um das Westheer wenigstens anzahlmassig wieder aufzustocken. Geplant ist, dass die kampffähigen Restverbände der 6. nach der Abwehrschlacht ebenfalls dorthin verlegt werden. Die Verbände der Heeresgruppe A ziehen sich schnellstmöglich auf den zu bildenden Kuban-Brückenkopf zurück, da ich fürchte, dass sie sich nicht schnell genug in Richtung Rostow bewegen werden und so abgeschnitten werden könnten. Eine Versorgung über die Meerenge von Kertsch ist durch die rumänischen und eigenen Seestreitkräfte gesichert. Zudem brauchen wir den strategischen Brückenkopf, um nochmals in den Kaukasus vorstoßen zu können oder die Truppen zu einem späteren Zeitpunkt evakuieren zu lassen.

Die restlichen Verbände der Heeresgruppe B, also die 2. Armee, Teile der 4. Panzerarmee, die 2. Ungarische Armee, die 3. Rumänische Armee und die 8. italienische Armee erlitten teils verheerende Verluste, konnten sich aber ebenfalls nach Rostow durchschlagen. Die 2. Armee steht im Raum Rostow im Abwehrkampf, die 8. Italienische Armee wird bereits größtenteils nach Italien verlegt. Nur einzelne Verbände, welche sich zur 6. Armee durchschlagen konnten, verbleiben vorerst in Rostow und unterstehen dort deutschen Verbänden. Die 2. Ungarische Armee hat ebenfalls schwerste Verluste erlitten, kämpft aber weiter im Südraum, ebenso wie die 3. Rumänische.« Von Manstein nickt den Rumänen im Raum anerkennend zu.

»Die Heeresgruppe Don hat das Unternehmen ›Wintergewitter‹ erfolgreich abgeschlossen und konnte sich bekanntlich mit der 6. Armee vereinigen und die Verbände zurückführen. Nun ist ebendiese Heeresgruppe durch Zuführung der drei einstigen SS-Divisionen ›Leibstandarte‹, ›Das Reich‹ und ›Totenkopf‹ sowie von Heeresverbänden aus den besetzten Gebieten in Nord und West unser kampfstärkster Großverband. Die Heeresgruppe steht mit ihren Verbänden in schweren Abwehrkämpfen rund um Rostow. Die Heeresgruppe Mitte ist erneut mit Angriffen im Raum Rschew konfrontiert. Dort rennt der Feind mit immer neuen Divisionen gegen unsere Stellungen an. Bisher konnten diese gehalten werden, doch nehme ich an, dass wir durch die neuerlichen Angriffe gezwungen werden sollen, Divisionen aus der Südfront dorthin zu verlegen. Durch die Abteilung ›Fremde Heere Ost‹ wissen wir jedoch auch, dass die Sowjets ihrerseits Divisionen aus anderen Frontabschnitten in genau diesem Südraum verlegen.

Bei der Heeresgruppe Nord kommt es immer wieder zu örtlich begrenzten Angriffen der sowjetischen Wolchowfront, doch halten unsere Kräfte den Attacken stand.

Im hohen Norden befindet sich die ›Lappland-Armee‹ weiterhin in schweren Abwehrkämpfen, auch um die Leningrad-Blockade. Ansonsten darf der Norden wohl als der derzeit ruhigste Frontabschnitt bezeichnet werden.«

Von Manstein wartet kurz, ob sich einer der Anwesenden dazu äußern möchte, doch diese warten gespannt auf weitere Erläuterungen des Oberbefehlshabers Ost.

»Unser Hauptaugenmerk muss auf dem Raum Rostow liegen. Sollte Rostow fallen und der Feind mit kampfkräftigen Offensivverbänden ins Hinterland durchbrechen, so könnte er über Woronesch bis Charkow gelangen und unsere gesamte Südfront zum Einsturz bringen. Damit wäre auch die Krim gefährdet und gleichwohl die Versorgung der Heeresgruppe A im Kuban-Brückenkopf.

Unsere Hauptaufgabe ist somit klar: Die Heeresgruppe B muss Rostow halten. Dazu werden die Divisionen des ›Korps Steiner‹, unter anderem die ehemalige 3. SS-Division, der Heeresgruppe B unterstellt. Gleiches gilt für die rumänischen Verbände.

Sämtliche noch vorhandenen italienischen, rumänischen und ungarischen Truppen haben sich in Rostow zu verschanzen. Im Straßenkampf fallen fehlende Beweglichkeit und der Mangel schwerer Waffen nicht so stark ins Gewicht. Die schweren Artillerieabteilungen werden ebenfalls unter das Kommando der Heeresgruppe B gestellt, um den Abwehrkampf zu unterstützen.

Die Heeresgruppe Don deckt die Nordflanke der Heeresgruppe B und den Frontabschnitt zur Deckung von Woroschilowgrad und Belgorod. Möglichkeiten zu Offensivhandlungen sind auszunutzen.

Die Heeresgruppe Mitte wird den Frontbogen von Rschew weiterhin halten. Sollte der Druck zu stark werden, kann auf die Linie Juchnoff-Wjasma zurückgegangen werden – den Befehl dazu behalte ich mir vor.

Die Heeresgruppe Nord muss den jetzigen Frontverlauf auf jeden Fall halten! Dort ist geplant, endlich die Festung ›Schlüsselburg‹ zu nehmen und den Oranienbaumer Kessel zu vernichten. Letztendlich müssen unsere Bemühungen darauf abzielen, Leningrad zu erobern – auch wenn das erst im nächsten Jahr erfolgen kann. Dafür werden der Heeresgruppe Nord die Divisionen der Russischen Volksbefreiungsarmee von General Wlassow sowie die Mehrzahl der Ostlegionen unterstellt, sobald diese einsatzbereit sind. Der General und seine Männer sind äußerst erfolgreich in ihren Rekrutierungsmaßnahmen unter den Kriegsgefangenen und Hilfswilligen; somit wird von dieser Seite sehr bald mit willkommener Unterstützung zu rechnen sein.

Im Norden wird eine ›Heeresgruppe Nordland‹ entstehen, welche Generaloberst Dietl und sein Stab übernehmen werden. Diese wird aus allen deutschen Einheiten in Finnland und Norwegen, namentlich den Armeen ›Lappland‹ und ›Norwegen‹, bestehen. Weitere Einheiten werden zugeführt werden. Hauptziel dieser Heeresgruppe wird die Einnahme des Hafens Murmansk sein, aber auch weiterhin die nördliche Blockade von Leningrad. Gegen Murmansk laufen die Planungen einer Operation im Zusammenwirken mit der Marine an, worüber noch zu sprechen sein wird. Fällt Leningrad, werden dafür endlich die benötigten Kräfte frei.

Den Herren der Luftwaffe kann ich leider keine großen Hoffnungen machen. Auch hier muss das Hauptaugenmerk weiterhin zwingend auf der Luftflotte 4, also dem Südraum, liegen. Dort erkämpfen sich unsere tapferen Flieger momentan die Luftüberlegenheit, die schlachtentscheidend sein wird! Daher darf ich keine Schwächung dieser Kräfte dulden. Die Luftwaffengeschwader der Wlassow-Armee werden nach der Ausbildung geschlossen der Luftflotte 1 unterstellt, um beim Kampf um Leningrad mitzuwirken.

Sie merken schon, es ist geplant, die Schlacht um Leningrad zu einer Befreiungsschlacht des russischen Volkes zu machen. Dafür ist es jedoch wichtig, dass zivile Opfer nun möglichst vermieden werden! Artilleriebeschuss ist nur noch auf militärische Ziele gestattet, dahingehend jedoch auch Rüstungsbetriebe und Energieversorgungsanlagen. Beschuss von Wohngebieten ist strengstens untersagt. Auch wird eine neue Propagandaoffensive gestartet, um die Zivilbevölkerung dazu zu bewegen, die Stadt zu verlassen. Dies ist zu ermöglichen und die in Empfang genommenen Zivilisten sind bestens zu behandeln! Des Weiteren sind alle Maßnahmen gegen Zivilisten an der gesamten Ostfront zu unterbleiben und es muss strengstens darauf geachtet werden, dass es zu keinerlei Übergriffen auf die Zivilbevölkerung kommt. Ich werde persönlich mit der allergrößten Härte gegen jede Art von Übergriff vorgehen – und zwar auf eine Art, dass die Zivilbevölkerung davon Kenntnis erhält. Dies hat jedoch nicht zu bedeuten, dass Bandentätigkeiten geduldet und nicht mehr bekämpft werden. Festgesetzte Bandenmitglieder werden allerdings nicht mehr exekutiert, sondern zum Arbeitseinsatz herangezogen. Ein ausdrücklicher kaiserlicher Befehl diesbezüglich wird Ihnen noch zugehen und muss dann zeitnah der Truppe bekanntgegeben werden.

Nun, das wäre es erst einmal von meiner Seite. Haben Sie Fragen, meine Herren?«

Erich von Manstein schaut in angespannte Gesichter, doch auch diesmal meldet sich niemand zu Wort.

»Gut, dann werde ich nach dem Mittagessen noch einige Detailfragen in kleiner Runde erörtern, doch sollte ich die Gelegenheit nicht mehr bekommen, so möchte ich mich jetzt schon einmal von den Herren von Kleist, von Kluge, von Küchler, Dietl, Keller, Stumpff, Coeler und Gariboldi verabschieden. Die Herren von Weichs, Hoepner, Jány, Dumitrescu, Constantinescu und von Richthofen bitte ich nach dem Mittagsmahl nochmals in dieses Konferenzzimmer. Doch jetzt erst einmal die körperliche Stärkung!« Mit diesen Worten sind die ranghöchsten Offiziere des Ostheeres vorerst entlassen.

Das Oberkommando der Wehrmacht gibt bekannt

... An der afrikanischen Front gelang es Einheiten der 15. und 21. Panzerdivisionen, zahlreiche britische Panzer zu vernichten, welche auf die Buerat-Stellung antraten.

Die 5. Panzerarmee schlug gemeinsam mit Vichy-französischen Truppen wiederholt amerikanische Einheiten zurück und fügte dem Feind dabei erhebliche Verluste zu.

An der Ostfront kam es am Südflügel erneut zu schwersten Abwehrkämpfen. Den Bolschewisten konnten wiederum blutige Verluste zugefügt werden.

Durch den Einsatz von schwersten Artilleriegeschützen mit einem Kaliber von bis zu 80 cm vermochten unseren tapferen Soldaten die Sowjets erfolgreich abzuwehren. Die Schlacht um Rostow steuert unweigerlich ihrem Höhepunkt entgegen. Unterstützt wird das deutsche Heer äußerst erfolgreich durch unsere Jagd- und Schlachtfliegergeschwader. Zahlreiche feindlichen Flugzeuge wurden in den zurückliegenden Stunden abgeschossen ...

09. Januar 1943

Nachmittags, Truppenübungsplatz Münsingen

Die Entscheidung ist Nikolai Iwanowitsch Wolkow, nun Mladschi Unterofizer der Russischen Volksarmee des Generals Wlassow, letztendlich doch leicht gefallen. Zwar hat sich die Behandlung durch die deutschen Wachmannschaften zunehmend verbessert – gleiches gilt für die Verpflegung und das Arbeitspensum –, doch das Leben eines Gefangenen ist einfach nichts für ihn und wenn es eine annehmbare Alternative dazu gibt, ergreift er sie beim Schopfe.

Bereits kurz nach der Freiwilligenmeldung, für die Wolkow tatsächlich anstehen musste, denn die Mehrzahl der sowjetischen Gefangenen hat sich für Wlassow und gegen die Gefangenschaft entschieden, ging es mit dem Zug nach Münsingen zum dortigen Truppenübungsplatz. Hier soll die 1. Schützendivision entstehen und darüber hinaus werden hier die Offiziere und Unteroffiziere auf verschiedenen Lehrgängen vorbereitet, so auch Unteroffizier Wolkow.

Sofort merkt Wolkow, dass in Sachen Disziplin und Ordnung ein gewaltiger Unterschied zwischen der Roten Armee und der Wehrmacht herrscht, denn durch einen Mangel an geeigneten russischen Ausbildern müssen zahlreiche deutsche Ausbilder ran. Dies solle sich jedoch, so General Wlassow, der die Ausbildung immer wieder persönlich überwacht, sehr bald ändern.

Die russischen Soldaten stehen im Halbkreis um einen deutschen Feldwebel, der ihnen die MP 40 erklärt. Es sind 15 Mann. Der Feldwebel hat einen Dolmetscher an seiner Seite, der jeden Satz auf Russisch übersetzt.

Gespannt lauschen Wolkow und die anderen Soldaten, die nun durchweg feldgraue Uniformen nach deutschem Muster tragen, den Worten des Dolmetschers und versuchen sie in Einklang mit den Handgriffen und Gesten des Deutschen zu bringen. Alle sind froh, draußen im Gelände zu sein, nachdem sie den ganzen Morgen über Taktik im Hörsaal gebüffelt haben.

Nach einigen Trockenübungen an der Maschinenpistole führt der Deutsche sie zur Schießbahn.

Nochmals zeigt der Feldwebel die Handhabung der Waffe, gibt dann drei kurze Feuerstöße ab und reicht die Waffe anschließend Wolkow.

Dieser übernimmt die MP und überprüft den Ladezustand, wie er es zuvor gelernt hat. Der deutsche Feldwebel tritt derweil an eine Waffenkiste heran und verteilt weitere Maschinenpistolen.

Während die russischen Unterführer Waffenausbildung haben, erreichen zum wiederholten Mal LKW, vollgepackt mit Kisten und Gerät, den Truppenübungsplatz. Sofort eilen mehrere Gruppen von Soldaten zu den Lastkraftwagen und entladen diese.

Die Kisten und Gerätschaften werden in Baracken geräumt.

Ein Melder eilt herbei und überbringt dem Feldwebel die Nachricht, dass seine Gruppe sich zu diesen Baracken begeben solle, um bei der Instandsetzung der eingetroffenen Waffen und Geräte zu helfen.

Auch dies übersetzt der Dolmetscher für die Russen und gemeinsam begeben sie sich zu den Gebäuden. Dort stehen nun mehrere Maxim-Maschinengewehre aufgebahrt, außerdem Infanterie-Maschinengewehre DP; DSchK-Maschinengewehre; PPSch 41-Maschinenpistolen; Mosin-Nagant-Gewehre, 82-mm-Granatwerfer BM-37 und sogar zwei 45-mm-Panzerabwehrgeschütze.

Diese Art von Arbeit haben die russischen, aber auch eine große Anzahl deutscher Soldaten in den letzten Tagen immer wieder erledigt. Die Divisionen der Russischen Volksbefreiungsarmee sollen vorerst hauptsächlich mit sowjetischen Waffen und Gerätschaften ausgerüstet werden, mit denen sich die Männer ja bereits auskennen.

Zurzeit stehen in den Baracken und Unterständen des Truppenübungsplatzes mehrere T-26, BT-7 und sogar einige T-34-Panzer für die Panzerabteilung der 1. Division der Russischen Volksbefreiungsarmee bereit. Die Artilleristen üben mit 76-mm-Divisionskanonen.

Weitere Waffenlieferungen werden in den nächsten Tagen aus dem Wehrmachtsarsenal in Riga erwartet.

09. Januar 1943

Vormittags, Rostow am Don

Ein tiefes Heulen orgelt über die schneebedeckte Landschaft der Ruinenstadt am Don hinweg. Der nervenzerrende Ton wiederholt sich im Sekundentakt. Kurz darauf überlagern ohrenbetäubende Explosionen jedes andere Geräusch in der trostlosen Umgebung.

Wände bersten und die letzten noch übriggebliebenen Scheiben zersplittern; Dachziegel werden wie welke Blätter von den Dächern geschleudert.

Was machen wir denn noch hier?, denkt sich Sergante Danilo Tomasi und nimmt hinter eine Wand eines mehrstöckigen Wohnhauses Deckung.

Neben ihm kauert sein alter Kamerad, der Caporalmaggiore Luigi Salva, und brüllt gegen den Lärm an: »Was soll das, Danilo? Sind wir hier das Futter für die Stalinorgeln?«

Der Angesprochene kommt nicht zu einer Antwort, denn in unmittelbarer Nähe schlägt eine Serie der gefürchteten Raketenwerfer ein, so dass der Mörtel auf die beiden italienischen Landser niederrieselt.

Plötzlich ebbt der markerschütternde Lärm der von den Sowjets als »Katjuscha« bezeichneten Raketenwerfer ab.

Dann kommen gleich die russischen Sturmtruppen, denkt sich der italienische Unteroffizier, nachdem er wieder einen klaren Gedanken fassen kann.

Er blickt vorsichtig durch das große Loch in der Wand, welches durch eine eingeschlagene Panzergranate in einem vorherigen Gefecht verursacht worden ist.

»Maledizione! (verdammt!), da kommen die Iwans schon!«, ruft Tomasi seinem Freund Salva zu. Sofort machen sich die beiden gefechtsklar. Das schwach durch die dichte Wolkendecke dringende Tageslicht dieses Januartages taucht das Vorfeld in eine düstere, Unheil verkündende Atmosphäre.

Schon schieben sich mehrere Stahlungetüme die Straße entlang, begleitet von sowjetischer Infanterie. Eine, hinter einer Schuttbarrikade stehende 7,5-cm-Pak eröffnet das Feuer und aus dem vordersten T-34 quillt dunkler Qualm hervor. Die restlichen Panzer bleiben stehen, doch noch ehe diese das Feuer auf den versteckten Feind eröffnen können, peitscht der nächste Schuss aus der Panzerabwehrkanone und schlägt in den zweiten Panzer ein. Dieser wird zwischen Turm und Wanne getroffen und kurz danach ertönt eine mächtige Detonation, welche den Turm aus dem Drehkranz reißt und gegen die Wand eines Gebäudes schleudert. Von dort fällt er auf den Gehweg der Straße. Mehrere Infanteristen werden durch Stahlsplitter des zerrissenen Panzers niedergestreckt und liegen nun in ihrem eigenen Blut.

Daraufhin jedoch haben die restlichen Tanks ihren gefährlichen Gegner entdeckt. Sie umkurven die Wracks ihrer beiden stählernen Kameraden. Noch einmal können die italienischen Panzerjäger ihre Pak abfeuern und einen dritten Kampfpanzer ausschalten, ehe die Stahlkolosse das Feuer eröffnen. Die Mündungsblitze von drei Sowjetpanzern blitzen auf. Sekunden später schlagen die Granaten in die Deckung der italienischen Pak ein. Die Barrikade wird förmlich auseinandergerissen und die Bedienungsmannschaft von Splittern und Steinbrocken durchsiebt.

Die Tanks umfahren gekonnt die vernichteten Panzer und stoßen weiter vor, gefolgt von der sowjetischen Infanterie.

Tomasi und Salva bringen ihr MG 34 in Stellung, warten, bis die Panzer vorbeigerollt sind und eröffnen dann das Feuer auf die nachfolgende Schützeneinheiten. Dutzende Sowjetsoldaten werden vom unerwarteten Beschuss erfasst und wie mit einer Sense niedergemäht. Salva sorgt für die Zufuhr der Patronengurte. Tomasi feuert immer wieder kurze, gezielte Feuergarben auf die Rotarmisten ab, welche sich nun hinter Schutthaufen oder Mauerresten in Sicherheit bringen wollen.

Die sowjetischen Panzer haben jedoch noch nicht bemerkt, dass sie von ihrer Begleitinfanterie getrennt wurden.

Nun zwitschern immer öfter Kugeln zu den beiden Italienern herüber und schlagen in die Wand des arg mitgenommenen Hauses ein. Eine Gruppe Feindsoldaten schickt sich an, über die Straße zu springen, um zu ihnen vorzudringen.

Salva schleudert in einer kurzen Feuerpause mehrere Stielhandgranaten aus dem Mauerloch zu den Sowjets hinüber.

Plötzlich stürzt Caporale Antonio Dio ins Zimmer, in dem seine beiden Kameraden den Feuerkampf führen, und brüllt gegen den Kampflärm an: »Danilo, Luigi, Befehl vom Chef! Es sollen alle auf das Eckgebäude an der Kreuzung zurückgehen und sich dort verschanzen!«

Tomasi jagt den Patronengurt durch das MG und führt eine Patronentrommel ein; Salva wirft die beiden letzten Stielhandgranaten und eine Eierhandgranate.

Danach begeben sich beide eilig zu Dio und klopfen ihm freundschaftlich auf die Schulter. Zu dritt eilen sie, jede mögliche Deckung nutzend, zur befohlenen Stellung.

Kurze Zeit später stehen die drei Italiener vor dem ehemaligen SS-Oberscharführer und jetzigen Feldwebel Markus Klaudius, welcher genau wie die drei Italiener in einer schmutzig-grauen und übel verschlissenen Uniform steckt. Klaudius dreht sich zu den Dreien um und meint freundlich: »Ah, meine römischen Legionäre sind auch da!« Er grinst sie aus seinem ebenfalls verdreckten Gesicht an – in seinen Worten schwang wahrhaftige Anerkennung mit.

Als kurze Zeit später weitere Soldaten, darunter auch einige Italiener, in dem großräumigen Zimmer, welches als Gefechtsstand für Feldwebel Klaudius dient, eintreffen, gibt dieser die aktuelle Lage bekannt, die alles andere als vielversprechend erscheint.

Tomasi, Dio und Salva sitzen in einem vierstöckigen Gebäude an einer breiten Straßenkreuzung in Rostow am Don. Die schweren Artillerieeinheiten, welche bisher so erfolgreich in den Kampf gegen die sowjetischen Sturmtruppen eingriffen, können nun nicht mehr zielführend eingesetzt werden. Zu sehr sind die Kämpfenden im Straßenkampf miteinander verzahnt.

Dennoch ist es gerade ihrem Einsatz zu verdanken, dass diese russische Großstadt nicht längst gefallen ist. Nun jedoch kann die Artillerie maximal den Nachschub der Sowjets im rückwärtigen Raum oder die Bereitstellungsräume der bolschewistischen Divisionen beschießen. Damit liegt die Hauptlast der Kämpfe abermals bei den Infanteristen.

Die drei italienischen Soldaten haben sich im dritten Stockwerk des Steingebäudes eingenistet. Im zweiten Stockwerk sitzen Feldwebel Klaudius und die Mehrzahl der ihm verbliebenen Männer. Das Erdgeschoss ist bis auf eine schwache Sicherung nicht besetzt, ebenso der Keller. Im ersten Stock befinden sich ebenfalls nur ein paar Mann zur Sicherung.

Der Sprengstoffspezialist der Gruppe, der Obergefreite Eberhardt Kehlheim, hat in den einzelnen Etagen einige Überraschungen für angreifende Rotarmisten angebracht …

Im vierten Stockwerk sitzt Unteroffizier Klaus Riedel mit seinem Scharfschützengewehr und lauert auf lohnende Ziele. Zur besseren Verständigung haben die Männer große Löcher in die Böden und Decken der Etagen gestemmt.

Gerade, als wieder einige He 111, begleitet von Me 109 als Begleitschutz, über die Stadt hinwegdonnern, kommt ein Melder in das Haus gesprintet. Vom Erdgeschoss aus ruft der Mann nach Feldwebel Klaudius.

Dieser wärmt sich mit Mehlei, Sommer und Berger an einem kleinen Feuer, denn die Temperaturen verharren wieder einmal im zweistelligen Minusbereich und es ist auch keine Besserung in Sicht. Da helfen irgendwann auch die neuen Winterparkas, welche vor Kurzem ausgegeben worden sind, nicht mehr.

Klaudius erhebt sich und begibt sich zum Fußbodendurchbruch.

»Was gibt es den so Wichtiges?«, erkundigt sich der Feldwebel recht salopp

»Nachricht vom Chef! Die Vorposten melden einen neuen Angriff des Iwans. Wieder mit Panzerunterstützung. Es sollen auch schwere Brocken darunter sein. Wohl auch Selbstfahrlafetten und natürlich ordentlich Infanterie. Werden wohl demnächst hier eintreffen. Wir sollen die Stellung um jeden Preis halten.«

Feldwebel Klaudius bestätigt den Befehl und der Melder begibt sich wieder zurück zum Kompaniegefechtsstand.

Der ehemalige Oberscharführer wendet sich dem Pionier Michael Mehlei zu: »Mehlei, ab zu Tomasi und seinen Männern. Nimm die russische Panzerbüchse mit. Vielleicht gelingt es ja, ein paar Russenpanzer durch Beschuss der Motorabdeckung von oben auszuschalten.«

Der junge Pionier schnappt sich die erbeutete PTRS-41 sowie die dazugehörigen Granaten und eilt zu den italienischen Soldaten im dritten Stockwerk.

Feldwebel Klaudius stellt sich hinter die Überreste eines Fensters im zweiten Stockwerk des Eckhauses. Mittels Fernglases beobachtet er die Straße und auch die Rotarmisten, die zu mehreren Dutzenden von Hauseingang zu Hauseingang wetzen.

Plötzlich zerreißt das charakteristische Pfeifen heranjagender Granaten die unheimliche Stille. Feldwebel Klaudius und seine Männer werfen sich auf die schmutzigen Dielen.

Heftige Explosionen befördern Staub, Erde und Steine ins Innere des Gebäudes. Eine Granate ist in das erste Stockwerk eingeschlagen und hat ein großes Loch in die Wand gerissen. Die übrigen Granaten schlugen in die Straße und den Gehweg ein und haben dort große Trichter hinterlassen.

Sofort richtet sich Klaudius wieder auf und späht erneut durch das geborstene Fenster. Die Rotarmisten haben den kurzen Artillerieüberfall genutzt, um rund 50 Meter gutzumachen.

Schon schlagen Kugeln in die Wände des Hauses ein oder pfeifen als Querschläger ins Innere des Zimmers. Die Soldaten des Feldwebels erwidern den Beschuss jedoch noch nicht, sondern halten weiterhin Feuerdisziplin und warten auf den Befehl von Klaudius. Dieser lässt die Rotarmisten, welche durch die fehlende Feuererwiderung unvorsichtig werden, noch einige Meter herankommen.

Dann lässt er seine sowjetische Maschinepistole sprechen. Das ist das Zeichen für den Rest der Männer, nun ebenfalls das Feuer auf die Angreifer zu eröffnen.

Die gegnerischen Soldaten suchen in Hauseingängen Deckung. Nur einen Wimpernschlag später biegt der erste von mehreren Panzern um eine Ecke in rund 400 Meter Entfernung.

Mehlei und Dio haben sich im dritten Stock an einer Fensterbank zu schaffen gemacht, so dass die Panzerbüchse einen sicheren und festen Stand hat. Aber noch sind die Panzer zu weit weg, um effektiv wirken zu können.

Die Sowjets rücken mit einem mächtigen KW-2-Panzer vor, der sich mühsam durch die Ruinenstadt quält, begleitet von zwei KW-1. Die Ketten des überschweren Tanks lassen die Gebäude erzittern.

Der KW-2 dreht seinen klobigen Turm mit der gewaltigen 152-mm-Haubitze auf das besetzte Gebäude. Es folgt ein ohrenbetäubendes Donnern. Abschuss und Einschlag geschehen fast zeitgleich.

Die schwere Artilleriegranate schlägt mit erschütternder Gewalt in das Erdgeschoss des Eckhauses ein. Ein Teil der Wand stürzt ein. Die Männer werden durch die Detonation teils zu

Boden geschleudert, teils suchen sie Deckung. Kein Feuer wird mehr auf die angreifenden Sowjets abgegeben.

Weiter rücken die Rotarmisten vor, gedeckt von den schweren Panzern.

Mehlei und Dio bringen die Panzerbüchse wieder in Stellung, Tomasi und Salva schießen mit dem MG-34 auf die Rotarmisten.

Caporale Antonia Dio zielt mit der PTRS-41 auf den schweren KW-2, welcher seine Haubitze nun auf das dritte Stockwerk ausrichtet.

Der italienische Gefreite versucht die Motorabdeckung des KW-2 anzuvisieren. Knallend entleert er das fünf Patronen fassende Magazin auf den Stahlkoloss. Er trifft jedoch nur die Seitenpanzerung, welche nicht durchschlagen werden kann. Schnell setzt Mehlei ein neues Magazin ein.

Der KW-2 ist ein Stück weiter vorgerückt; Dio setzt nun weiter oben an. Wieder feuert er. Zwei der Granaten prallen ab und schlagen in die Straße ein, doch die dritte findet ihr Ziel, durchschlägt die dünnere Panzerplatte der Motorabdeckung und bringt den Motor zum Explodieren. Sekunden später wird der 52 Tonnen wiegende Kampfpanzer zerrissen. Mehrere Rotarmisten werden von Stahlteilen getroffen und erschlagen, doch es gelang dem Richtschützen noch ein letztes Mal, die schwere Haubitze abzufeuern. Die 152-mm-Granate durchschlägt die Wand und explodiert im Inneren des Raumes. Michael Mehlei wird von mehreren großen Splittern förmlich zerrissen und ist augenblicklich tot. Dio, Salva und Tomasi reißen noch die Arme hoch, da stürzen Berge von Schutt auf sie hernieder und begraben sie. Der erstickte Schrei Tomasis reißt augenblicklich ab.

Eine Gruppe von Klaudius Männern pirscht sich, gedeckt durch das Gewehr- und Maschinenpistolenfeuer der Kameraden an den am nächsten stehenden KW-1 heran und kann ihn mit mehreren geballten Ladungen außer Gefecht setzen. Der letzte KW zieht sich daraufhin zusammen mit den Rotarmisten zurück.

Feldwebel Klaudius schickt sofort zwei Mann mit Schaufeln in die dritte Etage. Nach 20 Minuten können sie die fürchterlich zugerichteten und blutüberströmten Italiener bergen. Sie werden umgehend zum Verwundetensammelplatz verbracht, doch ob sie durchkommen, hängt am seidenen Faden …

09. Januar 1943

Nachmittags, Auswärtiges Amt

Konstantin Hermann Karl Freiherr von Neurath, Außenminister des Großdeutschen Kaiserreiches, steht, gehüllt in die schwarze Uniform der Kaiserlichen Garde und verziert mit den Abzeichen des Diplomatischen Korps, vor dem Botschafter Italiens, Graf Gian Galeazzo Ciano. Dieser trägt wie immer die schwarze Uniform des faschistischen Italiens. Neben ihm haben sich der ungarische Botschafter Döme Sztójay und der rumänische Botschafter Raoul Bossy versammelt.

Von Neurath geleitet seine Gäste in sein Büro, um mit ihnen möglichst ungestört und unbeobachtet sprechen zu können.

Als die vier Männer das Büro des großdeutschen Außenministers betreten, warten dort bereits die eventuell benötigten Dolmetscher. Von Neurath ist es diesmal besonders wichtig, dass es zu keinerlei Missverständnissen kommt. Der geschichtsinteressierte Minister muss kurz an eine Episode aus dem Leben Friedrich »Barbarossas« denken. Es soll einer fehlerhaften Übersetzung eines Papstschreibens geschuldet sein, dass sich der deutsche Kaiser und der Papst lange bekämpften.

Die Diplomaten stehen in einem lockeren Kreis zusammen; auf dem teuren Schreibtisch des großräumigen Arbeitszimmers liegen einige Briefumschläge.

Nach einer kurzen Begrüßung sagt von Neurath zwanglos: »Meine Herren, ich habe Sie zu mir bestellt, um Ihnen einige sehr vorteilhafte Angebote zu unterbreiten.«

Spannung macht sich auf den Gesichtern der Botschafter breit, nachdem ihnen das Gesagte übersetzt worden ist.

Von Neurath wendet sich zum Schreibtisch und nimmt den ersten Umschlag zur Hand.

»Alles, was ich Ihnen nun mitteile, wurde bereits durch den Kaiser bestätigt.«

Zu Graf Ciano gerichtet, beginnt er: »Graf Ciano, in diesem Umschlag finden Sie die ausgearbeiteten Verträge zur Lizenzfertigung verschiedenster Waffensysteme und Techniken sowie zur Lieferung einiger Hochtechnologien. Auch eine … mehr als annehmbare Forderung als Gegenleistung haben wir beigefügt.«

Der italienische Botschafter nimmt das Couvert entgegen. Konstantin von Neurath lächelt ihn an und sagt: »Mein lieber Graf, wir haben eine Stube für Sie hergerichtet, in der Sie sich die Verträge in Ruhe anschauen und Rücksprache mit Ihrer Regierung halten können. Ich erwarte eine Antwort heute Abend.«

Ciano schaut den deutschen Freiherren erstaunt an und erwidert: »Minister von Neurath, ich werde mir die Vertragswerke anschauen, doch verfüge ich nicht über die Vollmachten, weitreichende Vereinbarungen ohne entsprechende Rücksprachen zu treffen, daher ist es nicht gewiss, das die Zeitvorgabe eingehalten werden kann.« Er dreht sich um und verlässt das Arbeitszimmer des Außenministers.

Dieser wendet sich nun den beiden anderen Botschaftern zu. Auch sie erhalten jeweils einen Umschlag und ein Zimmer zugewiesen, um etwaige Vollmachten einholen zu können.

Als von Neurath letztendlich allein in seinem Arbeitszimmer ist, wendet er sich seinem Schreibtisch zu, setzt sich in seinen Ledersessel, öffnet eine Schublade und holt einen Stapel Papiere hervor. Nochmals schaut er sich die Verträge, welche er mit dem Kaiser, seinem persönlichen Berater für politische Entscheidungen, Goerdeler, dem Generalstabschef der Wehrmacht, Generalfeldmarschall von Witzleben, und dem Reichsminister für Bewaffnung und Munition, Albert Speer, ausgearbeitet hat.

Die Italiener werden dort zu lesen finden, dass die Firmen Fiat, Macchi und Reggiane die Lizenz zur Fertigung der Me 109 erhalten. Fiat erhält darüber hinaus die Lizenz für die FW 190. Die Firmen Breda und Savoia Marchetti sollen die Lizenzen für die Ju 188 und die FW 200 erhalten. IMAM erhält die Produktionslizenz für die HS 129 und CRDA ebenfalls für die FW 200. Auch Piaggio soll FW 190 in Lizenz herstellen dürfen.

Darüber hinaus werden Lizenzen für den Panzer IV und das Sturmgeschütz IV an Fiat-Ansaldo sowie für die Sd.Kfz 251 und Sd.Kfz. 10 an Breda vergeben.

Des Weiteren sollen der italienischen Marine deutsche Funkmessgeräte geliefert werden. Auch entsprechendes technisches Personal und Ingenieure werden gestellt.

Bei den rumänischen Unterlagen ist aufgeführt, dass beispielsweise die rumänische Firma IAR die Lizenzen für die Me 109 und Ju 188 erhält. Auch der beschleunigte Bau einer Fabrik zur Herstellung von Panzern des Typs IV und des Sturmgeschützes IV sowie von LKW des Typs Opel Blitz und von Sd. Kfz 251 ist geplant und soll durch Fachpersonal unterstützt werden.

Die ungarischen Unterlagen verraten, dass die Firma Marton fortan die FW 190 in Lizenz herstellen darf. Die Firma Manfréd Weiss Csepel soll Me 109, Panzer IV, Sturmgeschütze IV und Sd.Kfz 251 sowie Sd.Kfz 7 und 10 in Lizenz produzieren dürfen. Die Firmen MÀVAG und Ganz & Co. entsprechend Panzer IV, Sturmgeschütz IV, Opel Blitz und Daimler-Benz L 3000-Lastkraftwagen.

Allen Unterlagen sind zudem Verträge für Lizenzen zur Herstellung der MP 40, das MG 34, das MG 42, der 7,5 cm-Pak und der 3,7 cm-Flak beigefügt.

Bei den zu entrichtenden Gegenleistungen ist einzig eine Bedingung aufgeführt, nämlich jene, dass die wissenschaftlich-technische Zusammenarbeit zwischen den Staaten intensiviert werden soll und es den deutschen Forschungseinrichtungen sowie deren Leitern zu jeder Zeit erlaubt ist, entsprechend geeignetes Personal anzuwerben. Auch die uneingeschränkte Anwerbung von volksdeutschen Staatsbürgern aller drei Staaten soll gestattet werden sowie die Stellung von Personal für jeweils zwei Legionen, welche eine Personalstärke von je 5.000 Mann haben sollen. Auch die dauerhafte Nutzung von Stützpunkten für Heer, Kriegsmarine und Luftwaffe ist aufgeführt sowie eine Nutzung von einigen Landabschnitten für die Erholung der großdeutschen Bevölkerung nach dem Krieg. Dort sollen Erholungsanlagen und Häfen für KdF-Schiffe errichtet werden. Auch die Übergabe veralteter Panzer vom Typ Panzer 35 (t), Panzer 38 (t), Panzer 35 H (f) und 38 H (f), Panzer T-26 (r), BT-742 (r) ist angedacht.

Alles in allem rechnet von Neurath mit allgemeiner Zustimmung der Verbündeten. Er war, als er erstmals durch den Kaiser über dieses Vorhaben in Kenntnis gesetzt worden ist, zunächst überrascht, dass der Monarch derartige Technologien und Hilfestellungen beinahe zu verschenken gedachte. Doch Feldmarschall von Witzleben gab richtigerweise zu bedenken, dass jede Stärkung der Verbündeten auch eine Stärkung des Reiches bedeuten würde.

09. Januar 1943

Nachmittags, Neue Reichskanzlei, Berlin

Kaiser Louis Ferdinand, Generalfeldmarschall Fedor von Bock, Generalfeldmarschall Gerd von Rundstedt und Carl Friedrich Goerdeler haben sich im 400 Quadratmeter großen, mit Palisander und Rosenholz vertäfelten Arbeitszimmer des Kaisers versammelt. Sie stehen rund um den fünf Meter langen und 1,60 Meter breiten Kartentisch. Auf dessen massiver Marmorplatte liegt eine Karte Frankreichs ausgebreitet.

»Wie von Eurer Majestät befohlen, zieht sich die 7. Armee langsam, aber stetig aus Südfrankreich zurück. Auch Blaskowitz' 1. Armee geht Schritt um Schritt auf ihre alten Positionen zurück. Beide Armeen lassen wie gewünscht den größten Teil ihrer Pionier- und Instantsetzungseinheiten vor Ort. Sowohl General von Sponeck als auch Generaloberst von Blaskowitz haben Verbindungsoffiziere zu französischen Stellen geschickt, um den Einsatz unserer Einheiten zu koordinieren. Die Franzosen sind jedoch noch recht zurückhaltend«, erläutert Generalfeldmarschall von Bock. Er deutet mit einem schwarzen Zeigestock die Wege an, welche die Armeen nehmen.

Goerdeler ergreift nun das Wort: »Unser Botschafter bei Marschall Pétain hat bereits unsere Absichten erläutert und auch unsere weiteren Pläne für Frankreich … Dass wir planen, Paris an die französische Regierung zu übergeben, und wir ferner durchgesetzt haben, dass auch die Italiener sich wieder zurückziehen, wurde sehr wohlwollend zu Kenntnis genommen.«

Die Anwesenden nicken zustimmend, doch gibt von Bock zu bedenken, dass man, trotz allem Entgegenkommen, nicht die Kontrolle über Frankreich leichtsinnig aus der Hand geben dürfe, da der französische Widerstand nur auf Anzeichen der Schwäche warte. Doch der politische Ratgeber des Kaisers entgegnet, dass jedes Entgegenkommen den Widerstand schwäche und ihm den Rückhalt der Bevölkerung nehme. Daher sei es äußerst wichtig, bei der Bevölkerung Milde walten zu lassen.

Nun schaltet sich der Kaiser ein: »Wir müssen den Franzosen das Gefühl geben, dass sie ein gleichberechtigter Partner und Verbündeter sein sollen. Die Franzosen sind ein stolzes Volk, welches eine schmachvolle Niederlage erlitten hat. Wenn wir es schaffen, ebenjenen gekränkten Stolz wieder aufzubauen, so haben wir einen starken Verbündeten hinzugewonnen. Es muss uns nur weiter gelingen, die Franzosen auf unsere Seite zu ziehen und gleichzeitig die Alliierten und besonders die Engländer als die Schuldigen für ihre nationale Schmach verantwortlich zu machen.

Doch dafür ist es notwendig, Schritte einzuleiten, welche die Engländer dazu bewegen werden, weiterhin mit bestimmten Aktionen gegen die Franzosen vorzugehen. Ein erster Schritt wird es sein, dass wir aktive Mithilfe bei der Instandsetzung der französischen Flotte leisten. Ein weiterer, dass wir aktiv den Auf- und Ausbau weiterer französischer Streitkräfte fördern werden. Auch werden wir sie bei allen zukünftigen diplomatischen Treffen weitestmöglich mit einbeziehen und somit auch die Stellung von Marschall Pétain stärken.«

Feldmarschall von Bock, der drahtige Oberbefehlshaber West, nickt zustimmend: »Allein schon die unmittelbare Anwesenheit unserer Truppen bei den französischen Flotteneinheiten wird die Engländer zu einer Reaktion zwingen. London wird es nicht dulden, dass eine französische Flotte die britische Insel bedrohen könnte. Man erinnere sich an den britischen Angriff auf die französische Flotte im Hafen von Mers-el -Kébir und die Aktionen gegen französische Flotteneinheiten, welche sich in britischen Häfen befanden.«

»Es ist zwingend erforderlich, dass wir genau solche Operationen und auch die Bombardierungen der Royal Air Force gegen französische Industrieanlagen propagandistisch ausnutzen, genauso wie die militärischen Aktionen der Alliierten gegen die französischen Truppen in Nordafrika!«, ergänzt Goerdeler, um hinzuzusetzen: »Auch sollten man den französischen Zwangsarbeitern, welche in unserer Rüstungsindustrie eingesetzt sind, das Angebot unterbreiten, weiterhin für uns zu arbeiten, allerdings unter verbesserten Bedingungen und bei besserer Bezahlung. Wer ablehnt, soll schnellstmöglich in seine Heimat zurückkehren dürfen. Dies wird hoffentlich eine große positive Wirkung in der französischen Bevölkerung entfalten.«

»Auch sollten wir uns noch einmal mit Admiral Canaris beratschlagen, ob er noch Möglichkeiten sieht, um die Briten und Amerikaner zu unüberlegten Handlungen zu provozieren«, lässt sich wiederum der Kaiser vernehmen. Auch dies findet im Kreise der Beteiligten Zustimmung.

Als wären dies die Abschlussworte für die Versammlung gewesen, werden die Anwesenden vom Kaiser nun mit einem freundlichen wie festen Händedruck entlassen.

Der Monarch bleibt nun allein im riesigen Arbeitszimmer zurück. Erschöpft lässt er sich in einen der Ledersessel fallen und stützt das übernächtigte Gesicht in seine Hände. Nach wenigen Minuten erscheint sein persönlicher Adjutant, der junge Major Maximilian Reichenbach, im Zimmer. Besorgt erkundigt er sich nach dem Zustand seines Kaisers. Dieser Blickt abgespannt auf und flüstert: »Wenn es uns nicht gelingt, die Achse zusammenzuhalten und die Franzosen zu gewinnen, werden wir diesen Krieg verlieren.«

Das Oberkommando der Wehrmacht gibt bekannt

… Im Norden der Ostfront gelang es, eine bedeutende Munitionsfabrik in Leningrad durch Artilleriebeschuss zu zerstören. Die ganze Nacht über konnten schwere Explosionen beobachtet werden. Mehrere hundert Zivilisten haben die eingeschlossene Großstadt durch unsere Frontlinie verlassen und werden nun im Hinterland versorgt.

Im Bereich der Heeresgruppe Mitte setzt die Rote Armee ihre Störangriffe im Raum Rschew weiter fort, kann aber keine Einbrüche erzielen.

Mit unverminderter Stärke rennen die bolschewistischen Truppen trotz widrigster Wetterbedingungen gegen unsere Stellungen im Südabschnitt der Ostfront an und werden Mal um Mal von unseren tapferen Truppen und den Truppen unserer Verbündeten abgewiesen. Im Kampf in den Vororten Rostows gelang es einer versprengten Einheit unseres italienischen Bundesgenossen, mehrere feindliche Panzerkampfwagen im Nahkampf zu vernichten. Trotz der eingeschränkten Witterungsverhältnisse vermochte Oberleutnant Gerhard Barkhorn es, mehrere feindliche Schlachtflugzeuge abzuschießen und seine Abschusszahl auf 120 zu erhöhen.

Im Südatlantik gelang es Kapitänleutnant Wolfgang Lüth auf einer einzigen Feindfahrt, zwölf feindliche Handelsschiffe mit einer Gesamttonnage von 58.380 Bruttoregistertonnen zu versenken …

10. Januar 1943

Früher Morgen, westlich von Rostow am Don

Generaloberst und Generalinspekteur der Garde Joseph Dietrich befindet sich zusammen mit einigen vertrauten Offizieren seiner ehemaligen Leibstandarte in unmittelbarer Nähe der umkämpften Stadt Rostow. Geschützdonner und die übliche Geräuschkulisse der Front sind zu vernehmen. Eisig kalter Wind bläst den Männern entgegen. Besorgte Gesichter blicken die Leitfigur der ehemaligen Waffen-SS an.

Die Männer, unter ihnen der neue Kommandeur der eigentlich bereits aufgelösten Division Leibstandarte SS Adolf Hitler, ehemaliger SS-Brigadeführer und nunmehriger Generalmajor Wilhelm Bittrich, sowie die jetzigen Majore Hugo Kraas, Kurt Meyer und Max Wünsche sind gespannt, was »ihr Sepp« auf die eben gestellte Frage antworten wird.

Nach kurzer Bedenkzeit bleibt Dietrich stehen, sieht jeden seiner Männer, die er teilweise seit Jahren kennt, in das abgekämpfte und verschmutzte Gesicht. Ihm ist bewusst, dass sein Wort bei seinen Männern Gewicht hat. Würde er ihnen hier und jetzt befehlen, die Front zu verlassen und nach Berlin zu marschieren, sie würden es tun. Auch in Berlin hat er noch immer genug alte Seilschaften, um zumindest einige Transportkapazitäten freizubekommen, ganz davon abgesehen, dass er darüber hinaus noch Verbindungen zu den ehemaligen Ersatzeinheiten der Waffen-SS unterhält. Vielleicht würde es nicht für einen Putsch reichen, aber der ein- oder andere würde die seiner Meinung nach verdiente Kugel bekommen …

Aus diesem Grund muss er seine jetzigen Worte sorgsam wählen. Als er sie sich gedanklich bereitgelegt hat, beginnt er seine Gedankengänge ebenso kalt zu erläutern, wie der Wind ihnen um die Ohren bläst: »Kameraden, meine Loyalität gehört auch jetzt noch unserem Führer; er hat Deutschland aus der Schmach geführt und zu ungeahnter Größe emporgehoben. Doch wir müssen uns mit der Tatsache abfinden, dass er nicht mehr da ist. Dem Himmler oder Goebbels oder auch von Ribbentrop weine ich keine Träne nach!

Doch was würde geschehen, wenn wir nun mit allen möglichen und unmöglichen Mitteln gegen Berlin marschieren? Die

Fronten würden zusammenbrechen und die Bolschewisten hätten leichtes Spiel. Darum stehen wir ja auch heute wieder hier. Möge der Kaiser und seine Kumpanen über die SS denken, was sie wollen. Sie wissen aber um unsere Kampfkraft.

Was Himmler und seine Handlange mit den Bolschewiken tatsächlich gespielt haben oder auch nicht, weiß ich nicht. Was wirklich dahintersteckt, werden wir eines Tages erfahren.

Momentan halte ich es so, wie der Hess es einmal gesagt hat. *Hitler ist Deutschland, sowie Deutschland Hitler ist.*

Daher gilt meine Treue Deutschland und eben diesem unserem Vaterland halte ich am besten die Treue, indem ich vorerst das Spiel mitspiele. Wenn wir den Krieg gewonnen haben, werden die Karten vielleicht auch wieder neu gemischt.

Bis dahin ist mein Platz dort, wo ich euch am besten dienen kann und euer Platz ist dort, wo ihr Deutschland am besten dienen könnt … und das ist die Front.

Generaloberst Hausser wird mich auf dem Laufenden halten und gemeinsam werden wir schon dafür Sorge tragen, dass mit meinen SS-Männern keine Schweinerei passiert. Bis es so weit ist, soll vorerst das letzte Mal der Gruß erschallen – Sieg Heil!«

Ein vielstimmiges »Sieg Heil« erklingt.

Die Männer wissen nun, woran sie sind. Zusammen begeben sie sich zurück zum Gefechtsstand der ehemaligen Garde des Führers. Noch können sie hier bei Rostow die Front halten.

10. Januar 1943

Nachts, Südostengland

Trotz des recht mäßigen Wetters dreht die Ju 88 der Besatzung Schwarz ihre Runden im Gebiet des RAF-Fliegerhorsts Mildenhall. Zusammen mit ihr befinden sich weitere fünf Maschinen ihrer Gruppe auf der Jagd, um die feindlichen Bomber bei der Formierung zu stören und möglichst viele abzuschießen. Mehrere andere Langstreckennachtjäger sind über anderen Einsatzhäfen des britischen Bomber Command eingesetzt. Doch trotz aller Erfolge haben die vergangenen Feindflüge auch bei den deutschen Nachtjagdverbänden ihre blutigen Spuren hinterlassen.

Einige gute Besatzungen und treue Kameraden sind vor dem Feind geblieben und in Aufschlagbränden verglüht. Wenn sie Glück hatten, dann konnten sie noch aussteigen und gerieten in Gefangenschaft.

Die Besatzung der »Lucie« hatte bisher immer Glück. Abgesehen von einigen Einschusslöchern entging sie stets den feindlichen Bordschützen und Nachtjägern.

Wieder einmal starrt Unterfeldwebel Helmut Schwarz in die unendliche Nacht. Unter sich kann er die spärliche Beleuchtung des RAF-Stützpunktes erkennen. Noch immer hat die feindliche Luftwaffe kein probates Gegenmittel gegen die deutschen Fernnachtjäger gefunden; noch immer sind Bodenbeleuchtung und Positionsleuchten gesetzt.

Schwarz fliegt gerade einen weiten Bogen, da ruft der Hauptgefreite Leder durch die Eigenverständigung: »Helmut, genau vor uns, ein Kontakt fünf Grad, ungefähr 1.000 Meter.«

Angestrengt durchdringen die Augen des Unterfeldwebels die schwarze Nacht. Je weiter er in die angegebene Richtung fliegt, desto mehr versucht er etwas zu erkennen, und tatsächlich sieht er kurze Zeit später die unverkennbaren Positionsleuchten eines Flugzeuges. Er dreht die Junkers genau auf die roten Lichter ein und schon bald erkennt er schemenhaft die gewaltigen Umrisse eines Bombers.

Schwarz lässt die »Lucie« etwas nach unten sacken und kurvt hinter die Feindmaschine. Leicht drückt er nun die Junkers an und positioniert sich damit im leichten Steigflug genau von unterhalb hinter dem Bomber. Der Flugzeugführer erkennt an den Umrissen, dass es sich um eine Lancaster handelt. Fest hat er das Steuerhorn seiner Maschine in den Händen und will die MG FF/M und MG 17 betätigen, da hört er hinter sich das Bord-MG 15 des Obergefreiten Schneider losrattern. Dennoch feuert Schwarz nun auf die Lancaster und sieht, wie die Leuchtspurbahnen sich in die Bodenwanne und den inneren Backbordmotor fressen. Sofort lässt er die »Lucie« unter den Bomber, der langsam zu brennen beginnt, hinwegtauchen und versucht eine möglichst enge Kurve zu fliegen. Aus dem Augenwinkel sieht er, wie die Lancaster mit brennendem Motor nach unten wegsackt. Glühende Geschoßbahnen fliegen haarscharf über der Kanzel des Nachtjägers hinweg. Bei solchen Manövern macht sich die mangelnde Wendigkeit der Ju 88 bemerkbar. Hinter Schwarz und Leder hämmert das MG von Schneider. Schwarz zieht die schwere Junkers an und lässt sie steigen. Dabei kurvt er nach links und bald wieder nach rechts.

»Hinter uns ist die Luft rein. Ich kann nichts mehr sehen«, gibt Schneider durch.

Der Unterfeldwebel lässt die Maschine wieder steigen und schon bald danach gibt der Obergefreite Leder einen Kontakt bekannt. Wunderbar leuchtet der große Feindzacken auf der Röhre auf. Die Maschine fliegt stetige Abwehrbewegungen und pendelt im Lichtenstein-Gerät von links nach rechts und wieder nach links.

Sollte die Besatzung etwas gemerkt haben?, geht es Schwarz durch den Kopf. Die Entfernung verringert sich immer mehr und beträgt nur noch 500 Meter. Bald sind es noch 300. Schwarz nimmt vorsichtig das Gas raus. Die Besatzung späht nach allen Seiten. Schneider gibt die letzte Gerätemeldung durch: »Gegner voraus, 200 Meter. Etwa 50 Meter höher.«

Doch noch immer ist der Bomber unsichtbar für das menschliche Auge. Drei Augenpaare suchen den Sternenhimmel nach dem Feindschatten ab. Die Situation ist wie immer nicht ungefährlich. Es besteht die Gefahr, dass man sich gegenseitig rammt oder die feindlichen Bordschützen den Nachtjäger eher sichten und das Feuer eröffnen. Langsam wird Schwarz nervös, da der Gegner noch immer nicht auszumachen ist. Schneider sieht nochmals auf das Gerät. Der Zacken steht riesengroß im Entfernungsmesser. Der Engländer muss unmittelbar vor ihnen sein! Da fährt Unterfeldwebel Schwarz zusammen. Dicht vor ihnen, nur ein wenig höher, bewegt sich kaum sichtbar der feine Schatten eines viermotorigen Feindflugzeuges. Der Engländer ist anscheinend noch ahnungslos. Die mächtige Haifischflosse am Leitwerk hebt sich jetzt deutlich gegen den Nachthimmel ab.

»Eine Short Stirling!«, ruft Schwarz. In ihrem Rumpf trägt sie gut acht bis zehn Tonnen Sprengstoff. Der Unterfeldwebel überlegt nicht lange und greift an. Ein Donnern geht durch den Nachtjäger. Helle Stichflammen jagen aus Motoren und Tanks. Eine zweite Garbe reißt den Rumpf auf und trifft wohl die Besatzung. Hell und gespenstisch leuchten nun die blau-weiß-roten Kokarden an den Seiten des Bombers auf. Dann taucht er mitsamt seiner Bombenlast in die Tiefe. Schon meldet Schneider den nächsten Kontakt auf seinem Lichtenstein-Gerät. Schwarz ist vom Jagdfieber gepackt und kurvt sofort ein. Keiner der Besatzungsmitglieder erkennt den kleinen dunklen Schatten, der sich in Windeseile nähert. Unvermittelt leuchten Geschossgarben auf. Es schlägt in den Rumpf der Junkers ein; Glas splittert. Schwarz drückt das Steuerhorn ruckartig bis zum Anschlag nach vorn. Die Maschine sackt wie ein Fahrstuhl nach unten. Die Motoren heulen laut auf. Schwarz reißt den Nachtjäger immer wieder in enge Kurven, dann nutzt er den Fahrtüberschuss, um Höhe zu gewinnen. Der Fahrtwind zischt durch die Einschusslöcher in der Kanzelverglasung. Der Flugzeugführer kurvt auf Heimatkurs ein. Anscheinend haben sie wieder einmal Glück gehabt.

»Alles klar bei euch?«, fragt er durch die Bordverständigung. Leder meldet sofort, dass alles in Ordnung sei. Nur von Schneider kommt keine Antwort. Leder schaut nach dem Obergefreiten. Dieser hängt stöhnend in den Gurten. Leder erkennt, dass sich Blut auf dessen Fliegerkombi ausbreitet.

»Helmut, Fred hat es anscheinend schwer erwischt. Er rührt sich nicht mehr und blutet stark.«

So gut es die Platzverhältnisse erlauben, versucht der Hauptgefreite seinen Kameraden zu versorgen. Schweiß steht auf der Stirn des Unterfeldwebels. Sorgenfalten breiten sich auf seinem Gesicht aus. Er stellt die Motoren auf Volllast und versucht so schnell wie möglich den heimatlichen Fliegerhorst zu erreichen. Schon bald passieren sie die Klippen der englischen Kanalküste. Fast schon will sich etwas Erleichterung breitmachen, da bemerkt er, wie die Öldruckanzeige des Backbordmotors zu sinken beginnt.

»Eberhard, der Öldruck Backbord fällt; kannst du was erkennen? Ich seh' nichts Ungewöhnliches.«

Beide unverwundeten Besatzungsmitglieder behalten nun den Motor im Auge.

»Ich glaub', da sind ein paar Einschusslöcher in der Motorverkleidung«, gibt Leder bekannt.

Schwarz nimmt die Leistung etwas herunter, dennoch sinkt der Öldruck immer weiter und die Motortemperatur steigt besorgniserregend. Letztendlich entschließt sich Schwarz, den Motor abzustellen und die Luftschraube auf Segelstellung umzuschalten.

»Eberhard, gib durch, dass wir einen Verwundeten an Bord haben und die den Sanka bereithalten sollen. Auch, dass wir im Einmotflug reinkommen.«

Die Minuten verstreichen zäh wie Stunden. Immer wieder erkundigt sich Schwarz, wie es dem Kameraden gehe. Die Maschine verliert mehr und mehr an Höhe und es ist für den Unterfeldwebel immer schwieriger, sie auf Kurs zu halten

»Mensch Eberhard, ich glaub, wir schaffen es nicht mehr bis nach Hause. Ich fürchte, wir müssen unsere Lucie irgendwo am Strand runtersetzen.«

»Ja, ich fürchte auch. Ich gebe unsere Position durch.«

Endlich zeichnet sich die französische Küstenlinie am Horizont ab. Wenig später können die Männer die Gischt der Brandung sehen. Leder feuert einige rote Leuchtkugeln ab. Schwarz drückt die Junkers nach unten und versucht, sie so sanft wie möglich auf den Strand aufzusetzen. Wasser und Sand spritzen nach oben und fliegen an der Kanzel vorbei. Die Rotorblätter verbiegen sich. Es knirscht und scheppert fürchterlich, doch langsam nimmt das schleifende Geräusch ab und der Nachtjäger kommt zum Stillstand. Schnell reißt Unterfeldwebel Schwarz die Zündung raus; Leder wirft die Kanzelverglasung ab. Die beiden Männer entledigen sich ihrer Gurte. Unterfeldwebel Schwarz klettert schweißnass aus der Kanzel und der Hauptgefreite Leder reicht ihm langsam den verwundeten und immer noch bewusstlosen Obergefreiten Schneider. Danach klettert auch er aus der Kanzel. Zu zweit tragen sie den Kameraden den Strand entlang hinter einige Felsen in Deckung. Wenige Minuten später kommt ein VW-Kübel und ein LKW vom Typ Opel Blitz zum Strand gefahren. Einige Soldaten springen aus den Fahrzeugen und stürmen auf das Flugzeugwrack zu. Die beiden Luftwaffensoldaten machen sich durchrufen und Winken bemerkbar. Ein Leutnant stellt sich ihnen vor. Unterfeldwebel Schwarz macht kurz Meldung und lenkt schnell die Aufmerksamkeit auf den verwundeten Kameraden. Flugs wird dieser in den Opel geladen. Schwarz und Leder steigen in den Kübel und werden zur nächsten Kaserne gefahren, um Kontakt zu ihrer Nachtjagdgruppe aufzunehmen.

Das Oberkommando der Wehrmacht gibt bekannt

... In der Schlacht um den Atlantik konnten deutsche und italienische U-Boote erneut Erfolge gegen den anglo-amerikanischen Geleitzugverkehr erringen.

Im Kampfraum Murmansk konnten durch starke Stoßtrupptätigkeiten zahlreiche Gefangene eingebracht und wichtiges Kartenmaterial erbeutet werden. Dabei haben sich vor allem die finnischen Truppen unter Generalleutnant Karl Lennart Oesch durch listenreiche Aktionen hervorgetan.

Bei der Heeresgruppe Nord im Kampfraum Leningrad kam es wieder zu vermehrter Artillerietätigkeit. Es gelang, strategisch wichtige Einrichtungen der Roten Armee und der sowjetischen Rotbannerflotte zu zerstören. Wieder konnten zahlreiche Zivilisten hinter unsere Linien in Sicherheit gebracht werden.

Im Mittelabschnitt der Ostfront kam es im Bereich der 9. Armee zu zahlreichen Späh- und Stoßtruppunternehmen der Sowjets. Diese konnten alle unter schweren Verlusten für den Feind abgewiesen werden.

Im Südraum im Bereich der Heeresgruppe A gehen unsere Truppen weiterhin planmäßig auf den Kuban-Brückenkopf zurück und bauen dort die Verteidigung weiter aus.

Die Truppen der Heeresgruppe B und Heeresgruppe Don stehen im schwersten Abwehrkampf um den Großraum Rostow, erfolgreich unterstützt durch Verbände der Bundesgenossen. Unsere Jagdfliegerkräfte konnten zahlreiche rote Kampf- und Jagdflieger abschießen. Unter den erfolgreichsten Jagdfliegern sind Oberleutnant Walter Krupinski und Leutnant Erich Hartmann von der 7. Staffel eines Jagdgeschwaders zu nennen. Beide konnten an einem Tag den Abschuss von jeweils fünf feindlichen Flugzeugen vermelden. Major Ernst Kupfer, Kommandant einer Gruppe in einem Schlachtgeschwader, erreichte den Abschuss von insgesamt zehn feindlichen Panzern und mehreren Artillerie- und Flakbatterien ...

11. Januar 1943

Vormittags, Neue Reichskanzlei, Berlin

Kaiser Louis Ferdinand I. sitzt, gekleidet in seine schwarze Gardeuniform, hinter seinem opulenten Arbeitsschreibtisch. Wieder einmal liegen massenhaft Akten und Denkschriften vor ihm ausgebreitet. Eine Akte davon schlüsselt die vorläufigen Verluste der 6. Armee während der Schlacht um Stalingrad und dem geglückten Ausbruch auf. Die Zahlen sind erschreckend, doch konnte der Kern der 6. Armee gerettet werden. Das Material hingegen ist größtenteils verlorengegangen. Doch das ist dem Kaiser beinahe egal.

Ein Klopfen an die große, reich verzierte Eichentür weckt seine Aufmerksamkeit. Nach der Aufforderung einzutreten, erscheint sein persönlicher Adjutant, Major Maximilian Reichenbach, ebenfalls gehüllt in die schwarze Gardeuniform und geschmückt mit silbernem Reichsadler, der in den Krallen die Kaiserkrone hält.

»Eure Majestät, Generalfeldmarschall von Witzleben bittet um eine kurze Audienz.«

Der Monarch nickt freundlich. »Soll reinkommen; sorgen Sie bitte für eine Kanne Kaffee.«

Reichenbach geleitet den Feldmarschall herein und eilt von dannen.

Erwin von Witzleben tritt mit ruhigem und festem Schritt in das Arbeitszimmer des Monarchen. Kurz vor dem Schreibtisch bleibt er stehen und grüßt durch Präsentieren seines Marschallstabs. Louis Ferdinand lächelt dem verdienten Soldaten milde zu und streckt ihm die Hand aus. Nach der Begrüßung bietet der Monarch dem Chef des Oberkommandos der Wehrmacht den vor dem Schreibtisch stehenden Sessel an.

»Feldmarschall von Witzleben, was beschert mir die Ehre?«, fragt der Kaiser interessiert. Generalfeldmarschall Erwin von Witzleben stellt seine Aktentasche neben dem bequemen Sessel ab und setzt sich. Schnell kramt er einen vorbereiteten Ordner hervor und breitet ihn vor sich auf dem Tisch aus.

»Eure Majestät, ich habe hier die Vorschlagslisten für Soldaten, welche sich in den zurückliegenden Kämpfen für Auszeichnungen vom Eichenlaub zum Ritterkreuz aufwärts ausgezeichnet haben. Ich möchte Ihnen vorschlagen, diese Auszeichnungen persönlich vorzunehmen. Dies wird Ihr Ansehen bei den Soldaten und beim Volk mit Sicherheit weiter steigern.«

Der Kaiser stützt seine Arme mit den Ellenbogen auf den schweren Tisch und verschränkt seine Hände vor dem Gesicht. Ihm ist anzusehen, wie es in seinem Kopf arbeitet. Unvermittelt schlägt er mit seinen Handflächen auf die Tischplatte.

»Ausgezeichnete Idee, Feldmarschall von Witzleben.«

Der Kaiser angelt sich den Ordner vom Chef des OKW. Er öffnet ihn und erblickt in der Liste für die Brillanten den Namen von Generalfeldmarschall Erwin Rommel. Für die Schwerter sind unter anderem Generalmajor Hermann Balck, Hauptmann Alfred Druschel; Generaloberst Joseph Dietrich und Generaloberst Hermann Hoth vermerkt. Das Eichenlaub soll unter anderem an Generalfeldmarschall von Kluge, Oberleutnant Gerhard Barkhorn, Major Kurt Meyer und Hauptmann Werner Streib gehen. »Die Verleihungsvorschläge müssen natürlich noch von Ihnen bestätigt werden, doch sind sie von allen notwendigen Stellen positiv beschieden worden«, erwähnt von Witzleben, als der Kaiser die Listen durchsieht.

Der Monarch lässt die Akte sinken und sagt: »Herr von Witzleben, ich werde veranlassen, dass die entsprechenden Verleihungen im festlichen Rahmen auf der Burg Hohenzollern durchgeführt werden. Die entsprechenden Vorbereitungen werde ich sofort veranlassen, so dass wir die Zeremonie zeitnah abhalten können.«

Von Witzleben nickt leicht. Dann kündigt er an, ein weiteres Thema ansprechen zu wollen, als der Kaiser sagt: »Einen Moment noch, Feldmarschall. Ich habe vorhin die Aufzeichnungen zu den bisherigen Verlusten der Kämpfe in und um Stalingrad erhalten. Ich wünsche, entsprechende Lazarette und Erholungsheime zu besichtigen und gegebenenfalls dort Auszeichnungen und Beförderungen vorzunehmen. Darüber hinaus erwarte ich, dass sowohl sie als auch die Oberbefehlshaber von Luftwaffe und Garde sowie der Chef des OKH dabei anwesend sind. Dieser Besuch wird noch vor der Verleihung auf der Burg Hohenzollern stattfinden. Bitte veranlassen sie Entsprechendes.«

Eine Ordonanz betritt das große Arbeitszimmer und serviert mit geübten Griffen den Kaffee. Der Generalfeldmarschall greift zu der Tasse mit dem aromatisch riechenden Getränk und die beiden Männer erörtern noch einige Punkte.

11. Januar 1943

Klaudius und seine Männer sitzen in einem ehemaligen Hotel. Überall in dem stark beschädigten Gebäude liegen der Hausrat und Möbel umher. Die Männer des Feldwebels haben sich in den noch nutzbaren Etagen eingerichtet. Am gestrigen Tag hat der Zug einige junge Landser als Ersatz erhalten, auch einige Genesene waren unter den Neuankömmlingen. So gut es geht, hat Klaudius sie so eingeteilt, dass die Frischlinge stets an der Seite erfahrener Veteranen sind. Aus Mangel an Unterführern musste Klaudius nun einen Zug der Grenadiere übernehmen, deren Unterführer bei einem Gefecht schwer verwundet worden ist. Damit befehligt er mehr als 100 Mann. Mit dem Ersatz kam glücklicherweise auch Ersatz an Material, so dass er wenigstens genügend Munition und Waffen zu seiner Verfügung hat.

»Berger, wie schaut es bei euch hier oben aus?«, ruft der ehemalige Oberscharführer dem Unteroffizier zu, als er kurz vor dem ehemaligen Hotelzimmer steht, welches keine Frontfassade mehr hat.

Der Unteroffizier hockt zusammen mit Unteroffizier Klaus Riedel hinter einem aufgehäuften Berg aus einem Tisch, einem halb zerfetzten Polstersessel und einem verbogenen Bettgestell. Mehrere Decken sind über sie gelegt. Diese dienen sowohl als zusätzliche Tarnung als auch als Kälteschutz, denn die Temperaturen befinden sich empfindlich im Minusbereich. Um das Gesicht gewickelt trägt Riedel ein weißes Tuch, um die verräterische Atemwolke vor Mund und Nase zu verhindern.

Das Zimmer befindet sich in der vierten Etage und von hier aus können die beiden Männer einen Großteil der näheren Umgebung einsehen. Riedel konnte von dieser Stellung aus schon so manchen Treffer erzielen, wenn sich ein unvorsichtiger Rotarmist aus der Deckung wagte.

Beim letzten Angriff der Sowjets hatte der ehemalige Unterscharführer auch gezielt die roten Offiziere und Politkommissare unter Beschuss genommen. Führungslos kam der Angriff dann auch sehr rasch zum Erliegen. Vom stetigen Abwehrerfolg der Männer rund um Klaudius künden auch zahlreiche gefallene Rotarmisten und ausgebrannte Fahrzeugwracks, die die Straßenzüge im Niemandsland zwischen den deutschen und den sowjetischen Linien säumen.

Der Angesprochene dreht sich langsam um und kriecht vorsichtig zurück zur zerstörten Eingangstür. Nicht nur die Deutschen arbeiten hier mit Scharfschützen. Erschwerend kommt hinzu, dass zahlreiche Sowjeteinheiten in Stalingrad Erfahrungen im Orts- und Häuserkampf sammeln konnten.

Einige Minuten später steht der Unteroffizier vor Klaudius, welche im Flur der Etage gewartet hat.

»Hier oben ist es ruhig, Marcus. Riedel hat alles im Griff und achtet auf jede Bewegung. Haarig wird es wohl erst wieder, wenn es dunkel wird.«

Wie zur Bestätigung knallt ein Schuss aus Riedels Karabiner.

»Wir müssen uns langsam etwas für ihn einfallen lassen. Ich glauben der Bursche hat sein Beschäftigungsfeld gefunden«, meint Klaudius mit einem verschmitzten Lächeln im verdreckten Gesicht.

»Friedrich, schau dir das mal an!«, ruft der Scharfschütze in den Raum, ohne den Blick aus dem Vorfeld zu nehmen.

Sowohl Riedel als auch Klaudius kriechen nun in niedrigster Fortbewegungsart in die Stellung.

Als sie keuchend dort angekommen sind, flüstert Riedel so leise, als hätte er Angst, die Sowjets könnten ihn hören: »Auf der Hauptstraße vor uns … bei dem großen Granattrichter, der die Straßendecke durchschlagen hat. Dort sind eben zwei Russenhelme samt Köpfen aufgetaucht und haben sich kurz umgeschaut. – Ich vermute, dass der Iwan durch die Kanalisation vorrückt!«

Berger schaut durch das Zeiss-Glas und gibt es dann seinem Zugführer weiter. Auch er blickt durch das Glas, kann aber nichts erkennen. Dennoch nimmt er die Warnung ernst. Wenn die Sowjets durch die Kanalisation in den Rücken der deutschen Front gelangen, können sie seine Einheit mühelos abschneiden.

»Ich schicke sofort einen Melder zur Kompanie, damit …«, der Feldwebel kommt nicht mehr dazu, seinen Satz zu beenden. Ein Schuss knallt aus Riedels Karabiner. Der Blick des Feldwebels fixiert den Kameraden.

»Wieder ein Kopf aufgetaucht, aber der guckt nirgends mehr hin«, kommentiert Riedel.

Immer wieder huschen Schatten unten durch das Trichterloch, doch Riedel kann keinen Schuss mehr anbringen. Die Sowjets halten sich vom Einschlagloch fern und scheinen es zu umgehen.

»Verdammt, pennt ihr alle!«, schreit Klaudius seinen Männern in der zweiten Etage zu. Diese schrecken hoch. Die Soldaten hinter der verbarrikadierten Fensterhöhle am sMG 42 blicken den Feldwebel fragend an.

»Guckt nicht wie ein Schwein ins Uhrwerk! Der Iwan rückt durch die Kanalisation vor und ihr dreht hier Däumchen!«

Noch immer verstehen die Männer nicht, was ihr Zugführer von ihnen will.

»Mensch, guckt doch mal zum Trichterloch in der Straße. Darunter huschen fröhlich die Iwans herum! Riehtmüller, halte da mal mit deiner Spritze rein!«

Der Angesprochene drückt den Kolben des Maschinengewehrs an seine Schulter, zielt auf den Trichter. Nun erkennt auch er die schemenhaften Schatten herumhuschen. Er drückt den Abzug durch und das MG 42 beginnt in schnellem Rhythmus zu hämmern.

»Utz, melden Sie an Oberleutnant Haye, was hier los ist.«

Das schnelle Stakkato des Maschinengewehrs übertönt beinahe die Stimme des Feldwebels.

11. Januar 1943

Kurz vor Mitternacht, ehemaliges SD-Hauptquartier, Prinz Albrechtstraße, Berlin

Walter Schellenberg, ehemaliger SS-Standartenführer und Polizeioffizier, befindet sich in seiner schwarzen SS-Uniform in seinem Büro. Er nestelt an seinem Kriegsverdienstkreuz Erster Klasse und seinem SS-Ehrenring herum. Unruhig geht er in seinem Büro auf und ab. Er fühlt sich wie ein wildes Tier in einem zu engen Käfig.

Bisher hatten die neuen Machthaber ihn unbehelligt gelassen. Der SD wurde zwar in die Abwehr eingegliedert und Admiral Canaris somit sein Vorgesetzter, doch das war auch schon das einzig Unangenehme für ihn nach dem Machtwechsel, der für ihn mehrere Ungereimtheiten aufweist. Schellenberg konnte bereits einige höchst interessante Informationen zusammentragen. Das kurz nach dem Umsturz mehrere hohe Partei- und SS-Größen verhaftet wurden, hatte ihn bisher auch nicht sonderlich beunruhigt.

Aber seit er in den letzten Tagen Kenntnis davon erlangt hat, dass immer mehr ehemalige führende SD-Männer verhaftet oder tot aufgefunden werden, ist er beunruhigt. Seiner Meinung nach ist es nur noch eine Frage der Zeit, bis auch er an der Reihe ist. Er geht im Geist noch einmal die Namen durch, die ihm in den letzten Tagen zugespielt wurden: Franz Six – ehemaliger Amtschef im RSHA – erhängt in seiner Wohnung aufgefunden; Heinrich Jost – ehemaliger Befehlshaber der Sicherheitspolizei und des SD Ostland in Riga – verhaftet und nach Spandau überführt; Otto Ohlendorf – ehemaliger Befehlshaber der Einsatzgruppe D und Amtschef SD-Inland – Verhaftungsversuch und auf der Flucht erschossen; Bruno Streckenbach – ehemaliger Stellvertretender Gerichtsherr des RSHA und Chef des Amts I im RSHA – erschossen in seiner Dienstwohnung aufgefunden. Und das ist nur die Spitze des Eisberges …

Schellenberg will nicht warten, bis die Häscher des Kaisers ihn aufgreifen. Schnell füllt er zwei Aktentaschen mit einigen Ordnern und einem dicken Schlüsselbund.

Der ehemalige Standartenführer nimmt seinen schweren Ledermantel vom Haken und schaut ein letztes Mal in das mitgebrachte Paket. Der batteriebetriebene Sender ist eingeschaltet und bereit.

Er verlässt das Gebäude und schreitet in die stockfinstere Nacht des verdunkelten Berlins. Ohne zu zögern, betätigt er die Fernzündung. Unmittelbar darauf erschallt eine Explosion im ehemaligen SD-Hauptquartier.

Das Oberkommando der Wehrmacht gibt bekannt

… In der Atlantikschlacht gelang es deutschen Unterseebooten wiederholt, mehrere alliierte Handelsschiffe zu versenken. Darüber hinaus gelang es auch italienischen Unterseebooten im Mittel- und Südatlan-

tik, mehrere Handelsschiffe des anglo-amerikanischen und britischen Gegners zu vernichten oder zu beschädigen.

Mehreren deutschen Zerstörern ist es gelungen, vor den britischen Kanalhäfen Portsmouth und Dover Minensperren zu legen. Dadurch konnte eine große Anzahl von Handelsschiffen und anderen Seefahrzeugen vernichtet und der Handelsverkehr im Kanal gestört werden.

An der Ostfront dauern die Kämpfe im Raum Rostow an. Zahlreiche Divisionen der Roten Armee, welche zuvor im Raum Stalingrad standen, beteiligen sich nunmehr an der Schlacht. Trotz eines nie dagewesenen Einsatzes an Menschen und Material konnte die Rote Armee keinerlei nennenswerten Fortschritte erzielen und musste blutige Verluste hinnehmen.

Im Bereich der Heeresgruppe Mitte kam es zu starken Kampfhandlungen im Großraum Rschew. Mehrere bolschewistische Divisionen sind zum Angriff angetreten, konnten jedoch keine entscheidenden Durchbrüche erzielen.

Im Bereich der Heeresgruppe Nord begann die lang erwartete Großoffensive des Feindes im Raum Leningrad. Unsere tapferen Divisionen konnten bisher allen Angriffen der Roten Armee standhalten.

Auf dem afrikanischen Kriegsschauplatz ...

13. Januar 1943

Früher Morgen, südlich vom Leningrader Kesselrand

Unteroffizier Clausen fährt mit einem VW-Schwimmwagen eine verschneite Waldstraße entlang. Die Straße ist unübersichtlich und die Gegend stockfinster. Clausen hat schlechte Laune. Der Kompanieführer, bei dessen Männern er übernachtete, übergab ihm den schriftlichen Befehl, dass er sich bereits zu dieser frühen Morgenstunde auf den Weg begeben sollte. Ein schneidender Wind zieht ihm ins Gesicht, trotz der Frontscheibe. Er beginnt zu frieren und zieht mit einer Hand seinen Mantelkragen hoch. Er biegt um eine Kurve und muss hart auf die Bremse treten. Er braucht all seine fahrerischen Künste, um zu verhindern, dass der VW ins Schleudern gerät. Ein langer Baumstamm liegt quer über der schmalen Waldstraße.

Kaum ist er zum Stehen gekommen, da peitschen auch schon Schüsse aus dem Waldrand. Kugeln schlagen scheppernd in den Schwimmwagen ein.

Schnell angelt der Unteroffizier seinen Karabiner 98k mit Zielfernrohr von der Rücksitzbank und springt aus dem VW. Dicht neben ihm hauen Geschosse in den Boden; weiße Wölkchen schießen auf.

Verdammt, Partisanen!, geht es Clausen durch den Kopf. Er versucht hinter dem Fahrzeug Deckung zu finden. Die Gegner feuern aus beiden Richtungen und kommen näher. Er nimmt den Karabinier in Anschlag, bekommt den ersten Angreifer ins Zielfernrohr und stutzt. Das sind doch deutsche Uniformen! Schnell begibt er sich wieder in seine notdürftige Deckung. Immer wieder schlagen Geschosse in das Blech des Personenkraftwagens.

Clausen ruft aus voller Kehle: »Nicht schießen! Hier ist ein deutscher Soldat!«

Dennoch verstummt der Beschuss nicht.

»Hört auf zu schießen, verdammt, ich bin Deutscher!«, brüllt er so laut er kann.

Endlich wird das Feuer eingestellt. Clausen atmet auf.

»Mit erhobenen Händen aufstehen!«, durchschneidet eine befehlsgewohnte Stimme den eisigen Morgen.

Unteroffizier Clausen erhebt sich stockend und legt seinen Karabiner auf das Heck des VW Typ 166.

Clausen sieht, wie mehrere Männer in deutschen Winterparkas aus dem Wald auf ihn zukommen. Als der führende Soldat nur noch wenige Meter von ihm entfernt ist, will Clausen gerade zu einer Schimpftirade ansetzen, da sieht er, wie der Fremde seine Maschinenpistole hochreißt. Der Unteroffizier erblickt noch das Mündungsfeuer. Als er auf den kalten Schnee aufschlägt, merkt er schon nichts mehr.

13. Januar 1943

Früher Morgen, westlich von Rostow am Don

Unteroffizier Steiger hat sich vom Bataillonskommandeur des Grenadierregiments verabschiedet. Glücklicherweise durfte er in dessen Gefechtsstand, einem alten Keller in einer halb zerfallenen Kate, übernachten. Das Thermometer zeigt minus 15 Grad Celsius an. Das Bataillon ist für einige Zeit aus der vorderen HKL herausgezogen worden, da es in den letzten Tagen horrende Verluste hinnehmen musste. Nun sollen die Grenadiere sich wenigstens etwas erholen und der Oberleutnant, der das zusammengeschmolzene Bataillon führt, erwartet Ersatz.

Steiger befindet sich in seinem Kübel auf dem Weg zum Stadtrand von Rostow. Dort soll er sich bei einer Einheit der ehemaligen Waffen-SS melden. Im Stadtgebiet von Rostow erwartet ihn wohl ein neuer Einsatz.

Die Trümmerlandschaft der Großstadt am Don ist ein ideales Kampffeld für Scharfschützen. Steiger plant, sich im Schutz der Morgendämmerung durch die Linien zu schleichen.

Die Landser haben bereits in der Knochenmühle Stalingrad unangenehme Erfahrungen mit den sowjetischen Scharfschützen machen müssen …

Der Unteroffizier muss nur noch wenige hundert Meter mit seinem VW-Kübel zurücklegen. Den Stadtrand mit den aufsteigenden Rausäulen kann er schon erkennen. Nun schälen sich die Konturen der Häuserruinen immer deutlicher aus der Dunkelheit.

Steiger flucht leise in sich hinein, da die Rollbahn verschneit und glatt ist. Sein ganzes fahrerisches Können wird abverlangt. Dennoch muss er sich beeilen, denn je heller es wird, desto schwieriger wird der Frontwechsel.

Der Wachposten der ehemaligen SS-Grenadiere zuckt zusammen und wendet sich ruckartig nach hinten. Eine schallende Explosion erklingt von der Rollbahn her. Weitere Geräusche sind aus dieser Richtung jedoch nicht mehr zu vernehmen, so sehr er sich auch anstrengt. Daher misst er dem keine allzu große Bedeutung bei.

Als die Wachablösung kommt, meint der junge Grenadier zu seinem Kameraden: »Keine besonderen Vorkommnisse, Helmuth. Vor ein paar Minuten gab es hinten bei der Rollbahn einen lauten Knall, aber seither ist nichts mehr zu hören. Ich werde es dem Untersturm… ich meine, dem Leutnant gleich melden. Soll er entscheiden, was gemacht wird.«

Der junge, ehemalige Untersturmführer und jetzige Leutnant, der den zusammengeschrumpften Zug führt, entscheidet, dass der Ursache der Explosion nachgegangen werden soll.

Schnell zieht er sich den weißen Winterparka und die dicken Fellstiefel an und angelt seine MP 40 vom Haken.

»Weiser und Dresch, ihr beiden kommt mit. Wir schauen uns das mal an. Nicht, dass der Iwan irgendeine Teufelei vorhat. Die Brüder sind mir eh schon viel zu lange viel zu ruhig.«

Die drei Männer verlassen den Keller des zerstörten Hauses in der Vorstadt von Rostow. Der Zug befindet sich in einer rückwärtigen Stellung in Reserve. Die vergangenen Tage waren hart für die Männer. Doch letztendlich gelang es den deutschen Truppen, den Vormarsch der Sowjets zu stoppen.

Kaum sind die Männer aus der morschen Holztür hinaus, da werden sie unmittelbar von der schneidenden Kälte gepackt. Dennoch marschieren sie zielstrebig zur Rollbahn, die sie in wenigen Minuten erreichen. Aus einiger Entfernung erkennen sie schon das rauchende Wrack eines Kübelwagens.

Der Leutnant und einer seiner Begleiter pirschen sich an das Wrack heran; der dritte der Landser bleibt als Deckung zurück. Sie schaffen es jedoch unbehelligt zum zerstörten VW.

Das Auto liegt mit zerfetzter Frontpartie auf der Seite. Auf der Rollbahn ist ein großer Sprengtrichter im Schnee zu erkennen.

»Eine Mine«, meint der Offizier. Der begleitende Unteroffizier blickt in das Innere des Fahrzeugs. »Dem ist nicht mehr zu helfen.«

Er wendet sich angewidert ab. Überall im Wageninneren liegen Fleisch- und Uniformfetzen in blutigen Klumpen herum.

Der Leutnant angelt sich trotzdem die Erkennungsmarke des jungen Soldaten und danach begeben sie sich sehr vorsichtig wieder zurück.

»Wir werden das der Kompanie melden. Vielleicht sind noch mehr Minen verlegt. Außerdem müssen sie ja von irgendjemandem verlegt worden sein. Entweder ist ein feindlicher Stoßtrupp hier irgendwie durchgebrochen, oder wir haben es mit feindlichen Banden zu tun.«

Das Oberkommando der Wehrmacht gibt bekannt

... An der Front von Leningrad gehen die sowjetischen Angriffe auf unsere gut ausgebauten Stellungen weiter. Dem Feind sind einige Einbrüche gelungen, die jedoch durch Reserven teilweise wieder geschlossen werden konnten. Der Schweren Panzerabteilung 502 ist es dabei gelungen, mehrere sowjetische Panzer zu vernichten und feindliche Infanterieangriffe abzuwehren.

Im Bereich der Heeresgruppe Mitte gehen die feindlichen Angriffe im Raum Rschew weiter. Unsere Truppen gehen planmäßig zurück, so dass der Feind zwar Geländegewinne verzeichnen kann, doch unsere Truppen nur minimale Verluste erleiden.

Im Raum um Rostow am Don stehen unsere Divisionen weiterhin im zähen Abwehrkampf. Die ausgebluteten sowjetischen Divisionen können keine neuen Geländegewinne verzeichnen.

In der Luft über dem Kampfgebiet konnten unsere Jagdfliegerverbände erneut zahlreiche feindliche Flugzeuge vernichten. Trotz der schwierigen Wetterlage konnten unsere Kampf- und Schlachtverbände erfolgreich in die Bodenkämpfe angreifen. Mehrere bolschewistische Artilleriestellungen wurden durch sie völlig vernichtet.

Auf dem afrikanischen Kriegsschauplatz ziehen sich die Einheiten der 21. Panzerdivision kämpfend auf Gabés zurück. Die tapferen Divisionen unserer italienischen Verbündeten weichen planmäßig auf Tarhuna aus.

Vichy-französische und deutsche Kräfte leisten weiterhin Widerstand gegen die langsam vorrückenden anglo-amerikanischen Streitkräfte.
Im Atlantik ...

14. Januar 1943

Vormittags, Bunkeranlage Maybach II, Wünsdorf bei Zossen

Vizeadmiral Wilhelm Canaris sitzt in seiner makellosen Marineuniform in einem behaglichen Ledersessel. Vor ihm sitzt Oberstleutnant Georg Alexander Hansen, Chef der Abteilung I, Geheimer Meldedienst.

»Hansen, schön, dass Sie so kurzfristig hier erscheinen konnten«, eröffnet Canaris das Gespräch. »Wie ist es um die Aktion ›Hausputz‹ bestellt?«

Hansen strafft sich, greift nach der Tasse mit dampfenden Kaffee. Er setzt sie an und gönnt sich einen kleinen Schluck des heißen Getränks.

»Sehr gut, Herr Admiral. Die drei Scharfschützen, welche bei der Operation ›Götzenfall‹ die tödlichen Schüsse auf Hitler und seine engste Bagage abgaben, wurden wie befohlen eliminiert. In allen drei Fällen haben es unsere Leute wie Partisanenangriffe aussehen lassen. Eine verminte Rollbahn, ein Überfall und zu guter Letzt ein Sprengstoffanschlag mittels eines Sprengwagens, der in die entsprechende Unterkunft gesteuert wurde. Leider gab es dabei auch einige Gefallene, die nichts mit der Aktion zu tun hatten, doch dies ließ den Anschlag nur noch echter aussehen.«

Canaris lässt sich in den Sessel zurücksinken. »Sehr gut, Hansen. Schade um die Männer, aber im Sinne unserer Sache ließ es sich nicht vermeiden. Was machen die Aktionen gegen die SD-Leute?« Canaris' Gesicht verfinstert sich sichtbar.

Der Oberstleutnant angelt ein paar Blätter aus seiner Aktentasche und legt sie dem Chef der Abwehr vor. »Auch dort verläuft alles nach Plan. Beinahe jedenfalls.«

Der mit etwa 1,60 Meter recht kleine Geheimdienstchef schaut von den vorgelegten Unterlagen auf.

»Schellenberg?«, lautet die knappe Frage des Marineoffiziers.

Hansen nickt. »Ja – Unsere Untersuchungen haben eindeutig ergeben, dass sich in dessen vollkommen zerstörtem und ausgebranntem Büro niemand aufhielt. Es gab keinerlei menschliche Rückstände. Natürlich konnten wir nicht nachprüfen, ob irgendwelche Akten fehlen, aber wenn Schellenberg sich tatsächlich abgesetzt hat, dann ist es mehr als wahrscheinlich, dass er Einiges im Gepäck hat.«

14. Januar 1943

Vormittags, Kampfraum Rostow am Don

Noch immer befinden sich Klaudius und seine Männer in dem ehemaligen Hotel. Tatsächlich versuchten die Sowjets, durch die Kanalisation ins Hinterland der Deutschen vorzudringen. Dies gilt nicht nur für den Kampfraum von Klaudius im Bereich der ehemaligen 3. SS-Panzergrenadierdivision Totenkopf, sondern auch für viele andere Frontabschnitte.

Durch die frühzeitige Warnung durch Klaudius' Melder konnte in ihrem Abschnitt Schlimmeres verhindert werden. Im Nachbarabschnitt, so besagen Latrinenparolen, wurden ganze Kompanien abgeschnitten und aufgerieben, als sie aus dem Rücken überfallen wurden.

Die Truppe rund um Feldwebel Marcus Klaudius jedoch hält Ihre Stellung wie ein Fels in der roten Flut. Bisher konnten sie jeden Angriff abwehren. Doch mussten sie diesen Erfolg mit blutigen Verlusten bezahlen. 80 Mann zählt seine Truppe nunmehr noch.

»Achtung, Panzer!«, hallt es wieder einmal durch das alte, schwer angeschlagene Hotel.

Sofort sind die Männer auf Posten und besetzen die Fenster, Schießscharten und Barrikaden. Die Soldaten in der untersten Etage halten geballte Ladungen, T-Minen und Hohlladungen bereit. Auch einige selbst angefertigte Brandflaschen stehen bereit.

Im Gebäude gegenüber sind Kameraden untergezogen und so können sie nun etwaige Angreifer unter Kreuzfeuer nehmen.

Auf dem Hof des Hotels stehen zwei Panzerabwehrgeschütze samt Zugmaschinen bereit.

Klaudius steht, durch mehrere Bretterverschläge gedeckt, an einem verbarrikadierten Fenster und blickt durch ein russisches Fernglas, das er einem gefallenen Sowjetoffizier abgenommen hat. Er erkennt deutlich mehrere T-34, die am Ende der langen Hauptstraße warten. Dahinter steigen soeben Infanteristen aus zahlreichen LKW aus.

Doch zwei der Lastkraftwagen transportieren keine Rotarmisten. Sie haben Werfergestelle aufmontiert.

Diese Erkenntnis lässt dem Feldwebel das Blut in den Adern gefrieren.

»Vorsicht, Stalinorgeln!«

Der Ruf wird von Mann zu Mann weitergetragen.

Schon faucht es heran. Mit infernalischem Gekreisch zischen die Raketengeschosse zu den deutschen Stellungen herüber. Mit vernichtender Flächenwirkung schlagen die jeweils 16 Raketen vom Kaliber 82 mm in einem Zeitraum von gerade einmal sieben Sekunden ein. Glücklicherweise bleibt das Hotel unversehrt, die

Raketen haben die Gebäude dahinter getroffen und eingerissen. Eine Staubwolke schießt durch die Gassen und über die Straße. Zeitgleich eröffnen Granatwerfer das Feuer auf die verschanzten Deutschen. Unter dieser Feuerglocke rücken die Sowjets nun vor.

Klaudius und seine Männer eröffnen das Feuer auf die Infanteristen. Gegen die Panzer können sie auf die momentane Entfernung nichts ausrichten. Aber jeden Moment müssten ja die Zugmaschinen mit den Pak zum Einsatz kommen …

Klaudius eilt von Etage zu Etage, um die Abwehr zu koordinieren. Immer wieder hört er die Infanteriegeschosse in die Fassade des Hotels einschlagen. Trotz der eisigen Kälte rinnt ihm der Schweiß aus allen Poren.

Nun schlagen auch die 7,62-cm-Granaten der T-34 in die Außenwand des Gebäudes und reißen sie weiter auf. Schreie von Getroffenen hallen durch die Gänge.

»Wo bleiben die verfluchten Pak?«, schreit der Feldwebel gegen den Gefechtslärm an.

Unteroffizier Bernd Kupferschmidt, einer der Gruppenführer der Grenadiere, zuckt mit den Schultern und feuert weiter aus seiner MP 40.

Der Feldwebel eilt zum Hinterausgang des Hotels, wo sich ein Zugang zum Hof befindet.

Dort, wo eigentlich die Zugmaschinen und Panzerabwehrgeschütze hätten stehen müssen, findet er nur Trümmer und Tote, teilweise von Gesteinsbrocken verschüttet.

Der Zugführer eilt atemlos zurück ins Gebäude.

»Steinbach, Kehlheim und Utz! Je eine geballte Ladung und eine Haftholladung fassen und mitkommen!«

Die angesprochenen Männer schnappen sich die bereitliegenden Nahkampfwaffen.

Feldwebel Marcus Klaudius schleudert derweil schnell hintereinander die letzten Nebelgranaten auf die Straße. Die Granaten ploppen auf und es entweicht ein gelblich-weißer Rauch.

Dies ist auch das vorher abgesprochene Zeichen für die restlichen Männer, Kameraden zur Panzerbekämpfung auszusenden. Umso intensiver muss die feindliche Infanterie niedergehalten werden.

Die vier Männer in den verschmutzten, einstmals weißen Winteruniformen pirschen sich vor. Über Trümmer hinweg schleichen sie die breite Straße entlang. Rings um sie herum zirpen die

Infanteriegeschosse aus Karabinern, Maschinenpistolen und Maschinengewehren. Sie werden vom dahinschwebenden Nebel vor den Blicken der Rotarmisten geschützt. Dennoch müssen sie äußerste Vorsicht walten lassen. Sie huschen in einen Hauseingang und arbeiten sich nun im Inneren weiter vor Richtung Panzer. Als sie eine Wand erreichen, klettern sie aus den zerstörten Fenstern des Gebäudes hinaus und über die Fenster des nächsten Hauses wieder hinein.

Als sie auf der ungefähren Höhe der Panzer angelangt sein müssen, arbeiten sie sich wieder aus dem Haus hinaus und hechten hinter einen großen Schutthaufen.

Die Sprengmittel wiegen schwer. Sie liegen hinter dem Schutt und keuchen erschöpft. Die Lunge brennt; die Männer saugen die kalte Winterluft in sich hinein. Schnell treffen sie Absprachen, wer welchen Panzer angreifen soll.

Sie wollen es zuerst mit den Hafthohlladungen probieren. Die geballten Ladungen stecken sie sich hinten ins Koppel. Gerade als sie auf die Kampfwagen ansetzen wollen, rucken diese an und rollen weiter auf die deutschen Stellungen zu. Sie hören das Aufheulen der schweren 12-Zylinder-Dieselmotoren und das Klirren der Panzerketten.

»Nun aber rasch!«, befiehlt Klaudius und schnellt hinter dem Schutthaufen vor.

Er eilt am ersten Panzerkampfwagen vorbei und schlägt einen Bogen, um hinter den nächsten Tank zu kommen. Er sprintet auf ihn zu und bringt die Panzerbekämpfungswaffe am Heck an. Sofort danach wirft er sich in den Eingangsbereich einer Ruine.

Er landet unsanft auf einem weiteren Schutthaufen. Noch immer vernimmt er das Hämmern der Infanteriewaffen und das Knallen der Panzerkanonen. Kurz danach erklingt eine ohrenbetäubende Explosion, und dann eine weitere. Markerschütternde Schreie dringen nun an das Ohr des Feldwebels.

Er richtet sich halb auf und kriecht zu einem Mauerrest. Dort blickt er zur Straße und sieht, wie »sein« Panzer sowie ein weiterer der Stahlkolosse brennen. Um die vernichteten T-34 liegen tote und verwundete Rotarmisten.

Trotz des Erfolgs ist Klaudius verunsichert. Was ist wohl mit den beiden anderen Kameraden geschehen? Nichtsdestotrotz scheint die Vernichtung der beiden Panzer zu reichen, um die Rotarmisten zum Rückzug zu bewegen.

Dicht vor dem Versteck des Feldwebels springt eine Gruppe roter Soldaten zurück. Sie werden von Klaudius' Männern und auch von den Kameraden aus dem gegenüberliegenden Haus unter Feuer genommen.

Klaudius angelt die geballte Ladung aus seinem Koppel, macht sie scharf und wirft sie mitten in die Gruppe der Sowjets. Schnell duckt er sich wieder hinter den Mauerrest und wenige Sekunden danach erschallt die Detonation. Steinbröckchen und Mörtelreste rieseln auf den weißgetünchten Stahlhelm des Zugführers.

Er riskiert einen Blick auf die Straße, wo sich bis eben die Gruppe der Rotarmisten aufhielt. Doch dort kann er nur noch blutige menschliche Überreste erkennen.

Wieder versteckt sich der junge Feldwebel hinter dem Mauerrest und hofft, dass keiner der Feinde auf die Idee kommt, ebenfalls hier Schutz zu suchen, denn Klaudius führt keine Waffe mit sich. Er hat jedoch Glück; die Rotarmisten ziehen sich weiter zurück, ohne auf ihn zu stoßen.

Als es eine Zeitlang ruhig bleibt, pirscht er sich wieder zurück zum Hotel. Dort angekommen, wird er vom Obergefreiten Steinbach in Empfang genommen.

»Wo sind die beiden anderen?«, fragt er den ehemaligen SS-Rottenführer.

Dieser zuckt mit den Schultern.

»Sind noch nicht wieder zurück.«

14. Januar 1943

Nachmittags, Reservelazarett Stuttgart I

Kaiser Louis Ferdinand I. schreitet in einer feldgrauen Uniform die vier weißlackierten Metallbetten im Raum ab. Darin liegen Männer der 6. Armee, die beim Ausbruch verwundet worden sind. Der Monarch geht langsam und bedächtig von Bett zu Bett. Für jeden der Soldaten nimmt er sich Zeit und richtet einige Worte an ihn. Diese Männer haben immerhin einen hohen Preis für das Gelingen der Operation bezahlt. Louis Ferdinand I. hat im Vorherein darauf bestanden, dass es ein Besuch ohne Pomp und Gloria werden soll.

In einem der Betten des Reservelazaretts liegt der Obergefreite Franz Breitfelder. Beim Ausbruch aus dem Kessel wurde der Panzer, in dem er als Richtschütze diente, abgeschossen und er erlitt schwere Verbrennungen. Vor allem seine Beine sind übel in Mitleidenschaft gezogen worden.

Als der Oberbefehlshaber der Großdeutschen Wehrmacht, gefolgt von den Oberbefehlshabern von Luftwaffe, Kriegsmarine, Garde und der Chef des Stabs des OKW und OKH auf Breitfelder zuschreitet, versucht er sich in seinem Krankenbett aufzurichten. Schon durchfährt ihn ein brennender Schmerz. Dennoch versucht er Haltung zu bewahren. Ein leichtes Zittern erfasst ihn, als der Monarch ihm die Hand entgegenstreckt. Der Kaiser erkundigt sich nach Breitfelders Befinden und möchte von ihm erfahren, wie und wo er verwundet worden ist. Der Obergefreite steht dem Kaiser Rede und Antwort, so gut er kann. Einige Geschehnisse rund um seine Verwundung liegen für ihn im Dunkeln.

Nachdem Franz Breitfelder mit seinen Ausführungen geendet hat, richtet der großdeutsche Kaiser noch einige aufmunternde Worte an ihn. Er wendet sich danach an den Generalstabschef des Heeres, General der Infanterie Kurt Zeitzler.

Dieser reicht dem Monarchen hintereinander drei kleine Etuis. Breitfelder bekommt, zu seiner Überraschung, das Eiserne Kreuz Zweiter Klasse, das Verwundetenabzeichen in Schwarz und das Panzerkampfabzeichen in Silber verliehen. Darüber hinaus wird er mit sofortiger Wirkung zum Stabsgefreiten befördert.

Kaiser Louis Ferdinand I. versucht für jeden der 530 Verwundeten einige Augenblicke zu haben und verdiente Auszeichnungen oder Beförderungen zu verleihen. Anwesende Fotografen und Berichterstatter sind ständig darauf bedacht, die entsprechenden Bilder einzufangen.

Es ist bereits abends, als der Kaiser und seine hohe Begleitung das Lazarett Stuttgart I wieder verlassen. Tief bewegt richtet sich der Anführer des Großdeutschen Kaiserreichs an seine obersten Befehlshaber: »Meine Herren, ich denke, wir haben heute alle nochmals vor Augen geführt bekommen, für wen wir gehandelt haben und auch weiterhin handeln werden.«

Zustimmende Worte sind zu hören. Niemand der anwesenden Generale und hohen Offiziere widerspricht.

Noch am gleichen Abend fahren die obersten militärischen Führer Großdeutschlands weiter zur Burg Hohenzollern.

Das Oberkommando der Wehrmacht gibt bekannt

... Erneut drangen feindliche Terrorflieger am Tag und in der Nacht ins Reichsgebiet ein und griffen Städte im Westen an. Unseren Tag- und Nachtjägern gelang es ebenso wie unsere Flakwaffe, zahlreiche feindliche Bomber abzuschießen und noch mehr zu beschädigen.

Besonders auszeichnen konnte sich Leutnant Heinz-Wolfgang Schnaufer durch den Abschuss von vier feindlichen Bombern in einer Nacht, sowie Hauptmann Heinrich Prinz zu Sayn-Wittgenstein durch den Abschuss von drei feindlichen Bomberflugzeugen. Beide dienen als Flugzeugführer in Nachtjagdgeschwadern im Westen.

Im Nordabschnitt der Ostfront geht die sowjetische Offensive mit unverminderter Stärke weiter. Die bolschewistischen Angriffe werden mit zwei Armeen in Richtung Schlüsselburg geführt. Die Angriffsrichtung kann unsere Truppen nicht überraschen und sie ziehen sich in flexibler Verteidigung zurück. Der Feind erleidet bei geringem Geländegewinn schwere Verluste an Menschen und Material.

Im Bereich der Heeresgruppe Mitte gehen die Angriffe der Roten Truppen weiter, nehmen aber den Charakter örtlicher Vorstöße an.

Im Süden der Ostfront tobt der Kampf vor allem im Raum Rostow am Don. In zähen und verlustreichen Kämpfen dringen die feindlichen Truppen meterweise vor und erleiden ungeheure Verluste. Die Zuführung feindlicher Verstärkungen wird dem Feind durch den massierten Einsatz von schwerer und schwerster Artillerie und weitreichenden Eisenbahngeschütze erschwert.

Auf dem afrikanischen Kriegsschauplatz ...

15. Januar 1943

Vormittags, Umland von Paris

Mit quietschenden Bremsen kommt der VW-Kübel vor dem Eingang einer Baracke zum Stehen. Der Fahrer, ein Obergefreiter in der blauen Uniform der Luftwaffe, steigt aus. Rings um die

Baracke ist ein hoher Erdwall als Splitterschutz angelegt. Nun ist er mit einer dicken Schneeschicht bedeckt.

Der Fahrer bleibt im Windfang stehen und er donnert mit einer tiefen Bass-Stimme: »Kommt raus, ihr müden Flieger!«

Auf der linken Seite der Baracke fliegt eine Tür auf und es schreiten drei Männer in blauen Kanaljacken und schwarzen Wildlederfliegerstiefeln in den dunklen Gang.

Unteroffizier Ludwig Bauer, ein schlanker, blonder Mann geht voraus. Ihm folgen die Unteroffiziere Gerhard Voigt und Heinrich Bauerfeind. Sie tragen ihre Netz-FT-Hauben unter den Armen und blicken zu dem Obergefreiten herüber.

»Beeilt euch! Ihr seid nicht die einzigen, die ich fahren muss«, ruft dieser ihnen zu.

»Guten Morgen, Kiel«, grüßt Bauer den Obergefreiten. Er gibt ihm die Hand, die beiden anderen ebenfalls.

Schnell steigen sie in den bereitstehenden, weiß gestrichenen VW-Kübel. Der Obergefreite startet den Motor, haut den Gang rein und fährt an.

Mit rasendem Tempo jagt der Fahrer durch das Tor und am Wachposten vorbei. Sie rumpeln durch ein kleines französisches Dorf im Vorfeld von Paris auf den Flugplatz Paris-Orly zu.

Nach kurzer Zeit taucht ein rot-weiß gestrichener Schlagbaum vor ihnen auf. Daneben langweilt sich ein Posten mit Stahlhelm und geschultertem Karabiner 98k. Der Obergefreite tippt auf die Hupe und der Posten hebt den Schlagbaum. Der Obergefreite winkt dem Mann zu; er ist bereits bekannt wie ein bunter Hund.

Über dem großen Flugfeld bei Paris liegt eine friedliche Stille.

Der kleine Teich in der Nähe zwischen zwei Bäumen ist zugefroren. Es wirkt, als ob tiefster Frieden herrscht.

Doch der Eindruck täuscht.

Über den Rollweg jagt der VW-Kübel auf Hallen und Boxen zu. Diese sind mit Tarnnetzen abgedeckt. Der darauf liegende Schnee tut sein Übriges, um die Tarnung zu perfektionieren.

Unter einem Tarnnetz stoppt der Obergefreite den Wagen. Die drei Unteroffiziere steigen aus und begeben sich zu den Maschinen hinüber, die von den Männern des Bodenpersonals bereits aus den Splitterschutzboxen herausgeschoben worden sind.

»In 90 Minuten kannst du uns wieder abholen«, ruft der blonde Bauer dem Fahrer zu.

»In Ordnung. Bis dahin«, antwortet dieser, gibt Gas und saust über den verschneiten Asphaltweg davon.

Unteroffizier Bauer bleibt vor dem Schlachtflugzeug des Typen Henschel 129 stehen. Voigt und Bauerfeind bewegen sich zu ihren Flugzeugen des gleichen Typs. Die drei Unteroffiziere absolvieren hier ihre Umschulung auf den neuen Typ und müssen noch einige Flugstunden sammeln. Einen Fluglehrer benötigt keiner der drei mehr. Ursprünglich kommen die Unteroffiziere von einem Ju 87-Verband und wurden nach der Ausheilung ihrer jeweiligen Verwundungen hierher versetzt.

Auf Bauers Maschine hockt der Erste Wart an der Kabine und zieht die Haltegurte heraus. Der Tankwart steht auf der rechten Tragfläche und tunkt gerade den Stutzen des Benzinschlauchs in die Tanköffnung. Das Aggregat des Benzinwagens tuckert und pumpt den Treibstoff durch den langen, schwarzen Schlauch in den Flugzeugtank.

Der Erste Wart löst sich von der Tragfläche des Schlachtflugzeugs und springt herunter. Er lächelt freundlich und meint: »Guten Morgen, Ludwig. Die Maschine ist gleich startklar. Das Aggregat des Tankwagens wollte nicht so, wie wir wollten, daher die kleine Verzögerung. Die beiden anderen Kisten sind bereit und aufgetankt.«

Bauer lächelt ebenso freundlich. Beide steigen auf die Tragfläche. Bauer zwängt sich in die sehr enge Kabine der Henschel. Der Erste Wart hilft ihm beim Anlegen der Haltegurte und erkundigt sich, ob es sonst irgendwelche Probleme gebe. Der Mechaniker im schwarzen Leinenoverall verneint.

Der Tankwart verschwindet von der Tragfläche, nachdem er die Tanköffnung zugeschraubt hat. Das Kabinendach wird nach vorn geschoben und von Bauer verriegelt. Der Erste Wart springt nach unten. Die beiden Gnome & Rhone-Triebwerke werden angelassen.

Ludwig Bauer drückt die Gashebel etwas nach vorn und die Maschine rollt zum weiten Flugplatz hinaus. Voigt und Bauerfeind rollen hinter ihm her.

Am Startpunkt bauen sie sich in einer Dreierformation nebeneinander auf.

»Alles klar?«, ruft Bauer, der als Führer des kleinen Verbandes gilt.

Voigt und Bauerfeind geben ihre Klarmeldung durch.

Alle drei fixieren nun den Feldwebel, der am Start steht und die schwarz-weiß gewürfelte Startflagge emporhebt. Dann lässt er sie durchfallen – Start frei!

15. Januar 1945

Früher Vormittag, Kampfraum um Leningrad

Immer kälter wird es in dem Personenwaggon. An den Türen und Fenstern glitzert das Eis.

Acht Mann liegen oder sitzen in einem Abteil. Die Gepäcknetze sind durch Drahtgeflechte miteinander verbunden. Im oberen Stock befinden sich neben den Gefreiten Klaus Weber und Paul Adomeit noch sechs andere Soldaten, die als Ersatz für die hart ringenden Kräfte der Heeresgruppe Nord gedacht sind.

Bequem ist es oben nicht und einmal sind Weber und Adomeit bereits mit ihrem Drahtgeflecht durchgebrochen und auf die darunter liegenden Kameraden gefallen. Auf den Bänken lümmeln sich ebenfalls einige Mann. Jeder Meter des Abteils ist belegt.

Der Zug steht schon seit Stunden. Draußen heult der Wind. Dazwischen brüllt jemand: »Macht bloß keiner die Tür auf!«

Brummend kramt einer der jungen Soldaten seinen Mantel hervor.

Jetzt ruft eine Stimme vor dem Waggon: »Raustreten zum Frühsport!«

»Der ist wohl besoffen!«, meckert ein Gefreiter. »Bei der Kälte jagt man doch keinen Hund vor die Tür!«

Plötzlich wird die vereiste Tür aufgerissen. Feldwebel Hartmut Stein steht im Rahmen. »Raus!«

Die Männer stehen einander im Weg. Wie die Fallschirmjäger vor dem Absprung reihen sie sich nun an der Tür auf. Sie klappern vor Kälte. Dann geht es hinaus in den tiefen Schnee, den der eisige Wind hoch weht. Längs des Zuges stehen die Infanteristen. Vorn fehlt die Lokomotive.

Kein Wunder, dass es im Abteil immer kälter geworden ist, denkt sich Adomeit.

Die Soldaten müssen tatsächlich Frühsport treiben. Nach 15 Minuten friert niemand mehr.

Dann brüllt der Feldwebel: »Kaffeeholer raustreten!«

Paul Adomeit und Klaus Weber schnappen sich die Kochgeschirre. Was sie zurückbringen, ist Glühwein bester Sorte.

Adomeit verbrennt sich den Mund an seinem heißen Kochgeschirr.

Der Glühwein macht die Zunge locker und die Stimmung wird deutlich besser. Für die meisten der Soldaten steht der erste Einsatz kurz bevor. Wenn der Wind günstig steht, können sie bereits das Grummeln der Front hören. Unter den Rufen des Feldwebels kehren die Männer in ihre Waggons zurück.

»Wie es wohl in Rostow aussieht?«, fragt der Soldat Joachim Müller. Dessen Bruder kämpft dort in einer Panzerdivision.

Ein scharfer Ruck unterbricht die Unterhaltungen. Eine Lokomotive ist angekommen und der Zug schleicht los.

Soweit das Auge reicht, ist alles weiß in weiß.

Kurz vor Mittag ist das Ziel erreicht. Der Zug hält.

15. Januar 1945

Vormittags, Burg Hohenzollern

Auf der Burg Hohenzollern, der Stammburg des Kaiserhauses Hohenzollern, sind die führenden militärischen und politischen Köpfe des Großdeutschen Kaiserreichs versammelt.

Es handelt sich um eine imposante Gipfelburg auf einem 855 Meter hohen Bergkegel des Berges Hohenzollern.

Im Südflügel der Burg, im sogenannten Grafensaal, tummeln sich die Soldaten, welche zur Verleihung der Brillanten, der Schwerter oder des Eichenlaubs zum Ritterkreuz des Eisernen Kreuzes vorgesehen sind.

Der Grafensaal, dessen spitzbogiges Rippengewölbe von jeweils acht rötlichen, freistehenden Marmorsäulen pro Seite getragen wird, ist durch zahlreiche schwarz-weiß-rote Fahnen und Flaggen mit dem Wehrmachtsadler, der die Kaiserkrone in seinen Fängen hat, geschmückt.

Die Auszuzeichnenden sind in Reih- und Glied angetreten. Die Nationalhymne erklingt und der Kaiser, gekleidet in seine schwarze Gardeuniform, schreitet die Reihe der Angetretenen ab. Hinter ihm marschieren die Oberbefehlshaber und Chefs der Wehrmachtsteile auf. Die entsprechenden Auszeichnungen werden dem Kaiser von den entsprechenden Befehlshabern gereicht. Es ist Louis Ferdinand I. eine Ehre, diesen hochverdienten Soldaten persönlich entgegenzutreten. Er blickt in die entschlossenen

Gesichter von Generalfeldmarschall Erwin Rommel, General-oberst Hermann Hoth, Generalmajor Hermann Balck und weite-re. Als er vor Generalobersten Joseph Dietrich und Major Kurt Meyer tritt, beide gehörten der Waffen-SS an, schaut er sie be-sonders prüfend, aber nicht abschätzig an. Er weiß ganz genau, dass er von ebensolchen Männern besonders misstrauisch be-trachtet wird.

Dietrich war zwar in verschiedene Aspekte der Verschwörung wie zum Beispiel die frühzeitige Truppenverschiebung in Rich-tung Ostfront und die Neubesetzung von Schlüsselpositionen eingeweiht und wurde schließlich mit der Aussicht auf baldige Beförderung zum Generalfeldmarschall und weitere Orden ge-wonnen, doch selbst er weiß nichts vom fingierten Anschlag durch die Abwehr auf den »Führer«. Kurt Meyer ist da schon ein ganz anderer Fall. Er ist ein knallharter Frontsoldat und trägt nicht von ungefähr den Beinamen »Panzermeyer«. Darüber hin-aus ist der hochausgezeichnete Offizier und Sohn eines Fabrik-arbeiters und einer Hebamme ein überzeugter Nationalsozialist. Dennoch kann der Kaiser in der jetzigen Situation nicht auf solch einen erfahrenen Frontsoldaten verzichten.

Meyers Blick bleibt kühl, wenn auch nicht feindselig, bei der Überreichung des Eichenlaubs. Louis Ferdinand I. vermutet, dass es bereits mehrere Gespräche zwischen den ranghöchsten alten SSlern gegeben hat.

Der Kaiser notiert sich in Gedanken, dass er unbedingt Admi-ral Canaris auf jene Gestalten der Waffen-SS ansetzen muss, um ihr Tun zu überwachen. Nach einem eventuellen Sieg des Kai-serreichs in diesem Krieg oder einem Verständigungsfrieden ist es nicht ausgeschlossen, dass es zu einer finalen Abrechnung mit dem offiziell zerschlagenen »Schwarzen Orden« kommen wird. Gleiches gilt für die Aufarbeitung nationalsozialistischer Verbre-chen …

Bei einer Niederlage ist diese Option schlicht überflüssig, da es nach der Überzeugung des Kaisers dann kein geeintes deutsches Vaterland mehr geben wird.

Nach der Ordensverleihung, gefolgt von einem wahren Blitz-lichtgewitter, begeben sich die Männer zu einem üppigen Fest-bankett. Es entwickeln sich lockere Gespräche unter den Teil-nehmern. Der Monarch nutzt die Gelegenheit, um sich Eindrü-cke von der Front einzuholen und auch Verbesserungsvorschläge entgegenzunehmen. Er nimmt sich vor, die Vorschläge sowohl mit der übrigen Generalität als auch mit den Vertretern der Industrie und auch mit Rüstungsminister Speer zu besprechen.

15. Januar 1943

Vormittags, Umland von Paris

Der Übungsplatz für Bombenwurf- und Schießversuche liegt auf einer weiten, schneebedeckten Ebene. Diese ist umgeben von Wäldern. Zugleich hat man die Anlage als Scheinflugplatz ausgebaut. Es gibt dort Tarnnetze und Nachbauten von verschiedenen Hallen. Außerdem dient der Platz den benachbarten Bomberverbänden zu Übungszwecken, aber auch zum Bombenabwurf im Notfall.

Bauer, Voigt und Bauerfeind drehen eine Runde um das große Feld, um sich zu orientieren. Die beiden Schießscheiben stehen im südlichen Teil der Anlage. Es ist für die drei Unteroffiziere ein gewohntes Bild, denn sie sind in der letzten Zeit oftmals hier gewesen.

Über Funk nehmen sie Verbindung mit dem Luftwaffennachrichtentrupp auf, der sich zusammen mit einigen anderen Beobachtern in einem Betonunterstand auf dem Übungsplatz befindet. Der am Funkgerät sitzende Funker meldet, dass alles bereit zum Übungsschießen sei.

Unteroffizier Bauer tritt ins Seitenruder und dreht nach links ein. Seine Rottenkameraden kurven in vorher festgelegten Warteräumen herum.

Bauer drückt seine Hs 129 ganz dicht an den mit Gebüschen bewachsenen Boden heran. Er springt über ein kleines Waldstück hinweg und sieht, dass die beiden großen Schießscheiben jetzt genau vor ihm liegen.

Laut Anweisung des Funkers nimmt er sich die linke, rechteckige Fläche vor, die senkrecht aufgestellt ist.

Durch das Reflexvisier peilt er sie an, korrigiert, rauscht noch näher heran. Dann drückt er auf die Auslöseknöpfe. Die unter dem Rumpf angebrachte MK 103, Kaliber 30 mm, beginnt zu hämmern; die seitlichen Maschinengewehre rattern los.

Leuchtspurbahnen ziehen vor dem Flugzeug her. Sie vereinigen sich genau dort, wo die Schießscheibe steht. Nach ein paar kurzen, gut gezielten Feuerstößen rast Bauer im Tiefflug über die Scheibe hinweg und zieht wieder an.

Die Soldaten auf dem Schießplatz beobachten die Trefferwirkung auf die Scheiben durch Ferngläser. Der Nachrichtensoldat gibt die Trefferzahl durch. Bauer ist zufrieden. Nach Bauer tun es ihm die Unteroffiziere Voigt und Bauerfeind gleich.

Während die beiden feuern, erscheint die Sonne kurz hinter dem blassgrauen Dunst des Wintertages. Doch sie verschwindet nach kurzer Zeit wieder.

Bauer fliegt an der Platzgrenze entlang und kurvt ein, um zum zweiten Anflug anzusetzen. Er steht gerade dicht vor dem kleinen Wald, als er im Rückspiegel der Henschel sieht, dass Voigt und Bauerfeind hinter ihm herjagen.

Dieses Verhalten verstößt gegen die befohlenen Anweisungen. Bauer will die beiden Kameraden gerade über Funk zurechtweisen, da vernimmt er die aufgeregte Stimme des Luftnachrichtenfunkers: »Myo, myo, myo (feindliche Jäger am Platz)!« Unmilitärisch fügt er hinzu: »Kratzt die Kurve, Kameraden!«

»Ludwig, schau nach rechts. Sieh zu, dass du Land gewinnst!«, hört Bauer nun auch Voigt im Funkkreis.

Bauers Kopf schnellt herum. Durch die kleine, mit weißen Markierungsstrichen versehene Seitenscheibe sieht er, wie eine Spitfire aus der Überhöhung heraus auf ihn herabstürzt. Einer der Feindjäger der Royal Air Force versucht sich hinter die Henschel von Bauer zu klemmen.

Der Unteroffizier stößt den Steuerknüppel nach vorn und rauscht dicht über die Erde hinweg. Ludwig Bauer erkennt, dass die zweite Spitfire versucht, sich hinter Voigts Maschine zu hängen. Sekunden später zieht er an, springt über das Waldstück hinweg und drückt wieder nach.

Im Spiegel beobachtet er, wie der Brite die Bewegung mitmacht und sich immer dichter an ihn heranschiebt.

»Aufpassen, Ludwig«, schreit Bauerfeind aufgeregt, der an der Platzgrenze nach Süden hin abfliegt und als einziger keinen Jäger hinter sich hat.

Bauer stößt die Gashebel auf Kampfleistung. Die beiden Motoren dröhnen nun noch lauter. Jetzt hängt die Spitfire direkt hinter ihm. Der blonde Unteroffizier bewegt den Steuerknüppel, um nach links wegzuscheren.

An der britischen Jagdmaschine zucken Flämmchen auf. Leuchtspurgeschosssketten rasen auf das deutsche Schlachtflugzeug zu.

Durch geschicktes Ausweichen kann Unteroffizier Ludwig Bauer Treffer an seiner Maschine verhindern. Er geht dichter an die Erde heran. Wieder zischen Geschoßbahnen über ihn hinweg.

Der Brite rast nun an ihm vorbei. Bauer kann deutlich die Kokarden am schnittigen Rumpf der Spitfire erkennen. Auch den Kopf des Flugzeugführers, der zu ihm herüberblickt, sieht er.

Der feindliche Flugzeugführer zieht seinen Jäger hoch und schießt in den Himmel hinauf. Er setzt zur Wendung an, um wieder anzugreifen.

Auch Unteroffizier Voigt hat die heranbrausende Gefahr erkannt. Er lässt seine Henschel über die linke Tragfläche abschmieren und jagt ebenso wie sein Kamerad Bauer im Tiefflug über die Erde.

Durch Voigts plötzliche Abwehrbewegungen verliert der Brite den Kontakt mit dem Schlachtflugzeug. Auch er muss erneut einschwenken, um einen neuen Angriff starten zu können.

Die drei deutschen Schlachtflieger haben so kostbare Minuten gewonnen. Unteroffizier Bauerfeind, der bisher noch nicht angegriffen wurde, stürzt zu seinen Kameraden hinunter.

Bauer nimmt die Gasspitze zurück und ruft den beiden anderen zu: »Wir fliegen stur nach Süden. Vielleicht geben sie dann auf, weil ihnen der Sprit für den Rückflug ausgeht.«

»Hoffentlich gelingt das«, ertönt die Stimme von Gerhard Voigt im Äther. Der Schweiß läuft ihm über das jugendliche Gesicht.

Vom Schießplatz her ruft der Luftnachrichtenfunker: »Ist bei euch alles in Ordnung?«

Bauer gibt Bescheid, dass zurzeit alles in Ordnung sei, und sie versuchen, sich nach Süden abzusetzen.

»Wir können die Tommies noch sehen. Sie befinden sich am Ende unseres Platzes und drücken nach unten weg.«

Die drei Unteroffiziere drehen den Kopf und sehen, dass der Funker Recht behält. Die Briten rasen hinter den drei Schlachtflugzeugen her.

»Zieht den Verband etwas auseinander!«, befiehlt Bauer. Er selbst fliegt rechts neben den beiden anderen auf Südkurs.

Im Tiefflug hüpfen die Spitfire-Maschinen über die niedrigen, schneebedeckten Hügel und Waldstücke. Plötzlich ziehen sie hoch. Nun stehen sie dicht vor den drei Hs 129. Bauer beobachtet sie genau und erkennt, dass sie seine beiden seitlich neben ihm fliegenden Kameraden angreifen.

Er sieht auf das kleine Armaturenbrett. Dort zeigen Lichtzeichen die Feuerbereitschaft seiner Bordwaffen an. Dann verständigt er die beiden anderen: »Lasst sie herankommen. Wenn sie dicht hinter euch stehen – kurz bevor sie auf die Knöpfe drücken – spielt ihr die reife Pflaume, klar?«

»Du hast vielleicht Nerven«, krächzt es aus den Hörmuscheln. »Wenn der Trick nicht klappt, ist für uns der Ofen aus!«

Es ist die Stimme von Voigt, die Ungläubigkeit ausdrückt.

»Wir müssen es trotzdem versuchen«, meint Bauer.

Er nimmt das Gas weg und vergrößert so den Abstand zu seinen beiden Kameraden. Er verfolgt einen ganz bestimmten Plan. Er lässt die beiden Spitfire nicht aus den Augen, die stur Kurs auf Voigt und Bauerfeind fliegen. Nach dem Hochziehen bleiben sie sekundenlang oben. Es sieht so aus, als ob sie Maß nehmen. Dann drücken sie gleichzeitig an und stürzen auf die deutschen Maschinen zu.

»Sie greifen an!«

Voigt und Bauerfeind bekommen genau mit, was hinter ihnen geschieht. Sie liegen auf der Lauer und sind bereit, blitzschnell so zu handeln, wie Bauer es angeordnet hat.

Noch 1.000 Meter Abstand zwischen Jägern und Gejagten …

800 Meter!

»Los, es wird Zeit!«, ruft Bauer.

Voigt und Bauerfeind nehmen Geschwindigkeit zurück, fahren gleichzeitig die Landeklappen und das Fahrwerk aus. Jetzt hängen die beiden Maschinen tatsächlich wie reife Pflaumen in der Luft.

Das Abwehrmanöver ist gerade noch rechtzeitig erfolgt. Sekunden darauf drücken die beiden Briten auf die Knöpfe. Ihre Bordwaffen rattern los. Doch die Geschosse jagen an den plötzlich wie stehengebliebenen Henschel-Flugzeugen vorbei.

Bauer hat kurz zuvor blitzschnell seine Maschine angezogen und etwas Höhe gewonnen. Er beobachtet von oben, wie die

Gegner auf die deutschen Schlachtflugzeuge zurasen und über sie hinwegschießen.

Das ist der Augenblick, auf den Unteroffizier Bauer gewartet hat. Er drückt den kleinen Steuerknüppel nach vorn und schiebt Vollast auf die beiden Gnome & Rhone-Motoren.

Die Henschel heult nach unten weg. Bauer korrigiert den Kurs und hat Glück. Der rechts fliegende Feindjäger hängt nun genau vor ihm in der Luft.

Unteroffizier Ludwig Bauer peilt den Gegner durch sein vor der Windschutzscheibe aufmontiertes Revi an. Die Spitfire will gerade nach oben wegziehen, da hat Bauer sie voll im Visier und – er feuert.

Die Geschosse der 3-cm-Maschinenkanone und der zwei MG 151 schlagen in den Rumpf der Feindmaschine ein. Der links neben der angegriffenen Maschine fliegende RAF-Pilot muss die Gefahr erkannt haben. Er zieht seine Maschine an und schert zur Seite weg.

Bauer schickt der ersten Maschine noch einen Feuerstoß entgegen und beobachtet, wie Fetzen vom getroffenen Jäger davonfliegen.

»Du hast ihn tatsächlich erwischt«, ruft Unteroffizier Gerhard Voigt, der zusammen mit Unteroffizier Heinrich Bauerfeind zurückgeblieben ist. Beide beobachteten Bauers Angriff durch den eingebauten Rückspiegel. Die beiden lassen Landeklappen und Fahrwerk wieder einfahren. Sie fliegen nun erneut Bauer hinterher.

Bevor Bauer einen weiteren Feuerstoß anbringen kann, zieht der Brite seinen Jäger an und tritt ins Seitenruder. Mit schwarz qualmendem Motor schießt er in den Himmel und dreht gleichzeitig nach Westen ab.

»Der macht die Mücke«, ruft Bauerfeind erfreut via Funk.

»Hoffentlich schmiert er noch ab!«

Die drei Deutschen beobachten, wie die lange schwarze Rauchspur sich immer weiter entfernt und die zweite Spitfire sich neben diese setzt. Die Schlachtflieger verspüren aber auch kein Interesse, den britischen Jägern zu folgen.

Nachdem sie in Richtung Flugplatz eingekurvt sind, ruft Bauer die Funkstelle des Schießplatzes an: »Wie sieht es bei euch aus?«

»Immer noch myo. Alles in Ordnung bei euch?«

»Jawohl. Haben eine Spitfire angeschossen.«

»Wurde von uns beobachtet. Gratulation.«

Die drei deutschen Flugzeugführer nähern sich dem Schießplatz. Immer wieder bewegen sich ihre Köpfe, um eventuelle Gefahren sofort im Ansatz zu erkennen. Doch sie erreichen ihr Ziel ohne weitere Zwischenfälle.

»Myo nil«, hören sie den Funker bekanntgeben. »Myo nil. Gerade kam Entwarnung. Ihr könnt nach Hause fliegen.«

Im Tiefflug ziehen die drei Henschel nochmals über die großen Schießscheiben und den Platz hinweg, der ihnen diesmal beinahe zum Verhängnis geworden wäre.

15. Januar 1943

Nachmittags, Kampfraum um Leningrad bei Mga

»Fertigmachen zum Ausladen! Abteile räumen, alles in die Fahrzeuge verpacken!«

Die Verkeilungen werden losgemacht, die Klötze fliegen von den Ketten, dann lassen die Fahrer die Motoren an. Ganze fünf Schützenpanzer springen an.

Der Schirrmeister flucht: »Jetzt fehlen nur noch russische Flugzeuge! Das wäre ein gefundenes Fressen für die roten Schlächter!«

Plötzlich kurvt ein Panzerspähwagen durch die Schneewüste von Norden her ein.

Er hält an der Rampe. Heraus springt ein Unteroffizier der Panzerspähkompanie der Abteilung. Er meldet sich bei Hauptmann Leonhardt, dem Chef der Grenadierkompanie. Plötzlich herrscht große Aufregung. Die fünf einsatzfähigen Schützenpanzerwagen setzen sich unter Führung des Panzerspähwagens sofort in Bewegung.

Die Gruppenführer versammeln sich um den Hauptmann.

»Meine Herren, russische Panzerspitzen treiben sich bereits in unserem Aufmarschraum herum. Schaut zu, dass die Fahrzeuge in kürzester Zeit fahrbereit sind, sonst werden wir hier abgeschossen wie die Hasen.

Der 1. Zug legt eine Sicherung aus; etwa einen Kilometer nördlich von hier. Sobald das nächste Fahrzeug fahrbereit ist, wird es nachgezogen. Mit der eben abgerückten Vorausabteilung besteht ab sofort Funkverbindung. Wollen wir hoffen, dass es bald dunkel wird.«

Hauptmann Leonhardt und sein Adjutant, Oberleutnant Wagner, stehen im Gelände und beobachten. Lautlos fällt Schnee. Bald bricht die Nacht herein. Unter den Wannen der Schützenpanzerwagen brennen kleine Feuer und ein Wagen nach dem anderen springt endlich an.

Trotzdem wird es drei Uhr nachts, bis das letzte Fahrzeug in einer kleinen, ungefähr 3.000 Einwohner zählenden Stadt namens Mga unweit vom Einschließungsring um Leningrad unterziehen kann.

Adomeit und seine Kameraden haben Quartier in der Schule der Stadt bezogen. Es wirkt alles sehr improvisiert. Das bestätigt Adomeits Gedanken, die er seit seiner überstürzten Mobilisierung mit sich herumträgt.

Seit dem fragwürdigen Einsatz gegen die sowjetischen Kommandosoldaten bei der Wolfschanze, der mehr Fragen als Antworten aufgeworfen hat, fühlt sich alles wie Stückwerk an.

Das Infanterie-Ersatz-Bataillon 151 wurde aufgelöst und auf verschiedene Einheiten der Division verteilt, die ebenso überstürzt aus Frankreich gen Osten verlegt wurde.

Flüche hallen durch die kalten Räume. Zum Teil fehlen die Fensterscheiben. Das Aufwärmen fällt wohl aus. Draußen zeigt das Thermometer 22 Grad unter null.

Die Kradschützenkompanien der Abteilung sind bereits am Vortag eingetroffen. Die Panzerspäher sind sofort in die Frontlücke bei Schlüsselburg geworfen worden. Sie sollen eine Front wiederherstellen, die es gar nicht mehr gibt. Die Schwere Kompanie mit der Artillerie und den Pak ist noch unterwegs und Teile der Stabskompanie befinden sich noch im Anmarsch, von Krasnogvardeisk kommend.

Die Division sollte ursprünglich im Mittelabschnitt der Ostfront eingesetzt werden, doch die sowjetische Offensive bei Leningrad zwang den Oberbefehlshaber Ost, Truppen nach Norden zu verlegen. Nun rächt es sich, dass man einst Kräfte aus dem Leningrader Raum nach Süden verlegte, um die Befreiung der Kameraden aus dem Stalingrader Kessel zu unterstützen. Diese Entscheidung war zum damaligen Zeitpunkt richtig und unumgänglich, doch nun fehlen genau diese Truppen bei Leningrad.

15. Januar 1943

»Gratulation zum ersten Abschuss, Ludwig«, meint der Erste Wart zum jungen Flugzeugführer und hält ihm die Hand hin. Bauer jedoch ist damit beschäftigt, den Flug nochmals Revue passieren zu lassen.

»Wieso Abschuss? Wie kommst du denn darauf? Ich habe den Kameraden von der anderen Feldpostnummer nur angekratzt! Wir waren überhaupt froh, dass die Spitfires abgehauen sind.«

Unteroffizier Bauer sieht, wie Voigt und Bauerfeind, gefolgt von einer Traube von schwarz-uniformierten Warten und Mechanikern, auf ihn zustürmen.

Von der anderen Seite nähert sich Leutnant Krüger, der Leiter der Schlachtflieger-Ausbildungsgruppe. Das Gesicht des schwarzhaarigen Offiziers strahlt förmlich.

Im nächsten Augenblick steht Voigt bereits vor ihm: »Hast du schon gehört, was passiert ist? Die faseln alle etwas von einem Abschuss, den du erzielt haben sollst.«

»Mein Wart liegt mir auch schon damit in den Ohren. Verstehe ich überhaupt nicht«, gibt Bauer zurück und zuckt mit den Schultern.

Leutnant Krüger schreitet durch die Lücke, die die Warte um Bauer freimachen.

»Gratuliere, Bauer«, sagt der Offizier freundlich und reicht dem Unteroffizier die Hand.

»Ich weiß zwar nicht, warum, aber ich danke Ihnen, Herr Leutnant.«

»Wirklich nicht?«, stutzt Krüger.

»Nein, Herr Leutnant.«

»Sie haben einen Tommy abgeschossen, Mensch.«

»Angeschossen, aber nicht abgeschossen habe ich den, Herr Leutnant«, gibt Bauer zu bedenken, »Mehr haben wir jedenfalls nicht beobachtet.«

»Ja gut, dass andere Augenzeugen vorhanden waren! Eine Infanterieeinheit beobachtete, wie Sie auf den einen Tommy schossen und wie sich die beiden Jäger danach nach Norden absetzten.

Kurz darauf blieb wohl der Motor der angeschossenen Spitfire stehen. Der Flugzeugführer ist mit dem Fallschirm ausgestiegen. Die Maschine stürzte zu Boden – Aufschlagbrand. Der Tommy wurde von einer Flakeinheit gefangengenommen und sofort verhört. Er gab Einzelheiten über Ihren Angriff an, Bauer. Der Führer der Flakeinheit hat uns umgehend telefonisch benachrichtigt.

Schließlich sind wir die einzige Schlachtgruppe, die in dieser Gegend liegt. Ich habe daraufhin mit dem Schießplatz gesprochen und bekam so Auskunft darüber, was passiert war. Sind Sie nun überzeugt, Bauer?«

Der Unteroffizier holt Luft.

»Dann haben wir ja nicht nur richtig Schwein gehabt, sondern auch noch Glück dazu«, meint Unteroffizier Voigt mit einem breiten Grinsen.

Die drei Unteroffiziere quetschen sich nun in den bereitstehenden VW-Kübelwagen. Der Fahrer gibt Gas und jagt zu den Baracken zurück.

Als Unteroffizier Bauer die Tür zu den Stuben aufstößt, in der er zusammen mit Voigt und Bauerfeind wohnt, schlägt ihm dicker Tabakqualm entgegen.

Grinsende Gesichter aller Arten und Formen blicken ihn an. Auf den Schemeln, den Feldbetten und sogar auf dem wackligen, altersschwachen Tisch am Fenster sitzen die Flugzeugführer der Ausbildungsgruppe. Sie haben gehört, was auf dem Schießplatz geschah, und nun gibt es ein mächtiges Palaver.

Während Unteroffizier Bauer den Männern Rede und Antwort stehen muss, betritt der UvD den Raum, der ebenfalls Flugzeugführer ist.

Er bekommt gerade noch mit, was Bauer berichtet. Dann sagt er: »Nun hört mir mal zu.«

Alle Augen richten sich gespannt auf den Mann mit der gelben Kordel an der blauen Uniform.

»Ich habe vorhin ein Gespräch mitgehört. Ein Offizier der Horstkommandantur sprach mit Leutnant Krüger.«

»Und?«

»Dabei war die Rede von einer bevorstehenden Verlegung unseres Haufens.«

»Und wohin soll es für uns gehen?«, fragt Bauer.

Der UvD reibt sich mit der rechten Hand das Kinn »Es soll nach … nach Russland gehen.«

Die Freude verschwindet blitzartig aus den Gesichtern. Niemand sagt mehr etwas.

15. Januar 1943

Früher Abend, Kampfraum Rostow am Don

»Besondere Vorsicht jetzt. Es ist bereits ganz schön dunkel, da werden die Iwans wieder munterer«, belehrt Feldwebel Marcus Klaudius seine Männer.

Sie hocken immer noch in dem ehemaligen Hotelgebäude. Die unzähligen Gefechte der vergangenen Tage haben bei dem arg strapazierten Gebäude weitere Spuren hinterlassen.

»Das ist doch für'n Arsch. Durch den verfluchten Rauch und Qualm über der Stadt kann man im Dunkeln noch weniger erkennen«, macht sich Unteroffizier Kupferschmidt Luft.

»Wenigstens bleiben uns dadurch die russischen Schlächter erspart.«

Die wachfreien Männer haben sich in den massiven Keller begeben. Jeder der Landser hängt seinen eigenen Gedanken nach.

Draußen liefern sich die deutschen und sowjetischen Artillerieeinheiten wieder einmal ein Duell auf Leben und Tod. Die Batterien beider Seiten schenken sich nichts.

Klaudius befindet sich wieder einmal auf Rundgang. Als er die Kellerräume betritt, nimmt kaum jemand Notiz von ihm. Die meisten Landser schlafen oder dösen vor sich hin. Erschöpfung und die allgegenwärtige Gefahr stehen ihnen ins Gesicht geschrieben. Stickige Luft hält das Hotel im Würgegriff, angereichert mit den Ausdünstungen der Männer, die seit Wochen keine Dusche mehr von Nahem gesehen haben. Der ein oder andere Grenadier und auch einige der letzten verbliebenen Pioniere aus Klaudius' ursprünglicher Einheit hocken bei einer der wenigen Hindenburglichter und schreiben Briefe.

Müsste ich auch mal wieder machen, geht es dem Feldwebel durch den Kopf.

Gerade will er sich zum Obergefreiten Steinbach setzen, der sich in eine ruhige Ecke des Kellers zurückgezogen hat und auf einer Scheibe Kommissbrot mit Tubenkäse herumkaut. Klaudius und Steinbach vernichteten am Vortag je einen der feindlichen Panzer. Erst ein Spähtrupp fand Steinbach und brachte ihn sicher zum Hotel zurück. Sein Kamerad Kehlheim hatte weniger Glück. Er lag hinter einem Trümmerhaufen. Ihm fehlte der rechte Unterschenkel und er hatte augenscheinlich sehr viel Blut verloren, denn ihn umgab eine dicke Blutlache. Die eisigen Temperaturen taten dann das Übrige ... ihm war nicht mehr zu helfen.

Der Gefreite Utz, der erst vor Kurzem zum Haufen kam, lag, halb von Schutt und Gestein verdeckt, hinter einer eingefallenen Wand. Wahrscheinlich wurde er von den herabfallenden Trümmern erschlagen und zerquetscht. Ein schmaler Blutstreifen rann ihm aus dem Mund und seine gebrochenen Augen blickten anklagend gen Himmel.

Wieder ein Anblick, den Klaudius wohl niemals vergessen wird. Besonders der Tod von Kehlheim trifft ihn und Steinbach tief. Der Obergefreite Friedrich Steinbach war in den Stunden danach ungewöhnlich ruhig.

Nun setzt sich Klaudius neben den Kameraden und klopft ihm aufmunternd auf die staubige Schulter.

»Mensch, Friedrich, du siehst ja aus wie sieben Tage Regenwetter.«

Müde hebt der Angesprochene den Kopf und gibt kauend zurück: »Ach Marcus, guck uns doch an. Wir sind in Frankreich als vollmotorisierte Einheit neu aufgestellt worden, durften für die Kameraden der 6. Armee die Feuerwehr spielen und werden seither hier verheizt. Wir haben Panzer- und Panzerjägereinheiten im Divisionsverband. Wir als Pioniere waren auch motorisiert, weiß Gott, wo unser Pioniergerät jetzt ist. Von den Panzern haben wir auch schon ewig nichts mehr gesehen in dieser verfluchten Stadt!«

Ärgerlich wirft er die Tube Käse, an der er herumnuckelte, in eine Ecke und schimpft frustriert: »Wir waren Teil der Garde des Führers und nun verrecken wir langsam in diesem Rattenloch!«

Die restlichen Männer im Keller schauen auf. Zustimmendes Gerede ist zu vernehmen.

Noch ehe Klaudius etwas erwidern kann, erklingt plötzlich der Ruf, den die Männer in den letzten Tagen und Wochen allzu oft gehört haben – Panzeralarm!

Sofort sind alle hellwach und hetzen auf ihre Posten. Noch ist der Kampfgeist der ehemaligen Waffen-SS-Männer nicht gebrochen. Der Feldwebel eilt in die zweite Etage und nimmt das erbeutete sowjetische Fernglas vor die Augen. Durch die Optik erkennt er zwei KW-1-Kampfpanzer. Sie kämpfen sich wippend durch die mit Trümmern übersäte Straße und schieben dabei mühsam die ausgebrannten und teilweise zerrissenen Wracks einiger T-34 zur Seite.

Größere Sorgen bereiten dem Feldwebel allerdings die Gerätschaften, die sich im Hintergrund befinden. Eine mächtige Kanone auf Gleisketten quält sich langsam, aber sicher die Straße entlang. Flankiert wird sie durch zwei 57-mm-Panzerabwehrgeschütze.

Noch ehe Klaudius reagieren und den Befehl zur Feuereröffnung erteilen kann, beginnen die KW-1, die Pak und auch wieder Granatwerfer die Stellungen im Hotel und den umgebenen Gebäuden einzudecken.

Durch das zielgerichtete Feuer der 7,62-cm-Geschütze, der Bord-MG und der 5,7-cm-Panzerabwehrkanonen können die Landser kaum den Kopf aus der Deckung heben.

Ununterbrochen schlagen die Sprenggranaten in die Gebäudefassaden der Deutschen ein.

Klaudius eilt durch die Flure des ehemaligen Hotels, um eine Stelle zu finden, von wo aus er die Sowjets weiterhin im Auge behalten kann.

Er erreicht das dritte Stockwerk, da durchbricht ein mächtiger, ohrenbetäubender Donner die Geräuschkulisse. Die Einschlagexplosion raubt dem Feldwebel schier den Atem. Doch anscheinend wurde das Hotel nicht getroffen.

Er eilt in eines der Zimmer. In den Wänden klaffen mehrere Löcher und über diese kann er einen Teil der Straße einsehen und auch das Nachbargebäude, in denen einige Kameraden des 3. Zuges ausharren.

Das Gebäude wurde von einer Granate der mächtigen sowjetischen Kanone getroffen. Eine dichte, massive Staubwolke wälzt sich durch die Straße und gibt einen erschreckenden Anblick frei.

Vom Nachbargebäude ist nicht mehr viel zu sehen. Die Frontfassade ist komplett eingefallen und die Seitenwand ist herausgerissen worden. Auf der Straße vor dem Gebäude befindet sich ein Trümmermeer. Kein Schuss, keine Bewegung ist dort mehr von deutscher Seite zu erkennen.

Schlagartig wird Klaudius klar, dass sie wahrscheinlich die Nächsten sein werden.

»Raus! Raus! Alle sofort zur Hofseite verschwinden!«

Die Schreie des Zugführers gellen gegen den Gefechtslärm durch die Etagen des Hotels. So schnell sie können, packen die Landser ihre Sachen zusammen und versuchen zu verschwinden.

Vielleicht vier Minuten später ertönt wieder der ohrenbetäubende Abschussknall der Kanone. Diesmal schlägt die Granate tatsächlich mit urzeitgewaltiger Macht in das ein. Der Feldwebel hat da den Ausgang beinahe erreicht. Nur wenige Meter trennen ihn von der Straße. Er wird durch den gewaltigen Luftdruck von den Beinen gerissen.

Mit schreckgeweiteten Augen sieht er, wie Mauerreste und Deckentrümmer herabstürzen – dann ist es dunkel.

Das Oberkommando der Wehrmacht gibt bekannt

… Am nördlichen Flügel der Ostfront setzen die Sowjets ihre Angriffe in Richtung Schlüsselburg weiter fort. Schnell eingeschobene Verbände unserer Wehrmacht konnten durch massive Riegelstellungen die Angriffe der Bolschewisten verlangsamen. Die roten Angriffsverbände mussten den Verlust von 51 Kampfpanzern hinnehmen; neben zahlreichen Gefangenen erlitten die bolschewistischen Infanterieeinheiten blutige Verluste in beträchtlicher Zahl.

Im Mittelabschnitt der Ostfront gehen die Fesselungsangriffe der Sowjets weiter. An keinem Abschnitt können sie nennenswerte Fortschritte erzielen, büßen aber zahlreiche gepanzerte Fahrzeuge ein.

Im Südabschnitt der Ostfront gehen die Kämpfe um Rostow weiter. Die Sowjetischen Stoßverbände werden jedoch, von unseren und verbündete Divisionen immer wieder zurückgeschlagen.

Im Luftraum von Rostow kommt es immer wieder zu harten Luftgefechten mit der roten Luftwaffe. Hier konnte sich zum wiederholten Mal der Hauptmann Hermann Graf, Gruppenkommandeur in einem Jagdgeschwader hervorheben. Es gelang ihm an einem Tag sieben Feindmaschinen zu vernichten.

Über Westeuropa und dem Reichsgebiet kam es erneut zu Einflügen feindlicher Bomberverbände …

16. Januar 1943

Kurz nach Mitternacht, über Südostengland

Der Feind fliegt in Richtung Nordsee, in Richtung Holland ein. Man kennt seine Absichten nicht, doch man weiß, dass er wieder deutsche Städte treffen will. Der Krieg artet mehr und mehr zu einem Massenmord an Zivilisten aus …

Die Ju 88 von Unterfeldwebel Helmut Schwarz klettert weiter in die Höhe.

Sie haben eine neue Maschine bekommen und für den verwundeten Kameraden, den jungen Gefreiten Fred Schneider, der in einem Luftwaffenlazarett im Elsass liegt, sitzt nun der Gefreite Udo Liebemann hinter dem Bord-MG.

Noch immer liegt der Dunst wie ein dünner, zerreißbarer Schleier vor den Propellern des Nachtjägers. Sie sind bereits über 3.000 Meter … und noch immer keine Sicht.

Plötzlich erstrahlen die Sterne über den drei Luftwaffensoldaten. Der Hauptgefreite Leder schaut nach unten. Seit Stunden fliegen sie nun schon und suchen vergeblich. Keine britische Maschine ist zu sehen. Sollte sich die Leitstelle getäuscht haben? Sind die Feindflugzeuge zurückgeflogen?

So etwas soll ja auch vorkommen, geht es Schwarz durch den Kopf.

Plötzlich ruft Leder: »Achtung – unter uns!«

Schwarz starrt in die Nacht. Er kann nichts erkennen. Dann – dicht unter ihnen, ein dunkler Schatten. *Hinterher!*

Die Ju 88 kurvt ein, setzt sich hinter die Viermotorige, die plötzlich wieder verschwunden ist.

»Was macht das Ortungsgerät, verdammt!«, ruft Schwarz durch die Eigenverständigung.

»Nichts macht das. Zum kotzen. Keine Zacken, gar nichts!«, gibt Leder gereizt zurück.

Da ruft der Gefreite Liebemann: »Achtung – rechts oben ist einer!«

Es ist eine Lancaster. Sie fliegt sehr schnell. Offenbar hat sie es eilig, nach Deutschland zu kommen. Meter um Meter schiebt sich der deutsche Nachtjäger nun an den britischen Bomber heran. Auf Leders Röhre ist noch immer nichts zu erkennen. Vielleicht 100 Meter beträgt die Entfernung noch.

Auf einmal zucken kleine Flämmchen bei der Lancaster auf. Leuchtspurgeschosse züngeln der Junkers entgegen. Der Heckschütze hat den Nachtjäger erkannt.

Auch das noch. Heute geht wohl alles schief, denkt sich Schwarz und presst die Lippen aufeinander. Erregung überfällt ihn, wie jedes Mal, wenn er zum Angriff ansetzt.

Trotz des wütenden MG-Feuers wagt es der Unterfeldwebel anzugreifen. Der MG-Schütze feuert nach wie vor. Doch er scheint zu aufgeregt – oder unerfahren – zu sein, denn er trifft den deutschen Nachtjäger einfach nicht.

Weit über die Ju 88 gehen die Geschosse hinweg.

»Achtung! Flugzeug von hinten!«, ruft Liebemann durch die Eigenverständigungsanlage.

»Nichts wie weg!«

Schwarz reißt die Maschine herum und kippt nach unten weg.

Schon mancher Nachtjäger wurde auf so eine Art und Weise abgeschossen, dass musste die Besatzung Schwarz ebenfalls erst vor Kurzem erleben. Nur mit Glück haben sie es überstanden. Helmut Schwarz aber will sein Glück nicht noch einmal herausfordern.

Leder und Liebemann schweigen und starren in die Finsternis. Trotz aller Bemühungen zeigt das FuG noch immer nichts an und Leder hat nun genug damit. Unwirsch schaltet er es ab.

Plötzlich meldet einer der Kameraden einen Abschuss. Leder schaltet das Gerät schnell wieder ein.

»Mensch!«, stöhnt Leder auf. »Ich hab' einen. Ach was. Was sag ich da! Ich hab' viele, einen ganzen Pulk! Rechts oben!«

Schwarz kurvt ein, setzt sich gekonnt hinter die erkannten Bomber. Mit höchster Motorleistung versucht er sich zu nähern. Plötzlich drückt der Bomber weg. Die Ju senkt ebenfalls den Bug. Der schwere Bomber, eine Short Stirling, taucht riesengroß vor dem Nachtjäger auf.

Die Bordwaffen der deutschen Maschine beginnen zu hämmern. Geschosse bohren sich in den Rumpf des Bombers. Flammen züngeln hoch.

Die Stirling sackt wie ein Stein ab. Schwarz erkennt keine Fallschirme. Vielleicht ist die Besatzung tödlich getroffen.

Die Borduhr zeigt mittlerweile 01 Uhr 14.

Die Gruppe der deutschen Langstreckennachtjäger meldet nun weitere Abschüsse. Unterfeldwebel Helmut Schwarz und seine Kameraden suchen indes ein neues Ziel.

Mit einem Mal wird die Maschine von Propellerböen hochgehoben und zur Seite gedrückt. Ein weiterer Engländer, in unmittelbarer Nähe des Nachtjägers, manövriert. Anscheinend hat er den tödlichen Gegner gesehen. Er taucht nach unten weg und steigt wieder.

Die beiden Gegner versuchen sich gegenseitig auszumanövrieren. Schwarz gelingt es, sich über die Feindmaschine, ebenfalls wieder eine Short Stirling, zu setzen. Er erkennt die vier mächtigen Sternmotoren des schweren Bombers. Offenbar hat die feindliche Besatzung den deutschen Nachtjäger aus den Augen verloren. Keiner der Bordschützen feuert.

Schwarz stürzt sich nun auf das ahnungslose Opfer. Die Geschosse der Bordwaffen fressen sich in den Rumpf, dann in die linke Tragfläche und die Motoren. Die Maschine scheint förmlich einen Satz ins Leere zu machen, kippt nach vorn weg und rauscht wie ein Stein zu Boden. Sie zieht helle Flammen hinter sich her und schlägt hell auf der britischen Erde auf.

»Da ist noch einer!«, krächzt Liebemann aufgeregt.

Die Maschine wird herumgerissen und Vollgas hineingeschoben. Diesmal hat der Heckschütze den Gegner wieder erkannt. Er feuert aus seinem Vierlings-MG, was herausgeht.

Schwarz kurbelt, setzt sich über die Stirling, versucht von oben herab anzugreifen wie zuvor. Doch der feindliche Flugzeugführer durchschaut die Absicht. Er taucht ab, geht in eine Kurve, zieht hoch, ändert den Kurs, will Schwarz abschütteln. Dieser klebt wie eine Klette an ihm, macht jede Bewegung mit und sucht die beste Schussposition.

Der britische Flugzeugführer kämpft um sein und das Leben seiner Besatzung. Die Motoren jaulen. Da sackt der schwere Bomber ab.

Er will in der Wolkendecke verschwinden, schießt es dem Unterfeldwebel durch den Kopf. Er lässt seinen schweren Nachtjäger hinterherjagen. Das grausame Katz- und-Maus-Spiel geht weiter.

Mit zusammengepressten Zähnen behält Schwarz seinen Gegner im Auge. Er weiß, dass er ihn jetzt nicht mehr loslassen darf. *Feuer* – er drückt die Auslöseknöpfe. Aber nur das MG 131 und eines der MG 151 beginnen zu hämmern – Ladehemmung.

Näher heran. Nun ist der Heckschütze munter geworden. Leuchtspurgeschosse zischen vorbei.

Schwarz spürt den Schweiß auf seiner Stirn. Der Heckschütze feuert nicht mehr. Die Stirling fliegt weiter. Es ist, als ob der feindliche Flugzeugführer wie hypnotisiert auf den Todesstoß wartet.

Geschosse züngeln durch die Nacht, bohren sich in den Rumpf des Bombers, aus dessen Leib helle Flammen schießen. Er kippt jedoch nicht ab, fliegt stur weiter.

»Das ist doch nicht möglich!«, ruft Schwarz über die Eigenverständigung.

Sekunden werden zur Ewigkeit. Hell ist die Nacht; wie ein riesiger Komet steht der Bomber am Himmel. Kein Mann steigt aus, kein Fallschirm öffnet sich.

Immer noch steht die Stirling brennend am Himmel. Sie scheint festzukleben. Ihre Fahrt ist stark vermindert.

Will der Flugzeugführer etwa versuchen, den Brand mit Bordmitteln zu löschen? Das wird ihm nie und nimmer gelingen. Jeden Augenblick müssen die Tanks explodieren, denkt sich Unterfeldwebel Helmut Schwarz.

»Achtung – Feindmaschine!«, schreit Leder, der sie zuerst gesehen hat. Es fliegt tatsächlich eine dicke Lancaster im hellen Schein der brennenden Stirling vorbei.

Schwarz ist entschlossen, er wird auch diese Maschine angreifen. Nicht jede Nacht bekommt man vier schwere Bomber vor die Rohre.

Noch immer hängt die brennende Maschine am Himmel – unglaublich. Der zweite Bomber setzt sich neben die Stirling, die sich anschickt umzukehren

Vielleicht gibt die Lancaster ihr Geleitschutz. Aber wenige Sekunden später nimmt sie Geschwindigkeit auf und überlässt die brennende Maschine ihrem Schicksal.

»Den nehme ich!«, meint Schwarz.

Meter um Meter schiebt er sich näher heran. Der Heckschütze bemerkt die Junkers nicht. Die beiden verbliebenen Bordwaffen jagen ihre Geschosse hinaus. Sie sitzen im Rumpf und der Heckkanzel.

Schwarz will jedoch auch die Tragflächen und die Motoren treffen. Er feuert noch eine Serie von Projektilen ab. Nun steht die linke Tragfläche in Flammen. Gierig züngeln sie, vom Fahrtwind zum Wirbel geschleudert, zu den Motoren heran.

»Das war Nummer vier!«, hört Schwarz hinter sich Eberhard Leder sagen.

»Wir fliegen jetzt nach Hause«, ruft Schwarz.

Für diese Nacht hat er genug. Der Unterfeldwebel sitzt schweißgebadet in seiner Fliegerkombi. Seine Augen schmerzen, seine Nerven vibrieren. Er spürt das Zittern in den Fingern.

Vier Feindmaschinen innerhalb kürzester Zeit. Dafür ist eine Menge Konzentration erforderlich und das macht sich nun bemerkbar.

Die übrigen Kameraden gratulieren über Funk. Es hat sich bereits herumgesprochen, dass die Besatzung Schwarz äußerst erfolgreich war.

16. Januar 1943

Nachmittags, Kampfraum um Leningrad

»Wir sind dafür verantwortlich, dass Schlüsselburg gehalten wird«, verkündet Hauptmann Leonhardt seinen Zugführern. »Der Kommandeur verlässt sich auf uns. Wie lange wir Zeit haben werden, unsere Stellungen auszubauen, wissen wir nicht. Das hängt vom Iwan ab. Vor uns liegen jedenfalls keine kampfkräftigen deutschen Einheiten mehr. Was noch zurückkommt, sind zerschlagene Haufen, die nur noch versuchen, die deutsche Front zu erreichen. Es muss Tag und Nacht gebuddelt werden, denn der Russe wird uns eindecken, wenn er nicht auf Anhieb hier durchkommt. Wir sind der letzte Riegel vor Schlüsselburg. Sagen Sie das Ihren Männern!«

An der Rollenbahn nach Schlüsselburg entsteht beidseitig eine Stellung, die es in sich hat. Zweifach gestaffelt baut sich die 7,5-cm-Pak ein, bis die Rohre nur noch knapp über die Brüstung ragen. Die Panzergrenadierkompanie bezieht eine flankierende Position.

Feldwebel Hartmut Stein steht mit seinen Gruppenführern vor den Häusern eines kleinen Dorfes.

»Jede Gruppe baut zwei MG-Bunker und jeder Bunker muss mit dem anderen durch einen Laufgraben verbunden sein. Vom Laufgraben wird ein weiterer Graben zum nächstentfernten Haus gezogen. Dort kann die Wachablösung bleiben, solange die Häuser noch stehen. Im Übrigen wird die ganze Nacht durchgearbeitet. Jetzt ran an die Arbeit, solange uns noch Zeit dafür bleibt!«

Der Boden ist steinhart gefroren. Die Pickel prallen an der Oberfläche ab.

»Na ja, bis Ostern kommen wir schon hinein in den Boden«, schimpft der Soldat Joachim Müller. Der Gefreite Klaus Weber, Gruppenführer in Zug Stein, sieht, wie die Männer sich abquälen.

»Wir haben doch noch Bohrpatronen. Damit kommen wir doch bestimmt in die Tiefe; dann müsste es hinhauen.«

Es gelingt tatsächlich. Nach zwei Stunden sind die Grenadiere schon einen Meter tief im Boden.

Bei Einbruch der Dunkelheit nimmt die Kälte noch mehr zu. Der Himmel im West schimmert rot über die Anhöhe, die etwa 1.000 Meter vor der Stellung der Abteilung liegt. Es ist merkwürdig ruhig. Der Gefreite Klaus Weber kehrt gerade vom Chef zurück.

»Wie sieht es denn vor uns aus?«, fragt Müller.

»Der Russe kann jede Stunde hier sein; vor uns liegt nichts mehr. Wir sollen morgen motorisierte Spähtrupps fahren, wenn es noch nötig sein sollte.«

Im Abstand von 100 Meter stehen vor dem Bereich der 3. Kompanie die Posten, ausgerüstet mit Leuchtpistolen, Maschinenpistolen und Eierhandgranaten. Eisig streicht der Ostwind über die Anhöhe und peitscht den Schnee in die Gesichter der Grenadiere.

Die Augen schmerzen, die Gesichter sind gefühllos. In der Ferne kommt ein Brummen auf. Hoch über den deutschen Stellungen zieht ein Flugzeug dahin. Ein Leuchtfallschirm glüht auf. Gleich darauf pfeift es mörderisch. Ein paar hundert Meter vor den Stellungen der Grenadiere haut es hart in den Boden. Dann verschwindet der Flieger wieder.

Die ganze Nacht hindurch schuften die Männer der Abteilung. Als der neue Tag mit eisiger Kälte anbricht, sind die Bunker der Riegelstellung vor Schlüsselburg fertig.

16. Januar 1943

Vormittags, Hauptquartier Oberbefehlshaber Ost

Generalfeldmarschall Erich von Manstein steht vor dem großen Kartentisch im geräumigen Arbeitszimmer seines Hauptquartiers im Rumjanzew-Paschkewitsch-Palast in Gomel.

Er lässt sich Truppenbewegungen erläutern und immer wieder werden rote und blaue Einzeichnungen an der Karte vorgenommen. Laufend kommen neue Meldungen herein und vervollständigen das Lagebild der Ostfront.

Die Verbindungsoffiziere zu den einzelnen Heeresgruppen legen ihm die aktuellen Meldungen der Großverbände vor. Er stellt Nachfragen; die Verbindungsoffiziere antworten oder müssen Nachforschungen anstellen.

Es herrscht ein hektisches Treiben. Überall ist Getuschel und Gemurmel zu hören. Im Hintergrund klingeln die Telefone.

»Meine Herren, wir beginnen die Lagebesprechung.«

Die hohen Offiziere eilen zum großen Kartentisch. Nach und nach beginnen diese nun, die Lage zu veranschaulichen.

Die wichtigsten Verbindungsoffiziere von Heer, Luftwaffe und Kriegsmarine kommen zu Wort. Während der Ausführungen herrscht eisiges Schweigen.

Nach mehreren Stunden sind alle Teilnehmer von Bedeutung zu Wort gekommen.

Von Manstein schweigt, alle Blicke richten sich auf den Mann mit der markanten Nase und dem gepflegten Seitenscheitel. Er stützt seine Hände auf die Karte und schaut langsam in die Runde der anwesenden Offiziere.

»Meine Herren, die allgemeine Lage an der Ostfront ist – kurz und soldatische gesagt – beschissen!«

Er richtet sich auf und nimmt den langen Zeigestock in die Hand, um seine folgenden Darlegungen besser verdeutlichen zu können.

»Die einzigen relativ ruhigen Abschnitte befinden sich ganz im Norden bei der Heeresgruppe Nordland und im Kuban-Brückenkopf. Wobei die sich ankündigende Großoffensive des Gegners bei Leningrad auch die Nordländer ins Schwitzen bringen wird.

Im Bereich der 18. Armee kam es bereits zu Frontdurchbrüchen beim XXVI. Armeekorps. Die betroffene 1. ID und die benachbarte 227. ID haben schwere Verluste erlitten, da sie von beiden Seiten im Schlüsselburger Korridor angegriffen werden.

Generaloberst Lindemann hat zwar bereits die 96. ID als Verstärkung eingeschoben, dennoch ist die Lage äußerst angespannt. Wie sie wissen, habe ich deshalb angeordnet, dass die verstärkte Panzerbrigade 100, die eigentlich zur Verstärkung der Heeresgruppe Mitte gedacht war, nach schneller Eingliederung von Ersatzeinheiten aus Ostpreußen zur Heeresgruppe Nord in den Raum Leningrad-Schlüsselburg verlegt wird. Die Masse ihrer Kräfte hat gestern ihren Bestimmungsort erreicht und baut bereits eine Riegelstellung. Weitere Verstärkungen sind kurzfristig nicht verfügbar. Die Verbände der Wlassow-Armee benötigen noch Zeit. Unter allen Umständen muss verhindert werden, dass die Leningrad-Blockade von den Sowjets aufgebrochen wird!

Aus dem Bereich der Heeresgruppe Mitte können keine Einheiten verlegt werden. Weder nach Norden noch nach Süden. Die Heeresgruppe sieht sich Angriffen im Raum Rschew ausgesetzt.

Sämtliche Versuche des Gegners konnten bisher zwar erfolgreich abgewiesen werden, doch im Sinne der Gesamtlage werde ich Generalfeldmarschall von Kluge genehmigen, die Verbände der 9. Armee und entsprechende Teilen der 4. Armee in die auszubauende Büffelstellung zurückzunehmen. Die dadurch freiwerdenden Verbände werden für eventuelle Offensivoperationen eingesetzt oder können als operative Reserven verfügbar gehalten werden – je nach Entwicklung der Gesamtlage.

Im Südraum steht die Heeresgruppen A weiterhin im Abwehrkampf. Ihre 17. Armee konnte sich aber erfolgreich in den Kuban-Brückenkopf zurückziehen und die Front dort stabilisieren. Die Heeresgruppe B verteidigt Rostow und das nähere Umfeld.

Die Einheiten der 6. Armee haben Rostow bekanntlich passiert und befinden sich größtenteils in Frankreich zur Neuaufstellung.

In Rostow selbst kommt es zu immer härteren Gefechten und beide Seiten reiben sich mehr und mehr auf. Um weitere unnötige Verluste zu vermeiden, wird Generalfeldmarschall von Weichs auf die Sambek-Stellung ausweichen.

Die beiden übrigen Eisenbahngeschütze der Artillerie-Abteilung 655 werden wieder nach Frankreich zum Küstenschutz verlegt. Zwei der 15-cm-Geschütze wurden ja bekanntlich durch die rote Luftwaffe vernichtet. Die 17-cm-Geschütze der Eisenbahn-Batterie 717 werden ebenfalls verlegt, wohl nach Italien. Die Batterie 718 wurde gestern bei einem schweren Bomberangriff vernichtet. Zwar mussten die Sowjets den Angriff mit dem Abschuss von über 20 Bombern bezahlen, dennoch ist der Verlust schmerzhaft.

Die Eisenbahn-Batterien 664 und 674 werden nach Leningrad verlegt. Das Schwere Artillerie-Regiment 84 mit seinen 24-cm-Kanonen wird ebenfalls nach Leningrad verlegt. Es soll, ebenso wie die 37-cm-Haubitzen (E) 711 f und die Schwere Artillerie-Abteilung (E) 672, den Oranienbaumer Kessel und Kronstadt beschießen.

Alles in allem erfordert die Schlacht um Rostow einen immensen Blutzoll unserer Schweren Artilleriegeschütze und ihrer spezialisierten Soldaten. Die erlittenen Verluste beziehen sich auf Geschütze der Kaliber 15 cm bis 37 cm.

Auch unsere infanteristischen Verbände haben genug in Rostow geblutet. Alle kriegs- und wirtschaftswichtigen Gebäude und Einrichtungen, die noch in unserer Hand sind, werden zerstört. Es werden möglichst viele Sprengfallen in der Stadt versteckt. Rostow soll möglichst lange als Faktor in diesem Kampf ausgeschaltet werden.

Auf Anregung von Generaloberst von Richthofen wird schnellstmöglich geprüft, inwiefern eine strategische Bomberoffensive gegen die sowjetische Rüstung im Raum um Gorki möglich ist.«

Das Oberkommando der Wehrmacht gibt bekannt

… Im Bereich der Heeresgruppe Nord sind weiterhin stärkste Kämpfe im Raum Leningrad-Schlüsselburg im Gange. Wieder konnte sich die Schwere Panzer-Abteilung 502 unter Hauptmann Artur Wollschläger mit ihren schweren Tiger I-Panzern besonders auszeichnen. Die Abteilung vermochte nach kurzer Einschließung durch die bolschewistischen Linien zu brechen und bei einem Verlust von fünf eige-

nen Kampfpanzern 41 feindliche Panzerfahrzeuge, hauptsächlich T-34, vernichten.

Die Abwehrkämpfe in und um Schlüsselburg gehen unvermindert weiter. Die 170. Infanterie-Division verteidigt dort die Stellungen mit aller Härte.

Die verstärkte Panzerbrigade 100 verteidigt die Riegelstellungen nördlich von Mag und führt erfolgreich Entlastungsangriffe durch.

Im Raum der Heeresgruppe Mitte räumen unsere Divisionen planmäßig und in größter Ordnung den Frontvorsprung bei Rshew und können so die Front um 230 Kilometer verkürzen. Damit stehen der Heeresgruppe wieder wichtige operative Reserven zur Verfügung.

Im Südraum der Ostfront werden unsere Truppen schrittweise aus Rostow am Don herausgezogen und beziehen ausgebaute Stellungen in günstigem Gelände.

Im Kuban-Brückenkopf setzen sich die Angriffe auf die 17. Armee weiter fort, können aber keinerlei Erfolge erzielen und werden an der gesamten Front abgewiesen.

Im Westen kam es wieder zu Einflügen von anglo-amerikanischen Terrorfliegern bei Tag und in der Nacht. Unsere Luftwaffe vernichtete eine zweistellige Zahl an Bombenflugzeugen.

Auf dem afrikanischen Kriegsschauplatz ...

18. Januar 1943

Vormittags, Wolfschanze

Generaloberst Paul Hausser, Oberbefehlshaber der Kaiserlichen Garde, spaziert zusammen mit Generaloberst Joseph Dietrich, dem Generalinspekteur der Kaiserlichen Garde, durch den Sperrkreis I des ehemaligen Führerhauptquartiers.

Die Landschaft im ostpreußischen Rastenburg ist unter einer dicken weißen Schneedecke versteckt. Die beiden höchsten Generale der neuen Garde sind in schwarze Mäntel gehüllt. Beinahe könnte man meinen, dass sich an der Uniformierung nichts geändert hätte. Bei genauerem Hinsehen erkennt man jedoch die deutsche Kaiserkrone in den Fängen des Reichsadlers und die hochroten Kragenspiegel mit den goldenen Larisch-Stickereien.

In der Abgeschiedenheit der Wolfschanze können die beiden Generale ungestört reden.

Hausser hatte aufgrund der hervorragenden Nachrichtenverbindungen und der allgemein guten Ausstattung die nach dem Tod des »Führers« verwaiste Wolfschanze als Hauptquartier der Garde im Kriege ausgewählt. Vor zwei Tagen dann hat Sepp Dietrich ihn eindringlich um ein Gespräch unter vier Augen gebeten. Hausser empfing ihn, so schnell es ihm möglich war.

»Kamerad Paul, mehr und mehr höre ich äußerst alarmierende Nachrichten von meinen SS-Männern. Sie werden in Rostow durch den Fleischwolf gedreht. Bittrich hat mir gemeldet, dass die Heeresdivisionen bereits herausgezogen würden und unsere SS-Divisionen an Ort und Stelle zu verbleiben haben. Teilweise wurden die vorhandenen Panzer Heeresdivisionen zugeordnet; unsere Brüder hängen in der Luft und erhalten keinerlei Panzerunterstützung!

Verdiente Männer wie Kraas sind gefallen; Wünsche wurde schwer verwundet, da er mit viel zu wenigen Panzern einen sinnlosen Gegenangriff führen sollte.

Generalmajor Simon, der die *Totenkopf* führt, meinte bei einem kurzen Telefonat, dass es seiner Division beinahe schlimmer als in Demjansk ergehe. Sie werde aufgeteilt und verheizt«, erklärt der Bayer mit bitterem Unterton.

»Ich hatte meine Bereitschaft zum Konspirieren hinter dem Rücken des Führers sowie mein Stillhalten nach dem Attentat nur zugesichert, da mir versprochen wurde, dass unsere Männer nicht verheizt würden. Und natürlich, um das Reich zu schützen; das steht über allem! Hätte ich einen Gegenschlag der SS auch gegen deinen Willen durchgesetzt, wäre so mancher der jetzigen Herren nicht mehr da. Die Front wäre dann allerdings mit Sicherheit zusammengebrochen.

So wie die Dinge nun liegen, scheinen meine Männer jedoch so oder so keine Zukunft zu haben. Lieber lasse ich sie auch jetzt noch gegen Berlin marschieren und bei unserem Untergang noch einige der sauberen Monarchisten mitnehmen, als sie mutwillig im russischen Feuer zu opfern.«

Hausser hebt beschwichtigend die Hand. »Sepp, ich verstehe deinen Unmut. Mir geht es nicht anders. Auch meine ehemalige Division steht schließlich im Kampf um Rostow und auch ich höre so Einiges …«

»Gerade deshalb erwarte ich von dir, dass du beim Kaiser vorsprichst und für unsere Männer eintrittst! Der von Gottes Gnaden soll bedenken, wo er ohne deine *Das Reich*, ohne meine *Leibstandarte*, ohne die *Totenkopf*, ohne die SS-Polizei und mit einiger Sicherheit auch ohne die *Wiking* dastehen würde. Auch in Berlin, Paris und anderen Städten kenne ich noch genug Männer … Wenn wir untergehen sollen, dann mit einem Feuerwerk! Und wir werden vorher abrechnen, wie wir es als Nationalsozialisten zu tun pflegen!«

Noch ehe sich der Bayer Dietrich gänzlich in Rage reden kann, versichert der Brandenburger Hausser seinem Kameraden, dass er natürlich mit Nachdruck beim neuen Staatsoberhaupt für ihre Männer eintreten werde.

Gemeinsam begeben sie sich anschließend ins Kasino des Sperrkreises I. Dort wird nun so manches Glas geleert und viele verbitterte und ehrliche Worte zwischen den beiden so unterschiedlichen Männern gewechselt.

18. Januar 1943

Nachmittag, Reichsministerium für Bewaffnung und Munition

Albert Speer sitzt in seinem Sessel und schaut sich unruhig in seinem Büro um. Er erhebt sich schließlich und begibt sich zielgenau auf die Wand zu, an der noch das Gemälde Adolf Hitlers hängt. Langsam, beinahe bedächtig nimmt er es von der Wand.

Er stellt es vor sich auf den Boden und betrachtet es lange.

Alles hat sich für ihn mit dem Tod des »Führers« geändert. Er selbst verdankte Hitler alles. Dieser Mann holte ihn aus dem Dasein eines einfachen Architekten heraus und verlieh ihm Macht. Schritt für Schritt gelang es ihm, sich an die Spitze der deutschen Kriegsanstrengungen zu arbeiten.

Da die Maxime Hitlers jedoch »Teile und Herrsche« lautete, hatten die drei Wehrmachtsteile und sogar die Waffen-SS stets ihre eigenen Planungs- und Ausrüstungsoffiziere behalten. Obwohl es dafür einen Koordinationsoffizier gab, der Speer unterstellt war, kam es immer wieder zu Beeinträchtigungen und Verzögerungen. Ganz zu schweigen von den Sonderwünschen lokaler NS-Größen.

Nun jedoch wird durch die neuen Machthaber ein Stück weit aufgeräumt. Die SS ist Geschichte, an deren Stelle tritt die Kaiserliche Garde. Diese untersteht jedoch der Wehrmacht als vierter Wehrmachtsteil neben Heer, Kriegsmarine und Luftwaffe. Das Oberkommando der Wehrmacht hat weitreichender Befugnisse erhalten, auch über die Luftwaffe, die ja Görings hauseigene Domäne war. Dieser ist immerhin auch Geschichte; ein Jagdunfall, wie es offiziell heißt. Das über die wahren Todesumstände tausend Gerüchte im Umlauf sind, interessiert niemandem wirklich; es gibt größere Probleme.

Die lokalen NS-Größen und Gauleiter sind weitestgehend entmachtet und unterstehen der Wehrmacht und deren Wehrkreiskommandos. Das OKW und der Wehrmachtsführungsstab sind angehalten, in Rüstungsfragen engstens mit Speers Ministerium zusammenzuarbeiten.

Albert Speer sieht sich um. Ihm ist nicht wohl in seiner Haut. Der Tod Hitlers hat alles in ihm durcheinandergebracht. Er ist sich unsicher, wohin er das Portrait, an dem er sich festklammert wie an einer Reling, räumen soll.

Dennoch kommt ein neuartiges Gefühl in ihm auf – Befreiung. Der »Führer« ist fort, doch Deutschland ist noch da. Belagert und umzingelt von unbesiegten Feinden, aber noch immer mächtig. In Albert Speer reift die Gewissheit, dass er in der Lage ist, die Macht des Reiches noch weiter zu steigern. Den Ausstoß von Waffen und Munition voranzutreiben. Er, der Technokrat ohne besondere politische Ambitionen, hat zuvor bereits versucht, die Kriegsanstrengungen Deutschlands effizienter und zielgerichteter zu gestalten, doch immer wieder wurde er trotz einiger Erfolge ausgebremst. Nun sind jedoch einige Störfaktoren beseitigt und dies schafft für ihn ganz neue Möglichkeiten.

Wenige Minuten später treten drei Männer in Speers Büro. Zum einen ist das Karl Otto Saur, Diplomingenieur und Chef des Technischen Amtes, dann Walter Schieber, Chemiker und Chef des Rüstungslieferungsamtes und zu guter Letzt Hans Kehrl, ein Fachmann aus dem Reichswirtschaftsministerium von Walther Funk.

In vergangenen Gesprächen träumten die vier Männer bereits davon, die Kriegsanstrengungen des Reiches zu zentralisieren und zu vereinheitlichen. Kaum haben sich die Besucher gesetzt, da beginnt Albert Speer auch schon, seinen Plan zu erläutern. Im Grunde sind sich die vier Männer schnell einig und Speer kann sich der Unterstützung seiner Besucher sicher sein.

Das Oberkommando der Wehrmacht gibt bekannt

... Im Norden der Ostfront gehen die Kämpfe im Bereich der 16. Armee und 18. Armee unvermindert weiter. Südlich des Ladoga-Sees abgeschnittene Teile der 227. Infanteriedivision und der 41. Infanteriedivision konnten sich erfolgreich zu den eigenen Linien zurückkämpfen. Schlüsselburg ist nach zähster Verteidigung gefallen.

Im Raum der Heeresgruppe Mitte geht die Frontbegradigung im Frontbogen von Rshew planmäßig weiter. Der Gegner drängt nur zögernd nach.

Im Südabschnitt der Ostfront gehen unsere Divisionen planmäßig auf neue Verteidigungsstellungen westlich von Rostow zurück. Den bolschewistischen Verbänden, unter denen sich auch erfahrene Stalin-grad-Divisionen befinden, werden harte Nachhutgefechte geliefert. Wieder konnten zahlreiche sowjetische Panzerfahrzeuge vernichtet werden.

Im Kampfraum Afrika dringt der Gegner in Libyen nur verhalten nach. Die deutsch-italienische Panzerarmee konnte sich wie geplant auf die Verteidigungslinie Tarhuna-Homs zurückziehen.

Vichy-französische Verbände leisten hinhaltenden Widerstand und gehen mit unseren Verbänden zurück. Die Verbände der 1. Italienischen Armee ziehen sich wie vorgesehen langsam und hinhal-tend auf die Mareth-Stellung zurück.

In der Nacht kam es zu einem Luftangriff britischer Terrorflieger auf die Reichshauptstadt ...

19. Januar 1943

Nachmittags, Henschel-Werk Kassel

Albert Speer hat es tatsächlich geschafft, Generaloberst Gude-rian davon zu überzeugen, kurzfristig an einer Inspektion der Kasseler Henschel-Werke teilzunehmen. Die drei Männer wur-den durch die gesamte, sehr komplexe Produktion geführt. Der Werksleiter machte sie hier und da auf Probleme aufmerksam und die Adjutanten der hohen Besucher fertigten eifrig Notizen an. Nun stehen Speer, Guderian und Hans Kehr auf dem großen Werkhof.

Soeben beobachten sie, wie einige Tiger I von einem in einen grauen Overall gehüllten Mann umrundet werden. Der Henschel-Mitarbeiter hält ein Klemmbrett in den Händen und notiert darauf etwas, das die drei Besucher jedoch nicht erkennen können.

Der Werksleiter erklärt seinen Gästen nun, dass der Ingenieur die Endabnahme der Tiger-Panzer vornehme. Der Ingenieur ist gerade damit fertig, den dritten und letzten Panzer zu begutachten. Er ruft jetzt zwei Männer zu sich, die zwei der drei schweren Kampfpanzer wieder in die Werkshalle zurückfahren.

Guderian winkt den Ingenieur zu der kleinen Gruppe und bitten ihn zu erläutern, warum die beiden Tiger wieder zurückgebracht würden. Der Mann teilt den erstaunten Gästen mit, dass an einem Tiger ein Bolzen der Seitenpanzerung einige Millimeter zu weit herausstehe und an dem zweiten Kampfwagen einige Schweißnähte nicht sauber genug gesetzt abgeschliffen worden seien.

In völliger Verkennung der Gefühlsregung der drei Besucher setzt er stolz fort: »Einmal die Woche wird die gesamte Produktion heruntergefahren, um diesen Qualitätsproblemen Herr zu werden.«

Kehr und die beiden anderen Männer trauen ihren Ohren nicht. Der erste, der die Sprache wiederfindet, ist Generaloberst Guderian.

»Habe ich das richtig verstanden? Sie machen WAS? Wegen solcher Kinkerlitzchen halten Sie funktionstüchtige Panzer zurück?«

Der Generaloberst holt tief Luft und fährt fort, noch bevor der Ingenieur oder der Werksleiter etwas erwidern können: »Hören Sie auf mit solch einem Schwachsinn! Was denken Sie denn, wo wir die Panzer hinschicken? Auf Parade? In ein Museum? Schicken Sie sofort diese Panzer raus, sonst sehe ich Sie beide demnächst an der Front! Solange die Panzer funktionieren, ist das äußere Erscheinungsbild zweitrangig!«

Nun ist es der Werksleiter, der nach Luft schnappt und sich verteidigt: »Herr Generaloberst, Sie funktionieren und es sind mit Verlaub die besten Panzer der Wehrmacht! Doch unsere Vertragsbedingungen mit dem …« Weiter kommt der Werksleiter nicht.

»Dann schicken Sie sie raus, Mensch!«, zischt Speer.

Der Werksleiter wird rot im Gesicht: »Herr Speer, bei allem Respekt, aber Sie können nicht einfach herkommen und nachträglich fordern, dass wir auf einem niedrigeren Qualitätsstandard produzieren sollen.«

Unwirsch winkt der Rüstungsminister ab: »Mein lieber Herr, verschonen Sie mich mit diesem Unfug. Wir können noch ganz andere Sachen. Zum Beispiel können wir auch die Verträge ganz annullieren, aber ich denke, dass ist weder in Ihrem noch in unserem Sinne. Außerdem wird sowohl Ihnen als auch den anderen Rüstungsunternehmen im Reich in den nächsten Tagen ein Schreiben zukommen, in dem steht, dass genau so ein Verhalten, nämlich das Zurückhalten von Wehrmaterial aus nichtigen Gründen, ab sofort einen Straftatbestand erfüllt!"

»Dann finden Sie sich schneller, als Ihnen lieb ist, in der 999. Division wieder, Herr Werksleiter, und der verantwortliche Ingenieur gleich mit«, fügt Guderian trocken hinzu.

Der Werksleiter und der Ingenieur werden kreidebleich.

19. Januar 1943

Nachmittags, Stadtrand von Rostow am Don

»Los, los, los, zurück mit euch!«

Feldwebel Marcus Klaudius spornt seine Männer zu größter Eile an. Sein Kopf schmerzt, einen Stahlhelm kann er nicht mehr tragen. Ein schmutzig-weißer Verband, der bereits durchgeblutet ist, verdeckt eine große Beule an der Stirn. Sein Gesicht und die Hände sind von Schürfwunden gezeichnet.

Die Verwundungen stammen von Steinbrocken und Mauerresten des zusammenstürzenden Hotels, in welchem sein Zug sich verbarrikadierte. Viele sind es nicht mehr, die den Rufen des Feldwebels Folge leisten können. Von seiner alten Stammeinheit sind es nur noch Steinbach und Berger, die übriggeblieben sind. Alle anderen sind gefallen. Riedel ist schwer verwundet worden und musste ins Hinterland zum HVP gebracht werden.

Die Männer hetzen durch die Straßen des Randbezirks von Rostow. Klaudius' Einheit ist von Oberleutnant Haye als Nachhut eingeteilt worden und sollte die Stellung 24 Stunden lang halten.

Diese Zeit ist nun abgelaufen und Klaudius beeilt sich, endlich aus Rostow herauszukommen. An einem vorher festgelegten Treffpunkt warten die Schützenpanzer, um Klaudius' Männer aus der *Knochenmühle Rostow* herauszubringen.

Der Feldwebel wartet an einer Hausruine, bis auch der letzte Landser an ihm vorbeigeeilt ist. Dröhnende Kopfschmerzen jagen durch seinen Kopf. Lange muss er nicht warten. Es hetzen noch zwölf abgekämpfte Gestalten in verschlissenen Uniformen an ihm vorbei – zwölf Mann von über 100, als er den Zug einst übernahm.

Klaudius atmet innerlich auf, dass die Rotarmisten anscheinend ebenfalls keine Lust verspüren, allzu viel zu riskieren; jedenfalls drängen sie nicht nach, genauso wie in den letzten 24 Stunden, abgesehen von ein paar kleineren Vorstößen.

Nach wenigen Minuten befinden sie sich am Ziel. Es warten mehrere Sd.Kfz 251 auf die heraneilenden Landser. Flugs verteilt Klaudius seine Soldaten auf die Schützenpanzerwagen.

»Mehr seid ihr nicht? Oder kommen noch welche?«, fragt ein Oberfeldwebel mit einer schwarzen Augenklappe.

»Das sind alle. Hinter uns kommt nur noch der Iwan«, gibt Klaudius erschöpft zurück.

19. Januar 1943

Nachmittags, nördlich von Mga

»Achtung, Panzeralarm!«

Der Ruf, der jedem Infanteristen das Blut in den Adern gefrieren lässt, pflanzt sich von Deckung zu Deckung fort.

Die hart erbaute Riegelstellung vor Schlüsselburg konnte nicht gehalten werden. Mit massivem Materialeinsatz durchbrachen die Sowjets die Stellungen und Schlüsselburg fiel am 18. Januar.

Adomeit und seine Kameraden wurden jedoch schon vorher nach Südwesten geschickt, um eine Verteidigungslinie nördlich von Mga aufzubauen. Glücklicherweise war zu diesem Zeitpunkt bereits die gesamte Division eingetroffen und so ging die Verlegung motorisiert vonstatten.

Durch die Einnahme von Schlüsselburg haben es die Sowjets geschafft, die Blockade von Leningrad aufzubrechen, und nun versuchen sie, den geschaffenen Korridor zu erweitern.

An der ganzen Front des II. Bataillons steigen rote Leuchtkugel auf. Die Roten haben den Zeitpunkt des Angriffs gut gewählt; es beginnt bereits die Abenddämmerung.

Adomeit hockt im Schützengraben und umklammert seinen Karabiner. Es ist bei Weitem nicht der erste Panzerangriff, den er hier erlebt. Das Vorfeld ist übersäht mit ausgebrannten und zerrissenen Panzerwracks. Die Sowjets wollen den Durchbruch nach Mag um jeden Preis erzwingen. Die Stadt ist für sie zum Greifen nahe.

Der junge Grenadier hört bereits das entnervende Klirren der Ketten und das tiefe dröhnen der Dieselmotoren. Adomeit versucht ruhig zu atmen. Bei jedem Ausstoßen von Atemluft sieht er die weiße Dunstfahne vor seinem Mund. Trotz der Kälte wird ihm warm unter seiner Tarnjacke, die er über dem grauen Wehrmachtsmantel trägt. Links und rechts neben ihm hocken die anderen Kameraden. Links von ihm befindet sich zudem der Gefreite Klaus Weber. Rechter Hand nähert sich nun in geduckter Gangart der Feldwebel Hartmut Stein; er wetzt keuchend durch den Laufgraben.

»Denkt daran, das Feuer wird erst eröffnet, wenn ich den Befehl dazu gebe! Die Panzer überlasst ihr vorerst der Pak; lasst euch überrollen. Dann Feuer auf die Infanterie. Wenn es sich ergibt, knackt die Panzer mit den geballten Ladungen, aber – keine Heldentaten! Ein lebender Grenadier ist mehr wert als ein toter Held!«

Adomeit riskiert einen kurzen Blick über den Grabenrand. Er erkennt links von sich eine große Anzahl von T-34, rechts im Vorgelände formieren sich KW-1. Hinter den Panzerrudeln erkennt er Infanteristen.

Schnell nimmt er wieder den Kopf hinter den Schutz der Deckung. Das deutsche Hinterland wird jetzt lebendig. Im Gerassel und Geklirre der feindlichen Panzer vernimmt Adomeit das Donnern der deutschen Artillerie.

Wieder streckt er den Kopf samt Stahlhelm über den Grabenrand und erkennt die Einschläge der Artilleriegranaten zwischen den Panzern und weiter hinten bei der roten Infanterie.

Dennoch rücken die Sowjets immer weiter vor. Hin und wieder bleibt ein Panzer getroffen oder mit zerrissenen Ketten liegen, doch die Masse der Angreifer lässt sich durch den Beschuss nicht aufhalten. Ebenso werden bei der Infanterie die entstandenen Lücken sofort durch neue Infanteristen aufgefüllt, die von hinten nachrücken.

Bald haben die sowjetischen Kampfpanzer das deutsche Sperrfeuer durchstoßen und beginnen ihrerseits, erkannte deutsche Stellungen unter Feuer zu nehmen. Vor, hinter und auch in den Deckungslöchern und Grabenabschnitten schlagen die Granaten der 7,62-cm-Geschütze ein.

Die deutschen Panzerabwehrgeschütze in den gut getarnten Stellungen schweigen noch. Auch aus den deutschen Gräben wird kein Schuss abgegeben. Näher und näher rollen die Stahlfestungen derweil auf die Deutschen zu.

Sie sind kaum noch 300 Meter von den vordersten Gräben entfernt, da peitschen wie auf einem Schlag die deutschen Pak los. Sofort werden mehrere Feindpanzer getroffen. Einem T-34 wird der Turm heruntergeschossen, ein weiterer bekommt einen Treffer in den Vorderteil des Laufwerks und bleibt ruckartig stehen.

Ein KW-1 erhält einen Treffer einer 7,5-cm-Panzerabwehrkanone. Die Granate durchschlägt die Frontpanzerung und nach wenigen Augenblicken wird der KW von einer Explosion förmlich in Fetzen gerissen.

Granaten von feuernden 5-cm-Panzerabwehrkanonen prallen jedoch von der starken Frontpanzerung der KW und der günstig abgeschrägten Frontplatte der T-34 ab. Wie glühende Tennisbälle eiern die Querschläger durch die Luft. Einigen Geschützmannschaften der 5-cm-Pak gelingt es jedoch, die Laufwerke oder die Gleisketten der heranrollenden Kampfwagen zu zerstören. Mehrere Sowjetpanzer drehen sich hilflos im Kreis und entblößen so die weniger gut geschützte Heckpartie. Die Bedienungen der Panzerabwehrgeschütze jagen Granate auf Granate aus den Rohren.

Bald zeigen auch die 5-cm-Granaten Wirkung. Mehrere durchschlagen die dünnere Heckpanzerung der KW und T-34. Die getroffenen Kampfwagen beginnen zu brennen oder explodieren.

Nach diesem Feuerschlag macht sich anscheinend Nervosität unter den Panzerbesatzungen breit. Sie beginnen kreuz und quer zu kurven und machen es damit den Richtschützen der deutschen Geschütze schwerer, sie zu treffen. Dabei schiebt sich die stählerne Masse immer weiter an die deutschen Stellungen heran.

Die Russenpanzer bleiben zwischendurch stehen, um den Feuerkampf mit den Panzerabwehrgeschützen aufzunehmen. Zwar werden trotz des wütenden Beschusses der Angreifer Kampfpanzer der Roten Armee getroffen, explodieren oder brennen aus, doch das Abwehrfeuer der Pak lässt merklich nach.

Die Grenadiere, die noch immer eisern Feuerdisziplin halten, bereiten sich auf den Moment vor, wenn die 26 respektive 47 Tonnen schweren Kampfwagen durch die deutschen Stellungen brechen werden.

Adomeit fingert zum wiederholten Mal nach der neben ihm liegenden geballten Ladung und überprüft, ob sie einsatzbereit ist. Der Metalldeckel der mittigen Stielhandgranate ist bereits abgeschraubt; die kurze Schnur mit der kleinen Porzellankugel hängt heraus. Auch standardmäßige Stiel- und Eierhandgranaten liegen in Griffreichweite. Er riskiert nochmals einen Blick und sieht, wie im Schutze der Panzer auch die gegnerische Infanterie näherkommt. Nicht mehr lange und das tödliche Duell wird auch für die deutschen Grenadiere beginnen.

Adomeit macht seinen Karabiner bereit und legt ihn auf die Schanze seiner Deckung. Hunderte Grenadiere in der gesamten Riegelstellung tun es ihm gleich. Auch die MG werden feuerbereit gemacht. Die Schützen I visieren vorstoßende Gruppen von Rotarmisten an; die Schützen II und III halten Reservelauf und Munition bereit.

Noch immer hockt Adomeit mit eingezogenem Kopf im Graben. Bei einem weiteren fixen Kontrollblick sieht er, dass keiner der Stahlfestungen direkt auf ihn zurollt. Die Panzer in unmittelbarer Nähe werden wohl einige zehn Meter rechts und links von ihm durchbrechen.

In unmittelbarer Nähe ereignet sich eine Explosion.

Wieder einer in die Luft geflogen, denkt er sich. Dennoch schaut er nun verwundert auf. Rechts von ihm erklingt verhaltener Jubel.

Paul Adomeit blickt unsicher über den Grabenrand und erkennt, dass die meisten Kampfpanzer stehengeblieben sind. Ihre

Türme rotieren nach links, oder sie wenden sich gleich ganz in diese Richtung. Doch viele der Sowjetpanzer stehen bereits in Flammen.

Der junge Grenadier wendet seinen Blick nun ebenfalls in die entsprechende Richtung und traut seinen Augen nicht. Über die verschneite Ebene preschen doch tatsächlich deutsche Panzer heran! Es handelt sich um Panzer III und Panzer IV. Ein Stück weiter meint Adomeit sogar einige Selbstfahrlafetten auszumachen.

Die leichteren Panzer III mit den schwächeren 5-cm-Kampfwagenkanonen versuchen den Abstand zwischen sich und den Feindpanzern so schnell wie möglich zu verringern. Zwar hat die Aufführung L mit der langen 5 cm KWK 39 L/60 gegen den T-34 gute Chancen, doch gegen den KW-1 ist damit kein Staat zu machen – jedenfalls nicht auf größere Distanzen.

Bei den Panzer IV handelt es sich um die mit der langen 7,5 cm KWK 40 L/43 ausgerüsteten Ausführung G – sie vermögen ihre sowjetischen Gegner auch auf große Entfernungen erfolgreich bekämpfen. Die Selbstfahrlafetten halten sich noch immer weiter im Hintergrund und feuern von dort auf die Feindfahrzeuge. Es handelt sich um Panzerjäger des Typs Marder I auf dem Fahrgestell erbeuteter französischer FCM-36-Panzer. Auch ihre 7,5-cm-Pak können die Sowjets auf größere Entfernung wirksam bekämpfen.

Die sowjetischen Panzer sehen sich nun von zwei Seiten angegriffen und Adomeit erkennt, dass sie sich abzusetzen versuchen. Auf ihre Infanterie nehmen sie dabei keine Rücksicht.

Trotz der Ausweichbewegung erwidern die Russenpanzer das Feuer auf die angreifenden deutschen Panzerkampfwagen … und sie erzielen Treffer. Deutsche Panzer bleiben mit zerschossenen Ketten liegen oder stehen lichterloh in Flammen. Dennoch setzt der deutsche Panzerverband den Angriff fort.

»Feuer frei!«, erklingt nun der Befehl von Feldwebel Stein, und sofort beginnen die Maschinengewehre und Karabiner zu hämmern. Auch Paul Adomeit reißt seinen Karabiner an die Schulter, zielt und feuert auf die sowjetische Infanterie, die sich nun in Deckung wirft und darauf achten muss, nicht von den zurückweichenden eigenen Panzern überrollt zu werden. Auf ganzer Bataillonsbreite blitzen die Infanteriewaffen auf und verwandeln das Schlachtfeld in einen Friedhof. Die deutschen Panzerfahrzeuge stoßen weiter gezielt in die Flanken der sowjetischen Wagen. Die Pak-Mannschaften nehmen indes auch die roten Fußtruppen mit Sprenggranaten aufs Korn. Auch die deutsche Artillerie deckt den Gegner mit weiteren Salven ein. Die vorgeschobenen Beobachter geben dafür die Schusswerte durch und die Artillerie erledigt die Rotarmisten mit bemerkenswerter Genauigkeit.

»Vorwärts! Wir stoßen nach!«, erschallt der Ruf von Feldwebel Stein im Gefechtslärm.

Auf der linken Flanke stoßen die deutschen Grenadiere bereits nach. Nun verlassen auch Adomeit, Kemp, Müller und die anderen den Graben und hetzen hinter Feldwebel Stein her. Sie haben die Waffen im Anschlag und feuern auf erkannte Feinde. Als sie gezieltes Gegenfeuer erhalten, werfen sie sich in den hohen Schnee, der das Vorwärtskommen stark behindert, und feuern zurück. Sprungweise gehen sie dann weiter vor; andere hechten in Deckung und halten den Feind nieder, nur um dann ebenfalls wieder vorwärtszustürmen, während sie wiederum von ihren dann in Deckung liegenden Kameraden unterstützt werden.

So machen die Grenadiere Meter um Meter gut. Die deutschen Panzer schließen ebenfalls langsam auf; sie schießen hinter den wenigen verbliebenen Panzer her oder nehmen ebenfalls die feindliche Infanterie unter Beschuss. Die deutsche Artillerie verlegt ihr Feuer derweil weiter nach hinten, um die eigenen Grenadiere nicht zu gefährden.

Immer wieder schreit einer der Landser auf oder sackt lautlos zusammen; dennoch wird der Widerstand der gestellten Rotarmisten gebrochen. Überall nun werfen Männer der Roten Armee die Waffen fort und heben bibbernd die Hände.

»Stoppen! Gefangene werden nach hinten abgeführt und am Kompaniegefechtsstand gesammelt. Wir gehen wieder zurück«, durchschneidet die befehlsgewohnte Stimme des Zugführers die einbrechende Nacht. Auch die Panzer rollen in ihre Bereitstellungsräume zurück, als der gegnerische Angriff endgültig als abgewehrt gilt.

Hauptmann Erich Leonhardt befindet sich zusammen mit seinem Adjutanten Oberleutnant Friedhelm Wagner vor dem großen Holzbunker, der ihnen als Kompaniegefechtsstand dient. Noch immer werden gefangene Rotarmisten gesammelt.

Letztendlich sind es wohl um die hundert Mann. Einige sind mehr oder weniger verwundet; teilweise müssen sie von ihren Kameraden gestützt werden. Neben den Gefangenen werden die erbeuteten Waffen auf einen großen Haufen geworfen. Es kommen einige PPSch-41-Maschinenpistolen, Tokarew TT-33-Pistolen sowie Mosin-Nagant- und Simonow AWS-36-Gewehre zusammen. Auch einige Stiel- und Eierhandgranaten werden beim Durchsuchen gefunden und ebenfalls gesammelt.

Die Gefangenen werden daraufhin in Viererreihen zu je 25 Mann aufgestellt. Gefundene Dokumente werden dem Hauptmann und dem Oberleutnant übergeben. Diese werfen gerade einen flüchtigen Blick auf die Fundstücke, als ein Unteroffizier einen Mann aus der zweiten Reihe zerrt und ihn mit einem Schlag in den Magen und einem Tritt in die Kniekehle auf die Knie zwingt. Bei dem offenkundig verwundeten Sowjetsoldaten handelt es sich um einen Politkommissar.

Gerade will der Unteroffizier seine Waffe ansetzen, da schreitet Hauptmann Leonhardt ein. Wild rufend und mit den Armen rudernd stürzt er auf den Unteroffizier zu und schlägt ihm die Waffe aus der Hand. Verdutzt mustert der Unteroffizier seinen Kompaniechef.

»Was zur Hölle machen Sie da, Mann?«, schreit der Hauptmann.

»Herr Hauptmann, das ist ein Politkommissar! Ein Träger des Bolschewismus«, versucht sich der Unteroffizier zu verteidigen.

»Sind Sie noch zu retten, Mann? Dieser verdammte Kommissarbefehl ist schon lange ausgesetzt! Die Politkommissare werden genauso behandelt wie alle anderen Gefangenen auch. Und jetzt verschwinden Sie, bevor ich mich vergesse!«

Der gescholtene Unterführer trollt sich schnellen Schrittes. Hauptmann Leonhardt reicht dem immer noch im Schnee knienden Kommissar die Hand und danach eine Zigarette aus seiner zerknüllten Packung.

Danach befiehlt er seinem Adjutanten, dass ihm die gefangengenommenen Offiziere und Kommissare nach und nach zum Verhör gebracht werden sollen; die übrigen Rotarmisten werden nach einer gegebenenfalls notwendigen Wundversorgung zum Bataillon weitertransportiert.

Das Oberkommando der Wehrmacht gibt bekannt

... Die Heeresgruppe Nord konnte im Kampfraum Leningrad zahl-reiche Angriffe bolschewistischer Verbände abwehren. Bei einem Angriff auf eine Riegelstellung bei Mga gelang es einem Grenadierbataillon im Zusammenwirken mit einem Panzerverband der verstärkten Panzerbrigade 100, mehrere schwere Panzer- und Infanterieangriffe abzuwehren und dabei mindestens feindliche 25 Panzer zu vernichten und zahlreiche Gefangene einbringen.

Im Bereich der Heeresgruppe Mitte gehen die Verbände der 9. Armee planmäßig auf die Büffellinie zurück. Ansonsten vermeldet der Frontabschnitt keine nennenswerten Feindaktivitäten.

Im Südraum der Ostfront geht der Kampf um Rostow weiter. Letzte Verbände verlassen geordnet die Stadt und liefern dem Feind für ihn verlustreiche Nachhutgefechte. Verbände der 4. Panzerarmee gehen planmäßig auf den Manytsch zurück. Bereits übergesetzte Feindverbände wurden durch die 23. Panzerdivision vernichtet.

Auf dem afrikanischen Kriegsschauplatz kam es in Tunesien zu einem erfolgreichen Angriff durch die 10. Panzerdivision. Diesem Ereignis folgende Gegenangriffe durch den Feind konnten abgewehrt werden. Es wurden dabei mehr als 1.000 Gefangene aufgebracht.

In Libyen versucht der Gegner die Stellungen der deutsch-italienischen Panzerarmee zu überrennen. Er wurde jedoch durch das zusammengefasste Feuer von Wehrmacht und ihren Verbündeten abgewiesen.

In der Schlacht um den Atlantik kam es ...

20. Januar 1943

Vormittags, Neue Reichskanzlei, Berlin

Kaiser Louis Ferdinand I., Generalfeldmarschall Erwin von Witzleben, Admiral Wilhelm Canaris und Karl Friedrich Goerdeler sitzen im 400 Quadratmeter umfassenden und beinahe 10 Meter hohen Arbeitszimmer des Monarchen. Noch immer wirkt die schiere Dimension von Hitlers ehemaligen Arbeitszimmer überwältigend.

Sie haben sich um den mit einer fünf Meter langen und 1,6 Meter breiten Marmorplatte besetzten Kartentisch versammelt. Generalfeldmarschall von Witzleben legt gerade ein ausgearbeitetes Schriftstück vor.

»Generaloberst Guderian und Minister Speer inspizierten gestern das Kassler Henschel-Werk. Dort kam es zu eklatanten Verfehlungen der Werksleitung. Voll funktionsfähige Fahrzeuge werden der Front vorenthalten aufgrund von Nichtigkeiten. Wir sprechen hier zum Beispiel über einen wenige Millimeter abstehenden Bolzen oder unschöne Schweißnähte.

Rüstungsminister Speer hat umgehend angeordnet, dass solche ...«, der Feldmarschall räuspert sich »... solche – Mängel – demnächst vernachlässigt und die Fahrzeuge unverzüglich ausgeliefert werden. Für die Panzerrüstung haben die beiden sich darauf verständigt, alle Kapazitäten auf die Produktion der Panzer IV, V und VI zu kanalisieren. Dadurch wird auch das Sturmgeschütz III gestrichen und die Produktion auf ein Sturmgeschütz umgestellt, das das Fahrgestell des Panzer IV nutzt. Krupp hat bereits eine entsprechende Studie vorgelegt, jedoch wieder verworfen. Nun können die freiwerdenden Kapazitäten für dieses Vorhaben genutzt werden. Bei den Sturmgeschützen werden jedoch nur Ausführungen mit Langrohrkanone produziert. Alle anderen Produktionslinien werden geschlossen. Noch in der vergangenen Nacht ist ein entsprechendes vorläufiges Formblatt erstellt worden und mir zugegangen. Eine großartige Leistung!

Bei den Unterstützungsfahrzeugen wollen wir uns auf die Hummel konzentrieren, ebenso auf die Wespe – beide Muster sind revolutionäre Fahrzeuge für die Artillerieregimenter der gepanzerten Divisionen.

Für die Wespe werden alle verfügbaren Panzer II-Fahrgestelle herangezogen, die wir und die verbündeten Streitkräfte noch besitzen.

Bezüglich der Panzerjäger werden wir uns auf die neuen Fahrzeuge des Typs Hornisse konzentrieren, die ebenfalls auf einem Panzer IV-Fahrgestell beruhen. Krupp und Daimler-Benz arbeiten bereits intensiv am Entwurf eines Panzerjägers auf dem Fahrgestell des Panzer V. Dieser wird dann die Hauptstütze der Panzerjägerverbände werden. Darüber hinaus regt mein werter Kollege, Herr Guderian, an, Aufträge für die Entwicklung von Flakpanzern auf Panzer IV-Fahrgestell zu vergeben.

Sie sehen also, wir erreichen eine spürbare Reduktion der Mustervielfalt im Heer. Eine zeitbedingte Ausnahme muss das *Baukommando Becker* bilden. Dieses wird sich weiterhin um den Umbau von Beutepanzern sowie von Verbündeten gelieferten Mustern kümmern.

Nach Sichtung hat Oberstleutnant Becker vorgeschlagen, sämtliche verfügbaren französischen Lorraine-Schlepper zu Panzerjägern mit 7,5-cm-Pak umzurüsten. Die Renault 17/18 sollen ferner mit Wurfrahmen 40 ausgerüstet werden. Die Hotchkiss H 35 und H 38 würden zur Hälfte mit der 7,5-cm-Pak 40 und der 10,5-cm-leFh 18 bewaffnet. Die noch vorhandenen FCM 36 sollen ebenfalls 7,5-cm-Pak tragen. Ein interessanter Vorschlag betrifft die schweren Char B-Panzer. Zu diesen meint Oberstleutnant Becker, dass man die kleinen Türme abnehmen und durch eine kleine Kommandantenkuppel ersetzen könne. Die kurze französische 7,5-cm-Kanone L/17 soll durch eine lange deutsche Pak 40 L/43 ersetzt werden. So erhalten wir eine Art Sturmgeschütz.

Betreffend der britischen MK VI-Panzer werden alle noch vorhandenen Fahrzeuge mit 10,5-cm-leFH 18 ausgestattet. Dieser Prozess ist bereits vor Monaten angestoßen worden und entsprechend in Bälde abgeschlossen.

Die russischen Beutepanzer werden ebenfalls herangezogen. Panzer T-34 und jene aus der KW-Serie werden unverändert eingesetzt. Die T-26 werden mit 7,5-cm-Pak ausgestattet und als Panzerjäger verwendet. T-60 und BT-5 werden mit dem Wurfrahmen 40 bewaffnet.

Die Italiener liefern uns leichte L 3 und L 6 und werden ebenso mit Wurfrahmen 40 ausgerüstet.

Die noch vorhandenen Panzer 35 (t) sollen gleichsam mit dem Wurfrahmen 40 ausgerüstet werden, sind allerdings für unsere rumänischen und ungarischen Freunde vorgesehen. Der Umbau wird zum Teil im Zielland durchgeführt werden. Die noch verfügbaren Panzer 38 (t) werden zum Panzerjäger Marder III umgerüstet. Die Umrüstung findet planmäßig bei BMM in Prag und den Skoda-Werken in Pilsen und Prag statt.

Da die französische Freiwilligendivision demnächst zur Auffrischung nach Frankreich verlegt wird, möchte ich anregen, die französischen Umbauten hauptsächlich dieser Einheit zuzuordnen. Die sowjetischen Umbaufahrzeuge sollen wie geplant der

Russischen Volksarmee zugehen. Beides bietet sich an, da die Soldaten mit der Technik vertraut sind.

Sobald die Umbauten des vorhandenen Bestands abgeschlossen sind, werden auch diese Produktionskapazitäten für die Haupttypen verwendet. Es wird dann nur noch eine überschaubare Produktionsstraße für den Umbau frisch erbeuteter Fahrzeuge offenbleiben.

Auch außerhalb der mechanisierten Kräfte treiben wir die Reduktion der Mustervielfalt gnadenlos voran. Die Bereiche Lastkraftwagen, Halbkettenfahrzeuge, Geländewagen und Motorräder werden von 64 verschiedene Typen auf nunmehr elf zusammengestrichen.

Blicken wir auf die aktiven Entwicklungsprojekte im Bereich der Kampfpanzer, so gelten unsere Anstrengungen allvorderst der neuen Ausführung des Panzer IV mit abgeschrägter Panzerung. Bei Henschel läuft die Entwicklung des Nachfolgemodells des Tiger I und, wie bereits erwähnt, die Entwicklung des Panzerjägers auf Panther-Fahrgestells. Zusammen mit den Flakpanzern werden wir unsere Produktion bedeutend zielgerichteter aufstellen. Sinnfreie und ressourcenverschwendende Projekte wie dieser obskure Panzerkampfwagen VIII Maus, der E-100, die Landkreuzerprojekte oder auch Amphibienfahrzeuge werden ersatzlos gestrichen. Es ist davon auszugehen, dass diese Maßnahmen in kürzester Zeit zu einer Steigerung der Produktivität führen werden.

Generalfeldmarschall Kesselring hat zusammen mit Generalfeldmarschall Milch in der Luftrüstung ebenfalls einschneidende Maßnahmen durchgesetzt.

FW 190 A und Me 109 G bilden weiterhin das Rückgrat der Tagjäger. Die Entwicklung der FW 190 C läuft. Ein Versuchsmuster steht zur Verfügung. Die FW 200-Produktion wird eingestellt und die Kapazitäten für die FW 190 verwendet.

Das Versuchsflugzeug Heinkel 280 V1 stürzte leider am 13. dieses Monats ab. Die Erprobungen gehen aber mit der V2 weiter und erscheinen uns äußerst vielversprechend. Beide Flugzeugmuster werden uns morgen in Rechlin vorgestellt, ebenso wie die Me 262 V3.

Bei den Nachtjägern flog die zweite Mustermaschine der He 219 am 10. Januar; sie wird uns ebenfalls in Rechlin präsentiert werden. Sobald sie serienreif ist, wird sie unser Standardnachtjäger und alle anderen Muster ablösen. Die freiwerdenden Kapazitäten werden zur Produktion dieser Maschine genutzt.

Die Produktion der He 111, Ju 87 und der Ju 88 werden eingestellt. Die freien Kapazitäten bei Heinkel werden bis zur Serienreife der He 219 und He 280 ausschließlich für die Produktion der He 177 genutzt. Damit werden wir den Forderungen der Marine gerecht.

Die Junkers-Produktionsstrecken werden für die Ju 188 und die Hs 129 in Lizenz verwendet.

Die Me 110 wird nur noch als Nachtjäger produziert; die Me 210 wird eingestellt. Sobald die He 219 serienreif ist, wird diese Kapazität für dieses Muster genutzt.

Kurz: Wir verfügen über die He 280 und später die Me 262 als Standardjäger, ferner über die He 219 als Nachtjäger, die Ju 188 als Kampfflugzeug, Aufklärer und ebenfalls als Nachtjäger, die Hs 129 als Schlachtflugzeug und die He 177 als Bomber, Fernaufklärer und Seefernaufklärer.

Wie Sie sehen können, werden die Produktionen auf wenige Typen beschränkt. Reduktion der Mustervielfalt lautet das treibende Konzept im gesamten Rüstungssektor!

Arado hat übrigens einen Strahlbomber, die Ar 234, in Aussicht gestellt, der die Funktion des Aufklärers, Kampfflugzeugs und Nachtjägers auf sich vereinen könnte. Wir werden sehen. Wichtig für die Marine sind trägerfähige Flugzeuge, daher muss an Messerschmitt der Auftrag ergehen, eine moderne Version der Me 109T zu entwickeln, des Weiteren auch entsprechende Typen für Kampfflugzeuge. «

Nach diesem ausführlichen Lagebild gibt es kaum nennenswerte Fragen aus der Runde. Im Anschluss gibt Admiral Canaris bekannt, dass die Abwehr, natürlich in Abstimmung dem Kaiser, die Abwehrmänner Bruno Peter Kleist und Edgar Klaus in Schweden reaktiviert habe, um mögliche Chancen für einen Sonderfrieden mit der Sowjetunion auszuloten. Auch in der Schweiz wurden Männer platziert, um in Richtung Westen die Friedensfühler auszustrecken.

»Bisher warten wir auf Meldung unserer Männer«, erklärt der weißhaarige Mann in der eleganten Marineuniform.

Danach werden noch einige grundlegende politische Fragen geklärt. Goerdeler erörtert Gesetze, welche von den NS-Machthabern erlassen wurden, und seiner Ansicht nach dringend wieder abgeschafft werden müssten. So nennt er zum Beispiel die Nürnberger Rassengesetze oder das Reichsflaggengesetz. Darüber hinaus will er Juden und sogenannte »Halbjuden« wieder als wehrwürdig erklären. Jedoch soll ihnen freigestellt bleiben, ob sie in der Wehrmacht, dem Reichsarbeitsdienst oder dem Reichsluftschutz dienen. Auch solle es ihnen vorerst möglich sein, nicht direkt an der Front kämpfen zu müssen.

20. Januar 1943

Nebel liegt über der französischen Erde. Unteroffizier Bauer gibt Gas auf dem linken Motor. Die Hs 129 schwenkt herum und weist mit dem Bug nun genau nach Osten. Auch Voigt und Bauerfeind rollen zum Start und stellen sich neben Bauer.

»Alles klar?«, fragt Bauer über Sprechfunk.

Beide Kameraden bejahen.

Der Startoffizier hebt die Flagge und reißt sie nach unten. Die drei Unteroffiziere geben Gas und die Schlachtflugzeuge flitzen über die Startbahn. Schnell steigen sie in den diesigen Himmel hinein. Im Steigflug drehen Bauer, Voigt und Bauerfeind eine Platzrunde und sehen zu der großen Stadt hinüber. Sie ist im Dunst undeutlich zu erkennen.

Unter den drei Unteroffizieren steigen nun die anderen Flugzeugführer der fliegenden Einheit, um nach einer Platzrunde ebenfalls mit Ostkurs abzufliegen. Nur wenige Tage liegen zwischen dem Augenblick, in dem der Unteroffizier vom Dienst die Verlegung nach Russland verkündete, und diesem Morgen. Nun treten sie den langen Flug in die Weiten Russlands tatsächlich an.

Die letzten Tage über beschäftigten sie sich mit Übungen in Theorie und Praxis zur Bekämpfung von Feindpanzern aus der Luft. Sie alle beherrschen ihre Maschinen nun einwandfrei. Ihre Sicherheit in der Bedienung der unterschiedlichen Waffensysteme ist immer größer geworden.

In 1.000 Meter Höhe fliegen Bauer, Voigt und Bauerfeind über die deutsch-französische Grenze. Sie ziehen im Verbandsflug über Mitteldeutschland hinweg und setzen auf dem Flugplatz Görlitz zur Zwischenlandung an. Der Flugplatz, der in der Nähe des Berges Landskrone liegt, zeichnet sich durch ein starkes Gefälle aus. Sie müssen bergabwärts landen.

Nach dem Auftanken geht die Reise weiter. Sie verlassen das Großdeutsche Kaiserreich, fliegen über das Generalgouvernement und ändern dann den Kurs. Links von ihnen taucht Warschau auf, dahinter blinkt das breite Band des Bug auf.

Bauer drückt seine Maschine bis auf 500 Meter hinunter. Seine beiden Kameraden machen das Manöver mit. Sie sehen unter sich nun die Bahnlinie Warschau-Bialistok und nutzen sie als Navigationslinie.

Bauer blickt auf seine Uhr und meint: »In zehn Minuten sind wir da.«

»Gott sei Dank. Mir tut schon der Hintern weh«, mosert Voigt. »Ich kann schon kaum noch sitzen und meine Beine sind mir auch schon eingeschlafen.«

»Dann weck sie wieder«, brummt der Dritte im Bunde, Unteroffizier Bauerfeind.

Im Grau der anstehenden Dämmerung taucht vor ihnen das Flugfeld von Terespol auf. Es liegt direkt an der Bahnlinie und ist nicht zu verfehlen. Sie drehen nach Süden ab, kurven wieder ein und setzen quer über den Bahndamm zur Landung an.

Von einer großen Halle, die längs zu den Unterkunftsgebäuden steht, winken ihnen mehrere Mechaniker des Bodenpersonals zu. Die drei Unteroffiziere rollen ihre Maschinen hinüber, schwenken ein und stellen die Motoren ab.

Hinter ihnen landen noch zwei weitere Henschel, denen ebenfalls die Zwischenlandung in Terespol befohlen worden ist. Die übrigen Hs 129 fliegen auf anderen Routen zum eigentlichen Ziel.

Bauer schiebt das Kabinendach zurück und löst die Haltegurte. Ein Mann vom Bodenpersonal taucht auf der linken Tragfläche auf und meint: »Wir haben schon auf euch gewartet. Komm raus, Kamerad.«

Der Werkmeister, der im Rang eines Feldwebels steht, eilt auf die drei Unteroffiziere zu und weist sie ein. Rechts der drei Schlachtflugzeuge steht eine Ju 52 vor einer langen Halle.

Schweigend gehen sie zu dem großen Unterkunftsgebäude hinüber. Dort angekommen, werden sie vom UvD in einen Raum geführt, in dem sechs Doppelstockbetten an der Wand stehen. Kurze Zeit später kommen auch die beiden anderen Flugzeugführer hinein. Die fünf Kameraden unterhalten sich noch ein wenig und dann legen sie sich nach und nach schlafen.

20. Januar 1943

Früher Abend, nördlich von Mga

Rechts von ihnen erschallt eine starke Detonation. Ruckartig schnellt Adomeits Kopf in die entsprechende Richtung.

Ein Panzer IV, der vielleicht 100 Meter von ihnen entfernt ist, wurde von einer russischen Pakgranate getroffen. Der Panzer qualmt nach kürzester Zeit und die Luken werden aufgeschlagen. Aus dem Turm quälen sich der Panzerkommandant und der Richtschütze hinaus.

Die Grenadiere eilen zu den Kameraden, um sie zu unterstützen. Zwei von ihnen entern trotz des laufenden Gefechts auf den Panzer auf. Hilfreiche Hände strecken sich den Panzermännern entgegen.

Paul Adomeit und sein Kamerad Joachim Müller begeben sich zur Front des Panzers. Die Luke des Fahrers ist zwar offen, aber es ist niemand zu sehen. Adomeit klettert auf den Panzer und schaut hinein.

Dort sieht er den Fahrer, der zusammengesackt in seinem Sitz liegt. Kurz entschlossen beugt sich Adomeit hinunter, Müller hält ihn fest. Er zerrt an dem anscheinend bewusstlosen Soldaten und bekommt ihn tatsächlich hoch. Doch aus der Luke heraus schafft er ihn nicht zu ziehen.

»Pack mal mit an!«, ruft er stöhnend seinem Kameraden Müller zu. Adomeit ruckt etwas zur Seite, so dass Müller den Panzermann ebenfalls am Arm packen kann. Gemeinsam bekommen sie ihn aus dem Stahlkasten.

Müller springt vom Panzer und nimmt Adomeit den immer noch bewusstlosen Panzerfahrer ab. Gemeinsam tragen sie den Kameraden in eine sichere Deckung. Als sie dies geschafft haben, will Adomeit gerade wieder aufspringen, um nach dem Funker zu schauen, da wird der Panzer von einer donnernden Explosion zerrissen. Adomeit wirft sich reflexartig in Deckung und schützt mit seinen Armen den behelmten Kopf.

Nachdem die Explosion verklungen ist, reckt Adomeit sich empor. Der Panzer ist vollkommen zerfetzt. Der junge Soldat blickt sich benommen um und sieht in einer Schneedeckung bei einigen Grenadieren zwei weitere Panzersoldaten hocken. Dort befindet sich auch ein Sani und kümmert sich um die Verwundeten. Adomeit winkt zu ihm hinüber und schreit durch den Gefechtslärm: »Hierher, wir haben den Fahrer. Er ist bewusstlos.«

Nachdem der Sanitätssoldat die beiden Panzermänner versorgt hat, hetzt er herbei.

»Wir gehen zurück!«, hören die Grenadiere den Ruf ihres Kompanieführers.

Adomeit blickt sich erschrocken um. Auf ganzer Angriffsbreite erkennt er, wie die Grenadiere sich sprungweise vom Feind absetzen.

Die Sowjets versuchen mit Panzern nachzustoßen, werden aber weiterhin von den deutschen Kampfpanzern zum tödlichen Tanz herausgefordert. Diesmal haben es die deutschen Panzer III und Panzer IV mit Sherman und Stuart-Tanks aus amerikanischer Produktion zu tun. Die US-Panzer haben es mit ihren schmalen Ketten jedoch im tiefen Schnee sehr schwer und sind in ihrer Agilität sichtlich gehemmt. Dennoch erzielen auch sie empfindliche Treffer bei den deutschen Kampffahrzeugen. Immer wieder lodert ein Panzer III oder Panzer IV auf. Die Verluste der Sowjets sind zwar ungleich höher, doch haben sie bedeutend mehr Kampffahrzeuge im Einsatz.

»Wir müssen ihn zurücktragen!«, schreit der Sanitäter und packt den Panzermann unter den Armen. Adomeit schnappt sich die Beine und schnell tragen sie den Bewusstlosen zurück. Müller versucht ihnen so gut wie möglich Deckung zu geben. Erschöpft und am ganzen Leib schwitzend erreichen die Soldaten die deutschen Stellungen.

Nun endlich hat der Sanitäter Zeit und Gelegenheit, um den unglücklichen Kameraden zu untersuchen. Nach kurzer Zeit stellt er fest, dass dieser von mehreren Splittern getroffen worden ist. Seine Uniform ist gesäumt mit blutverklebten Löchern.

Nach der Erstversorgung transportieren sie den Kameraden zum Kompaniegefechtsstand, um ihn von dort aus zeitnah ins Hinterland zu verlegen.

Adomeit ist völlig ausgezehrt, als er zu seiner Gruppe aufschließt. Auf dem Weg begegnet er seinem Zugführer, Feldwebel Hartmut Stein. Auch er trägt einen Verband am Arm und stützt einen verwundeten Kameraden.

Im Grabenabschnitt seiner Gruppe angekommen, torkelt er in den Bunker, in dem sein Kamerad Müller bereits wartet. Erschöpft hocken er und weitere Männer in einer Ecke und starren apathisch gegen die Wand. Außerhalb des Bunkers erschüttern nun die Abschüsse der deutschen Artillerie die Stille der aufziehenden Nacht. Eisige Kälte hält das Schlachtfeld im Würgegriff und frischer Schneefall beginnt damit, die Toten zuzudecken.

Das Oberkommando der Wehrmacht gibt bekannt

… Im Nordabschnitt der Ostfront kommt es weiterhin zu starken Angriffen der bolschewistischen Kampfverbände. Wo immer möglich, treten unsere Truppen zu örtlichen Gegenangriffen an, um dem Feind Verluste an Mensch und Material zuzuführen. Durch dieses Vorgehen schwächt sich der Schwung der gegnerischen Offensiven merklich ab.

Im Mittelabschnitt der Ostfront wird die Büffelbewegung im Bereich der 9. Armee weiter planmäßig fortgesetzt. Im weiteren Frontbereich der Heeresgruppe Mitte ereignen sich es keine nennenswerten Angriffe.

Im Südabschnitt der Ostfront wurde Rostow vollständig in geordneter Formation geräumt. Alle kriegswichtigen Einrichtungen wurden zerstört, so dass der Stadt für lange Zeit keine kriegsentscheidende Bedeutung mehr zukommen wird. Die strategischen Jahresziele in diesem Frontabschnitt sind damit erreicht worden.

Über allen Kampfgebieten entlang der Ostfront bringt der Oberbefehlshaber trotz der schlechten Wetterlage seine Jäger- und Schlachtfliegerverbände zum äußersten Einsatz. Es konnten zahlreiche rote Flugzeuge abgeschossen und feindliche Artilleriestellungen vernichtet werden.

Auf dem afrikanischen Kriegsschauplatz konnte die 10. Panzerdivision in Tunesien ihren Angriff auf die Engen bei Dj. Chirid erfolgreich fortführen. In Libyen versucht der Feind weiterhin durch gezielte Flankenangriffe die Stellungen der deutsch-italienischen Panzerarmee zu überwinden. Jedoch konnten alle Angriffe planmäßig abgewehrt werden.

Über dem Reichsgebiet und dem besetzten Teil Frankreichs kam es erneut zu Angriffen durch anglo-amerikanische Terrorflieger bei Tag und Nacht. Wieder konnten zahlreiche feindliche Bomber von deutschen Tag- und Nachtjägern abgeschossen oder schwer beschädigt werden. Auch unsere Flakwaffe vermochte es, viele Terrorbomber abzuschießen oder zu beschädigen.

*Im Nordmeer konnten unsere Unterseeboote Erfolge gegen die feind-
liche Handelsflotte verbuchen. In der Atlantikschlacht kam es erneut
zu ...*

21. Januar 1943

Früher Morgen, Flugplatz Terespol

Nach einem reichhaltigen Frühstück aus Brot, Aufstrich und
tatsächlich echtem Filterkaffee starten die fünf Flugzeugführer
zum Weiterflug. Sie reisen nach Kiew und von dort an der Bahnlinie entlang bis nach Poltawa. Von dort aus geht es zum letzten
Sprung zum endgültigen Ziel Taganrog.

Auf dem russischen Flugplatz nahe der Stadt wimmelt es bereits von Flugzeugen aller Art. Bauer sieht Bomber, Jäger, Stukas,
Aufklärer und auch Henschel-Schlachtflugzeuge. Immer neue
kommen hinzu. Stetig wachsend, wird in Charkow eine große
Luftflotte zusammengezogen.

Die Flieger hören auch, dass im Raum um Sambek-Lysogorka-
Swerdlowsk neue Abwehrstellungen angelegt würden, da die
Sowjets massive Kräfteansammlungen bei Rostow und Schachty
zusammengezogen hätten. Es gibt eine Menge Gerüchte, aber
niemand weiß etwas Genaues.

21. Januar 1943

Vormittags, Berlin Shell-Haus, Tirpitzufer

Großadmiral Erich Raeder hat Generaladmiral Dönitz, den
Chef der Seekriegsleitung, und Generaladmiral Alfred Saalwächter geladen.

»Meine Herren«, beginnt Raeder, »der Kaiser hat verfügt, dass
wir die Zusammenarbeit mit unserem Verbündeten Japan zu
intensivieren haben. Dementsprechend werden wir den Austausch von Technik und Rohstoffen forcieren. Dazu ist es notwendig, sowohl den Umbau von Unterseebooten zu beschleuni-
gen, um Rohstoffe und Technologie zu transportieren, als auch

den Umbau von Handelsschiffen zu Blockadebrecher zu forcieren. Wenn diese Baumaßnahmen abgeschlossen sind, starten wir das Unternehmen ›Südsee‹. Admiral Dönitz, Sie als Chef der SKL und BdU sind für die Planung und Durchführung verantwortlich. Ich erwarte, stets auf dem Laufenden gehalten zu werden.«

Der Generaladmiral nickt zustimmend und fertigt sich entsprechende Notizen an.

Der Großadmiral wendet sich derweil an Generaladmiral Saalwächter.

»Wie steht es um die Zusammenarbeit mit der italienischen Kriegsmarine, Herr Saalwächter?«

Der Generaladmiral räuspert sich, rückt sein Ritterkreuz, welches ihm für die Planung und Durchführung des Unternehmens ›Weserübung‹ verliehen worden ist, und beginnt: »Meine Herren, die Transformation unserer Funkmesstechnik FuMG 23 und FuMG 27 sowie jene der stereoskopischen Entfernungsmesser verläuft planmäßig. Auch die Massierung der Flakwaffen läuft auf vollen Touren. Die Techniker befinden sich bereits auf den ersten Schiffen der italienischen Flotte, namentlich der *Littorio* und der *Vittorio Vineto*. Die Einbaumaßnahmen sind in vollem Gange. Als Nächstes sind die Einheiten *Conte di Cavour*, *Leonardo Da Vinci* und *Giulio Cesare* an der Reihe. Die ersten italienischen Besatzungsmitglieder sind in Deutschland angekommen und werden von uns auf *Tirpitz*, *Scharnhorst* und *Prinz Eugen* geschult, beziehungsweise sie sind auf dem Weg nach Norwegen, um dort auf der *Admiral Hipper*, der *Lützow* und der *Admiral Graf Spee* ausgebildet zu werden. Wir sind optimistisch, dass wir den Einbau und die Schulung der Besatzungen bis Mitte April abschließen können. Die übrigen italienischen Einheiten müssen danach umgerüstet werden.

Die Italiener sind zwar mit der Umrüstung und der Schulung mehr als einverstanden, doch hegen sie – gelinde gesagt – starke Vorbehalte gegen den eigentlichen Sinn und Zweck dieser Maßnahme – die geordnete Evakuierung der deutsch-italienischen Truppen aus Nordafrika. Ich bin nicht sicher, ob es der italienischen Kriegsmarine gelingen wird, den dafür notwendigen Transportraum ausreichend abzusichern und den Kampf mit der alliierten Flotte in der notwendigen Härte zu führen.

Einige unserer momentan im Mittelmeer eingesetzten Unterseeboote werden in La Spezia so weit wie möglich generalüberholt und modernisiert. Doch verfügen wir vor Ort nicht über die Werftmöglichkeiten, die uns in der Heimat und an der Atlantikküste zur Verfügung stehen.«

Wieder werden Notizen gemacht und Nachfragen gestellt.

»Wichtig – wenn nicht gar von entscheidender Bedeutung – ist die Deckung der Evakuierung durch die Luftwaffe! Auch eine frühzeitige Bekämpfung der schweren alliierten Einheiten beziehungsweise die Ausschaltung der alliierten Flugzeugträger muss gewährleistet werden. Sollte die Unterstützung durch unsere Luftwaffe und die italienischen Luftstreitkräfte nicht gesichert sein, so stellt dies die Unternehmung von Grund auf infrage. Hierzu ist eine enge Abstimmung und Zusammenarbeit mit dem Fliegerführer Afrika und entsprechenden Stellen auf dem italienischen Festland und auf Sizilien zu treffen. Ich werde entsprechende Anträge an das OKW richten. Weiterhin müssen Absprachen mit dem Oberbefehlshaber der Heeresgruppe Afrika getroffen werden. Die geplanten Stellen zur Einschiffung der Verbände müssen durch entsprechende Flakeinheiten abgesichert werden, genauso die Stellen zur Einschiffung in Sizilien und Tarent. Auch darüber ist mit dem OKW noch zu sprechen«, führt Großadmiral Raeder weiter aus.

Dönitz merkt noch an, dass es von äußerster Wichtigkeit sei, demnächst sowohl trägerfähige Flugzeuge zu erhalten als auch die Besatzungen dementsprechend zu schulen, da die Fertigstellung der *Graf Zeppelin* unmittelbar bevorstehe. Auch die aktuellen Bauzustände der übrigen Schiffe wie der *Gneisenau* und der *Seydlitz* werden erörtert.

21. Januar 1943

Nachmittags, Luftwaffenerprobungsstelle Rechlin

Kaiser Louis Ferdinand I., Generalfeldmarschall von Witzleben, Generalmajor Adolf Galland und andere hochrangige Vertreter des Großdeutschen Kaiserreichs befinden sich seit dem frühen Morgen auf Inspektion in der Erprobungsstelle der Luftwaffe.

Sie haben bereits die Gebäudegruppe Nord besichtigt, welche die Labore und die Verwaltung beinhaltet, ferner die Gruppe Süd für die Motorenerprobung, die Gruppe Ost für die Waffen- und Munitionserprobung sowie die Gruppe West, in der die technische Kompanie und die Kasernen untergebracht sind. Die Besuchergruppe erlangt immanente Einblicke in die Arbeit der Erprobungsstelle.

Nun folgt die Vorführung der neusten Flugzeugtypen, welche so rasch wie möglich zur Serienreife geführt und der Truppe übergeben werden sollen.

Der Leiter der Erprobungsstelle bittet seine Besucher, den Blick nach Norden zu wenden. Kurze Zeit später schießt ein Flugzeug über das Gelände hinweg, welches keinen sichtbaren Propellerkreis aufweist, dafür jedoch je einen zylinderförmigen Kasten unter den schnurgeraden Tragflächen. Das schlanke Flugzeug besitzt am Heck ein elegantes Doppelleitwerk. Auch das Geräusch, das das blitzschnelle Flugzeug verursacht, ist ganz anders als alles, was der Kaiser und seine Begleiter bisher von Flugzeugen vernommen haben. Anstatt eines donnernden Dröhnens von mächtigen Verbrennungsmotoren, hören sie ein hohes Zischen und Pfeifen.

Die kleine und formschöne Maschine zischt mit über 700 Kilometern pro Stunde über die hohe Gesellschaft hinweg und schießt dann beinahe senkrecht in den klaren Himmel. Auch hier zeigt sie beeindruckende Leistungen und ist schon nach kurzer Zeit nur noch als kleiner Punkt zu erkennen. Den Besuchern werden Zeiss-Gläser gereicht, um den Jäger im Auge zu behalten.

»Das, meine Herren, ist die Heinkel 280«, gibt der Luftwaffenoffizier, der die Besuchergruppe führt, bekannt.

»Es sind noch einige Tests durchzuführen und ein paar Mängel abzustellen, welche sich jedoch größtenteils auf die Turbinen beziehen, aber im Großen und Ganzen gehen wir davon aus, dass die Heinkel 280 Anfang März in Serie gehen kann.«

Besonders Galland zeigt sich vom gesehenen sehr beeindruckt und stellt einige fachspezifische Fragen, die zufriedenstellend beantwortet werden.

Kurz nachdem der Heinkel-Jäger nochmals über die Besuchergruppe hinweggebraust ist, erschallt erneut ein ähnliches Zischen und Pfeifen aus nördlicher Richtung. Wieder schießt ein schlankes Flugzeug mit über 700 Stundenkilometer über die Gruppe hinweg. Diesmal ist das Flugzeug jedoch andersartig geformt. Die Tragflächen sind gefeilt und das Heckleitwerk klassisch ausgearbeitet. Wieder steigt der Jäger in die Höhe, diesmal vielleicht sogar etwas schneller als zuvor der Heinkel-Jäger.

»Dies ist die Messerschmitt 262. Ebenfalls sehr vielversprechend, doch hier wird es noch etwas dauern, bis wir sie zur Serienproduktion freigeben können. Wir rechnen mit Frühjahr oder Sommer nächsten Jahres.«

Wieder zeigen sich die Besucher höchst beeindruckt. Generalmajor Galland sichert sich eine Möglichkeit, mit beiden Jägern demnächst einen Probeflug zu unternehmen.

Als Nächstes jagt eine Heinkel 219 heran und beweist im Himmel über der Erprobungsstelle die Potenz des künftigen Standardnachtjägers. Als der Pilot schließlich zur Landung ansetzt, stehen bereits zwei Fahrzeuge bereit, um die Besucher zur Startbahn zu bringen. Dort stehen alle drei Flugzeuge nun nebeneinander vor einer getarnten Halle. Die Piloten nehmen Haltung an, als der Kaiser aus dem Wagen steigt. Auch aus nächster Nähe sind die beiden Strahljäger äußerst beeindruckend.

Kaiser Louis Ferdinand I. sichert der Erprobungsstelle jede nur erdenkliche Unterstützung zu.

Das Oberkommando der Wehrmacht gibt bekannt

... Im Kampfraum um Leningrad kam es bei der 18. Armee erneut zu schweren Kämpfen, welche jedoch nicht mehr die Intensität der letzten Tage aufwiesen. Alle Angriffe wurden unter horrenden Verlusten für den Gegner abgeschmettert.

Im Bereich der Heeresgruppe Mitte kam es nur zu örtlichen Spähtrupptätigkeiten.

Im Süden der Ostfront gingen unsere Truppen planmäßig auf die Linie Primorka-Sambek-Kamenno-Andrianovo zurück. Bei der 17. Armee dauern örtlich begrenzte Gefechte weiter an.

An der tunesischen Front ging im Bereich der 10. Panzerdivision Bou Arada verloren; die Enge südlich Dj. Chirid konnte dafür genommen werden.

147

22. Januar 1943

Früher Morgen, Flugplatz Taganrog

Einen Tag nach ihrer Ankunft lässt Leutnant Krüger die Unteroffiziere Bauer und Voigt zu sich kommen. Krüger hat sich in einem verfallenen, nach Brand und Moder riechenden Kellerraum eine Art Gefechtsstand eingerichtet. Dieser besteht aus nichts anderem als einem mit allerlei Papieren bedecktem Holztisch, einem klapprigen Holzschemel, einem Feldfernsprecher und einem Feldbett.

Nach einer kurzen Flugbesprechung starten Krüger, Bauer und Voigt zur bewaffneten Aufklärung im Raum Sambek-Rostow, da von dort aus widersprüchliche Meldungen über stärkste Feindangriffe gemeldet wurden. Im Tiefflug geht es über weite Flächen, kleine Wäldchen und Kusselgruppen.

Schnell dringen sie in das russische Hinterland vor und rasen über verlassene Dörfer hinweg, in denen massive Truppenansammlungen der Roten Armee auf ihren Einsatz warten.

Glitzernde Ketten steigen plötzlich vom Boden herauf. Die Feuerstöße eines Maschinengewehrs liegen aber unplatziert. Sie rauschen weitab der deutschen Flieger in den klaren Winterhimmel.

»Wir fliegen noch zehn Minuten auf dem augenblicklichen Kurs weiter«, gibt Leutnant Krüger durch, »dann wenden wir, klar?«

Ein doppeltes »Jawohl, Herr Leutnant« erklingt im Sprechfunk. Bauer sieht auf die Uhr und dann nach rechts. Da entdeckt er eine sowjetische Fahrzeugkolonne mit Marschrichtung Westen. Zahlreiche Lastkraftwagen und dazwischen einige Personenkraftwagen quälen sich durch die Winterlandschaft. Geschütze oder Maschinengewehre kann er nicht erkennen.

»Herr Leutnant, feindliche Fahrzeugkolonne rechts von uns!«, gibt Bauer durch. Er beobachtet, wie Krüger und Voigt ruckartig den Kopf in die angegebene Richtung drehen.

»Die nehmen wir uns vor!«, entscheidet Leutnant Otto Krüger. »Ich greife als Erstes an, dann Sie, Bauer, und dann Voigt.«

Krüger stellt seine Henschel auf die rechte Tragfläche und reißt sie herum. Bauer und Voigt folgen ihm. Der Leutnant drückt an und korrigiert seinen Kurs. Die feindlichen Fahrzeuge liegen nun genau vor ihm, etwa drei Kilometer entfernt. Höhenmäßig etwas versetzt, um nicht in die Propellerböen der vorderen Maschine zu geraten, folgen Bauer und Voigt dem Offizier.

Die Entfernung zwischen den Angreifern und der Kolonne verringert sich schnell. Die Sowjets haben inzwischen bemerkt, was da auf sie zukommt. Die feste Formation wird gesprengt. Die Fahrzeuge spritzen in wilder Flucht links und rechts von der Rollbahn.

Krüger nimmt einen großen LKW ins Visier, der mit einer grauen Plane abgedeckt ist, an der weiße Stofffetzen befestigt sind. Die Bordwaffen rattern. Der Leutnant hat etwas vorgehalten, so dass der Lastkraftwagen genau in die Geschossbahn hineinfährt. Schlagartig bleibt er stehen und beginnt zu brennen. Aus dem Fahrerhaus und von der abgedeckten Ladefläche quillt ein Schwarm Rotarmisten. Diese rennen nun davon und werfen sich in den Schnee.

Bauer und Voigt rasen auf ein kahles Feld zu, auf dem die LKW herumfahren. Im tiefen Schnee bleibt so mancher von ihnen stecken. Voigt setzt einen sehr weit links fahrenden Lastwagen in Brand. Bauer schießt zwei kleinere Fahrzeuge zusammen, die genau in Schusslinie vor ihm herumkurven. Die drei Maschinen rauschen über den auseinandergesprengten Verband hinweg und wenden.

»Dasselbe noch einmal!«, ruft Krüger.

Unteroffizier Bauer will gerade den Steuerknüppel nach links legen und ins Seitenruder treten, da erkennt er etwas anderes. Am Rand eines kleinen Birkenwäldchens, auf den nun einige der Fahrzeuge zusteuern, tauchen zwei schwarze Punkte auf. Sie kriechen langsam bis an die äußere Baumgrenze heran und bleiben stehen.

Es sind zwei T-34-Panzer.

Während Krüger und Voigt zum Angriff auf die Fahrzeuge auf dem brachliegenden Feld ansetzen, reißt Bauer seine Hs 129 rechtsherum. Er drückt an und rast im Tiefflug auf das Birkenwäldchen zu. Im Anflug erkennt er, dass die Luken der russischen Panzer geschlossen sind und die Besatzungen anscheinend noch nichts von der drohenden Gefahr bemerkt haben.

Das Fadenkreuz im Reflexvisier glüht; die 3-cm-Kanone unter dem Rumpf und die Maschinengewehre sind schussbereit. Bauer drückt an. Jetzt steht der vordere Russenpanzer mit der Breitseite genau im Visier. Er wartet noch wenige Sekunden, dann drückt er auf den Auslöseknopf. Die Bordkanone rattert los. Ihre Feuerstöße erschüttern die ganze Maschine. Die gut gezielten Salven jagen genau in das Fahrwerk des Panzers hinein. Die panzerbrechenden Geschosse zerschlagen das Laufwerk und das Panzerunterteil bis zur Turmunterkante.

Bauer sieht noch, wie die Turmluke auffliegt und ein Panzermann erscheint. Dann donnert er im Tiefflug über den Kampfpanzer hinweg. Als er sich genau über dem T-34 befindet, geschieht etwas, mit dem er nicht gerechnet hat. Eine lodernde Feuerwolke wirbelt hoch. Der Druck der gewaltigen Detonation drückt die Maschine des Unteroffiziers ruckartig nach oben. Unter Bauers Rumpf knallt es dumpf. Der linke Motor beginnt unrund zu laufen. Die Henschel taumelt wie ein welkes Blatt durch die Luft.

Instinktiv zieht Bauer den Steuerknüppel an und atmet auf. Er spürt noch Steuerdruck und merkt, dass die Maschine langsam steigt. Er sieht zu dem getroffenen Motor hinüber, der unregelmäßig läuft. Die Nadel des Drehzahlmessers vibriert und zuckt nervös hin und her. Letztendlich sackt er langsam ab.

Leutnant Krüger und Unteroffizier Voigt greifen die sowjetischen Lastkraftwagen noch einmal an, dann erkennen sie, was mit Bauer geschehen ist.

»Wir kommen sofort, Bauer«, ruft Krüger. Sie schwenken ein und jagen dorthin, wo die defekte Henschel in der Luft hängt.

Unteroffizier Ludwig Bauer schließt den Brandhahn und lässt die Propellerblätter auf Segelstellung laufen. Er ist froh und erleichtert, dass das Triebwerk nicht brennt. Vorsichtig wendet er über den laufenden Motor und fliegt seitlich an dem kleinen Birkenwäldchen vorbei. Es steigt eine ölige, dunkle Wolke in den kälteklirrenden Himmel. Der getroffene T-34 brennt zu einem schwarzen Wrack aus.

»Fliegen Sie sofort zurück, Bauer!«

Leutnant Krüger und Unteroffizier Voigt hängen nun neben der beschädigten Maschine von Bauer. Sie passieren die Frontlinie und erkennen, dass dort unten schwerste Kämpfe im Gange sind.

Ohne weitere Zwischenfälle erreichen die drei Schlachtflieger das Flugfeld von Taganrog. Bauer geht als Erstes runter und bringt die Maschine mit einer einwandfreien Radlandung zurück auf die Erde. Kaum ist Leutnant Krüger als zweiter gelandet, da eilt er zur Flugplatzkommandantur und meldet, was er gesehen hat.

21. Januar 1943

Früher Morgen, Sambek-Stellung

Der Morgen zieht auf und es wird langsam hell. Der nächtliche Schneesturm hat aufgehört und es herrscht nun ein beinahe wolkenloser Himmel.

Im ausgebauten Bunker steht der Mief. Bis auf die Posten, die gerade abgelöst worden sind und auf den Pritschen schlafen, hat Feldwebel Klaudius, noch immer mit einem dicken Kopfverband ausgestattet, seine Gruppenführer um einen grob zusammengezimmerten Holztisch versammelt.

»Meine Herren, wir kennen alle die Parolen, dass vor uns und in der linken Flanke starke Feindmassierungen stehen sollen. Ob das stimmt, kann ich schlecht einschätzen. Ob sie angreifen werden, weiß ich genauso wenig. Aber ich kann es mir in den nächsten Tagen nicht vorstellen; irgendwann muss doch auch bei Russen mal der Ofen aus sein. Schließlich haben sie in Rostow ganz schön bluten müssen. Dennoch ist äußerste Wachsamkeit angebracht; beim Iwan weiß man trotz allem nie … Immerhin sind sie oben mal wieder ganz schön nervös. Teilt eure Leute entsprechend ein. Aber nun gut, sollte der Tanz wieder losgehen, werden wir es sowieso merken. Eine gute Nachricht noch zum Schluss – in zwei Tagen werden wir durch eine Infanterieeinheit abgelöst. Gerüchteweise geht es dann für uns erstmal in die Etappe und dann soll wohl die große Umstrukturierung losgehen.«

Die Tür des Bunkers wird aufgestoßen und der Obergefreite Steinbach tritt ein. Mit ihm dringt ein kalter Windhauch ein, der Klaudius sofort frösteln lässt. Der Feldwebel entlässt seine Gruppenführer nun und begibt sich zu Steinbach.

»Und, hast du was Neues erfahren?«, fragt er seinen Kameraden, der gerade vom Kompanieführer zurückgekehrt ist.

»Nee, da sind sie genauso ahnungslos wie wir. Nicht mal die Funker wissen angeblich etwas.«

»Was ist mit den angeblichen Truppenansammlungen vor uns und an der Flanke?«

»Ist bestätigt, aber ob Angriffsvorbereitungen laufen oder Abwehrmaßnahmen im Gange sind, weiß kein Aas. Die Schlipssoldaten sollen verstärkt Aufklärung fliegen, aber bei dem Wetter – schwierig.«

Klaudius angelt eine zerknautschte Zigarettenschachtel aus der Tasche seine Uniformbluse und bietet dem Obergefreiten eine an. Dieser nimmt sie dankend entgegen. Klaudius fischt sich selbst eine heraus und zündet seine und die des Kameraden mit einem Streichholz an, das er dann achtlos auf dem Boden fallen lässt und mit den Stiefeln austritt. Der Feldwebel nimmt einen tiefen Zug und bläst den grau-blauen Rauch langsam aus.

»Wollen wir eine Runde Skat kloppen?«

»Nee, keine Lust«, gibt der Obergefreite kurz zurück.

Seit den Ereignissen in Rostow ist er ein anderer Mensch. Die Verluste so vieler alter Kameraden hat ihn spürbar mitgenommen und verändert.

Klaudius merkt, dass hier im Moment nichts zu machen ist. Er begibt sich daher wieder zum Holztisch und brütet über der Lagekarte. Das Warten und Lauern darauf, ob etwas passieren wird oder nicht, macht auch ihn mürbe.

»Habt ihr eure Sachen zur Hand?«, fragt er zur Ecke des Bunkers hin, wo einige der jungen Soldaten hocken, die ihm als Ersatz zugeteilt worden sind. Es handelt sich um durchweg junge Burschen ohne Kampferfahrung. Er sieht ihnen ihre Anspannung an. Innerlich bibbern sie beim Gedanken an das erste Gefecht.

Wer will es ihnen verdenken?, denkt sich der Feldwebel.

Die jungen Ersatzmänner nicken überschwänglich.

»Ich seh' mich mal draußen um«, knurrt Klaudius, schlüpft in die dicke Winterjacke, schnallt sein Koppel um und stülpt sich den weiß gekalkten Stahlhelm über. Er verlässt den Bunker und stapft durch den Schneematsch, der den Graben beherrscht.

Er geht zu einem kleinen Bunker, in dem sich der vorgeschobene Beobachter der Artillerie eingerichtet hat.

»Morgen. Gibt's was Neues?«

Der angesprochene im Rang eines Wachtmeisters dreht sich um.

»Nö … das will die Batterie auch andauernd wissen.«

Die beiden Männer unterhalten sich noch eine Weile über die nervige Warterei, bei der man nie wisse, woran man sei. Der Funker des VB hockt indes ruhig in einer Ecke und dämmert im Halbschlaf vor sich hin. Da er Russisch versteht, hört er ab und an den gegnerischen Funk ab. Teilweise machen sich die Sowjets nicht mal die Mühe, ihre Funksprüche zu verschlüsseln. Bisher gibt es aber nichts Interessantes zu berichten. Alltägliche Meldungen, Parteiphrasen.

Doch plötzlich schreckt er auf.

»Das gilt uns! Ein Feuerkommando!«, ruft er aufgeregt.

Sofort ist Klaudius bereit und hastet zurück zu seinen Männern.

»Wo willst du hin? Bleib hier, das schafft ihr nicht mehr!«, brüllt der Wachtmeister hinter ihm her.

Klaudius kommt tatsächlich nicht weit. Ein mächtiger Feuerschlag brüllt in den Morgen. Der Donner rollt durch das Gelände und zerfällt jetzt in ein pausenloses Rumoren. Mündungsfeuer gleist auf und die Abschüsse klopfen am Horizont. Die Luft vibriert im Anflug der Granaten.

Klaudius hechtet in einen kleinen Unterstand und landet direkt auf dem Obergefreiten Riethmüller. Dieser liegt mit seinem MG 42 im Dreck und hält den Kopf so tief unten, wie es geht.

Mit urzeitlichem Donner haut die erste Lage in die deutschen Stellungen, grollt fürchterlich, zerfetzt Kusseln und ebnet Grabenstücke ein. Zwischen den Granaten der Kanonen, Granatwerfer und Haubitzen fauchen die Salven der Stalinorgeln.

Schon die erste Salve trifft die ausgebauten deutschen Stellungen hart. Eine schwere Granate erwischt einen kleinen Bunker und zerfetzt ihn vollkommen. Von der dort untergezogenen Gruppe werden nur noch abgerissene Körperteile, Uniform- und Fleischfetzen gefunden.

Balken und Verschanzungsteile wirbeln umher, vermischen sich mit den Metallsplittern der Granaten und fahren in menschliche Leiber. Auch in das Vorfeld hauen zahlreiche Granaten, lassen Minen hochgehen und verursachen zusätzlichen Lärm.

Rauch und Gestank kriechen durch das Gelände und im dahinschwebenden Qualm wummern immer neue Lagen von Granaten unterschiedlichster Kaliber.

Die Artillerie schießt den Abschnitt sturmreif.

Die deutsche Artillerie antwortet und feuert in das Niemandsland hinein.

Noch ehe die sowjetischen Batterien ihr Trommelfeuer beenden, rasen Pulks von Petljakow Pe-2 und amerikanischen A-20 im Tiefflug über die deutschen Linien hinweg. Sie zerbomben erkannte deutsche Panzerabwehr-, Flak- und Artilleriestellungen. Die restlichen Flugabwehrgeschütze versuchen ihr Möglichstes, um die Feindflugzeuge abzuwehren. Sie können zwar einige Bomber abschießen, doch gegen die Masse der eigensetzen Flugzeuge sind sie machtlos. Bomben regnen auf Stellungen, Depots und Trosse hernieder. Das Artilleriefeuer der übriggebliebenen deutschen Haubitzen ist bereits merklich schwächer geworden.

Als das Höllenkonzert der sowjetischen Artillerie endet, ist der Abschnitt von Toten, Verwundeten und demoliertem Gerät übersät. Die urplötzlich eintretende Stille wirkt auf Klaudius bedrückend. Nur allmählich durchdringen die Schreie der Verwundeten seine gemarterten Ohren. Der Feldwebel kriecht aus seiner Deckung. Blickt in den Pulverdampf – und horcht auf.

»Los raus! Gleich kommen sie!«

Schnell positioniert Riethmüller wieder sein Maschinengewehr und macht es schussbereit. Klaudius eilt da bereits zu seinem Bunker. Unterwegs erblickt er Trichter und eingestürzte Grabenabschnitte.

Überall in den deutschen Stellungen wird es lebendig; die Landser wissen ganz genau, was nun kommen muss. Männer schultern ihre Waffen und schieben sich in vorbereitete Deckungslöcher. Kommandos und Befehle hallen über das Gelände.

»Wo bleibt denn Haye?«, ruft Klaudius einem der Landser zu.

Unteroffizier Berger hastet ihm entgegen. Die Bestandsaufnahme des Zuges ergibt sieben Tote und 13 Verwundete.

Klaudius spuckt aus.

»Das fängt ja gut an. Renn zum Kompaniegefechtsstand, melde die Verluste und bitte um weitere Befehle!«

Der Unteroffizier eilt davon.

Kaum ist er weg, da dröhnt das typische Klirren und Quietschen von Panzerketten herüber, gepaart mit dem Brummen von schweren Panzermotoren. Schon stoßen die Tanks durch den Rauch und Qualm der vorangegangenen Detonationen. Klaudius stellen sich beim Anblick der rollenden Stahlfestungen die Nackenhaare auf.

Er erkennt sowjetische T-34 und Churchill-Panzer. Alle tragen sie Rotarmisten auf dem Heck.

Einige wenige deutsche Pak eröffnen das Feuer. Die Panzer stoppen, die Rotarmisten springen in den Schnee und gehen in Deckung.

»Feuer frei! Feuer frei!«, brüllt Klaudius gegen den aufflammenden Gefechtslärm an.

Im Vorfeld erschallen Detonationen. Einige Angreifer sind anscheinend auf Minen gefahren. Überall im Gefechtsabschnitt knallen die Karabiner und rattern die Maschinengewehre.

Die Kampfpanzer der Sowjets liefern sich ein tödliches Duell mit den verbliebenen Panzerabwehrgeschützen. Schon liegen zwei, dann drei Tanks brennend im Vorfeld. Doch die restlichen Kampfwagen schießen in schneller Folge auf ihre todbringenden Feinde.

Die Rotarmisten stürmen auf die deutschen Gräben zu. Schon sind sie auf Handgranatenwurfweite heran.

»Geschlossener Handgranatenwurf!«, befiehlt Klaudius.

Er angelt sich eine Stielhandgranate, schraubt den Metalldeckel ab und reißt an der kurzen Schnur. In Gedanken kurz bis drei gezählt, und schon wirft er sie einer vorstürmenden Gruppe von Sowjets entgegen. Seine Männer tun es ihm gleich. Zahlreiche rote Soldaten werden durch Maschinengewehre niedergemäht, durch Karabiner erschossen oder durch Handgranaten zerfetzt. Doch noch mehr stürmen weiter vor.

Klaudius rammt gerade ein neues Magazin in seine MP 40, lädt durch und feuert wieder auf die heranstürmenden Feinde. Neben ihm wirft ein junger Soldat eine Handgranate. Kaum hat er den Sprengkörper geworfen, da wird er von einer Garbe aus einem Bord-MG getroffen und an die Rückwand des Grabens geschleudert. Mit schreckensgeweiteten Augen starrt der junge Landser auf seine Hände, die versuchen, das Blut, das aus seiner Brust sickert, aufzuhalten. Doch innerhalb von Sekunden sinken sie kraftlos. Klaudius erkennt mit einem Blick, dass für den Kameraden jede Hilfe zu spät kommt. Zeit zu trauern hat er auch keine, da das Kampfgeschehen vor ihm seine ganze Aufmerksamkeit erfordert.

Die sowjetischen Kampfpanzer haben mittlerweile auch die letzte Pak niedergekämpft und rollen feuernd über die deutschen Gräben. Im Fahren schießen sie ungezielt auf erkannte deutsche Soldaten, lassen sich jedoch nicht aufhalten. Ab und an versucht einer der Landser einen Panzer mit Nahkampfmitteln zu vernichten. Einige haben Erfolg, andere werden bei diesem verzweifelten Versuch getötet.

Die T-34 und Churchills überwinden die Gräben und stoßen weiter ins Hinterland. Sie überlassen die Säuberung der deutschen Positionen den Infanteristen, die nun in das Stellungssystem einbrechen.

Klaudius hetzt den Graben entlang und stößt auf seinen Kameraden Steinbach. Zusammen eilen sie weiter und treffen hinter einer Grabenecke auf eine Gruppe Rotarmisten, die sich gerade orientiert. Gleichzeitig feuern Klaudius und Steinbach auf die völlig überraschte Gruppe und so strecken sie die Feinde nieder. Weiter jagen sie durch die Gräben und müssen immer wieder über gefallene Deutsche und Sowjets steigen. Doch auch auf versprengte Landser treffen sie.

Während sie durch ihre Stellungen hetzten, bekämpfen sie eingebrochene Rotarmisten. Doch letztendlich kommen sie nicht weiter. Sie stehen kurz vor Klaudius' Bunker und er sowie drei weitere Kameraden wollen gerade hinein, da laufen sie einer Gruppe Sowjets in die Arme. Ohne darüber nachzudenken, stürzen sich die Deutschen auf ihre Gegner. Klaudius packt sein Gegenüber mit beiden Händen am Hals und drückt so fest er kann zu. Der Russe packt reflexartig seinerseits mit seinen Händen an die Hände des Feldwebels und versucht sie zu lockern. Doch er hat keinen Erfolg. Langsam zwingt Klaudius den Rotarmisten in die Knie. Die Kraft schwindet aus den Händen des Rotarmisten und seine Augen verdrehen sich ob des Mangels an Sauerstoff. Als der Kopf des Mannes ungefähr bis auf Kniehöhe des Feldwebels gesunken ist, lässt Klaudius vom Hals seines Feindes ab, aber nur, um mit dem Knie auszuholen und es dem unglücklichen Sowjetsoldaten mit voller Wucht ins Gesicht zu hämmern. Klaudius trifft seitlich den Unterkiefer; er vernimmt ein knackendes Geräusch. Sein Gegner fliegt nach hinten weg und bleibt regungslos liegen. Sofort stürzt sich der Feldwebel auf den nächsten Feind, der zusammen mit einem weiteren Rotarmisten einen am Boden liegenden Deutschen mit Tritten bearbeitet. Klaudius legt von hinten seinen Arm um den Hals des überraschten Gegners. So überrumpelt, kann sich dieser nicht halten und fällt rücklings auf die Erde. Noch ehe er richtig reagieren kann, setzt der deutsche Feldwebel ihn mit einem gezielten Tritt gegen den Kehlkopf außer Gefecht. Der Sowjet röchelt und greift sich an den Hals. Klaudius sieht Panik in den Augen des Mannes aufblitzen, der sichtlich nach Luft ringt.

Aus dem Augenwinkel bemerkt Klaudius, wie ein Rotarmist mit einem Landser ringt, welcher ihm die Hand in den Mund presst. Der Landser schreit vor Schmerzen auf und plötzlich taumelt er einige Schritte nach hinten weg. Mit der linken Hand hält er seine blutverschmierte Rechte, an der einige Finger fehlen. Klaudius fixiert die blutverschmierten Lippen des Rotarmisten, der nun die fehlenden Finger ausspuckt. Das alles passiert in Sekundenschnelle, doch fühlt es sich für den Feldwebel wie in Zeitlupe an. Noch ehe der Zugführer reagieren kann, schnellt der gegnerische Soldat vor und rammt dem noch immer schreienden Deutschen ein Messer in den Hals. Dieser sackt verstummend zusammen. Lange kann sich der Rotarmist jedoch nicht über seinen Erfolg freuen, da wird er von einem Feldspaten am Rücken getroffen und geht seinerseits schreiend zu Boden. Hinter ihm steht ein deutscher Soldat, dem Blut über das Gesicht läuft.

Die Soldaten beider Nationen liefern sich einen Nahkampf mit äußerster Härte und Brutalität. Keiner schenkt dem anderen etwas. Es wird gekratzt, gebissen und Augen eingedrückt. Die Gegner erschlagen einander auf engstem Raum mit Feldspaten und stechen sich mit Seitengewehren ab.

Den Deutschen gelingt es, die feindlichen Soldaten niederzukämpfen, da weitere Kameraden nachrücken und in den Kampf eingreifen. Ein Triumphgefühl will sich jedoch nicht einstellen, denn auch die Deutschen haben herbe Verluste erlitten. Erschlagene und Schwerverwundete säumen Graben und das Innere des Bunkers.

Auch Klaudius hat eine schmerzende Stichwunde am Oberschenkel erlitten. Steinbach und Riethmann haben abgesehen von Prellungen durch den ein oder anderen Faustschlag einige Schnittwunden an den Armen erlitten.

»Achtung, es kommen noch mehr!«, erschallt es außerhalb des Bunkers. Maschinenpistolen- und Karabinerfeuer erklingt, gefolgt von der scheppernden Detonation einer Handgranate. Klaudius erkennt, dass ihre Stellung nicht mehr zu halten ist. Sie stürzen aus dem Bunker und eröffnen ebenfalls das Feuer auf die Rotarmisten. Diese weichen zurück, decken die Deutschen nun jedoch mit Eierhandgranaten ein. Rund um sie herum erklingen die Schreie von kämpfenden und sterbenden Männern.

»Wir müssen zurück. Hier ist für uns kein Blumentopf mehr zu gewinnen«, zischt Klaudius erschöpft.

»Wir setzen uns nach hinten ab. Erstmal zum Kompaniegefechtsstand. Sollten wir dort nicht mehr durchkommen, dann weiter zurück zum Bataillon.«

21. Januar 1943

Mittags, Flugplatz Taganrog

Unteroffizier Bauer betritt als Erstes den Kellerraum, der durch drei Hindenburglichter in einen flackernden Schein getaucht wird. Hinter ihm folgen Voigt, Bauerfeind und dann die Übrigen. In der Ferne ist das anschwellende Grummeln von Artillerie zu vernehmen.

»Ich komme soeben von der Gruppe. Anscheinend haben die Sowjets tatsächlich eine Großoffensive gestartet. Die Brennpunkte sind zurzeit die Stellungen bei Sambek und Donezk. Die Stoßrichtungen sind noch unklar, aber es zeichnet sich bei Sambek die Richtung Nikolaevka ab. Was das für uns bedeutet, muss ich wohl kaum erklären«, beginnt Leutnant Krüger und teilt die verschiedenen Angriffsziele für die einzelnen Staffeln zu, die auf den Karten markiert werden.

Bauer, Voigt und Bauerfeind bekommen den Befehl, starke Artilleriekonzentrationen im Raum um Tanais-Rostow anzugreifen und niederzukämpfen.

Zehn Minuten nach der Einsatzbesprechung hängen die Schlachtflugzeuge bereits in der Luft. Der Himmel ist mit einer durchlöcherten Wolkendecke bedeckt. Über dem Asowschen Meer scheint es zu schneien.

Vorerst geht es im geschlossenen Verband bis zur Front. Mit den Schlachtflugzeugen fliegen Bomber und Jäger hinaus, um zur Abwehr der neuerlichen sowjetischen Offensive beizutragen. Doch auch die Rote Armee schickt ihre Luftstreitkräfte gegen ihren Feind.

Im Tiefflug jagen Bauer, Voigt und Bauerfeind über die blitzende und rauchende Front. Sie spüren am Vibrieren der Luft, wie heftig der Kampf tobt. Sie sehen, wie sowjetische Panzer nach Westen und Nordwesten vorstoßen, wie sie schießen und wie sich deutsche Panzer ihnen entgegenstellen.

Einer der sowjetischen Panzerkeile wird von fünf Maschinen unter Führung von Leutnant Krüger angegriffen.

Die drei Unteroffiziere fliegen jedoch nach Nordnordost weiter. Bauer wirft hin und wieder einen Blick auf die Karte, die mit einem Gummi an seinem linken Oberschenkel festgebunden ist.

»Wo sind denn diese verdammten Dinger eigentlich?«, fragt Voigt über Funk.

»Wenn wir so weiterfliegen, müssten wir in wenigen Minuten da sein«, gibt Bauer zurück.

Sekunden später machen sie die Stellungen der sowjetischen Batterien aus, deutlich erkennbar am Mündungsfeuer. Sie fliegen an dem kleinen Ort vorbei, in dem mehrere Geschütze gut getarnt in Feuerstellungen stehen.

Bauer informiert seine Kameraden. Sie reißen ihre Maschinen herum und jagen im Tiefflug von hinten auf die Stellungen zu. Es handelt sich um drei Geschütze, von denen eines in einem verfallenen, schneebedeckten Schuppen steht, die anderen links und rechts davon unter Tarnnetzen.

Unteroffizier Bauer fliegt in der Mitte und visiert den Schuppen an. Die beiden anderen Unteroffiziere nehmen die Nachbarstellungen aufs Korn.

Sekunden noch, dann züngeln Feuerschnüre zur Erde hinunter. Holzteile wirbeln am Schuppen durch die Luft. Tarnnetze lösen sich in Fetzen auf, Schneewolken stieben hoch. Die sowjetischen Kanoniere rennen davon und werfen sich in Deckung hinter aufgeschütteten Schneewällen. Die Artillerie schweigt abrupt.

Aus allen Waffen feuernd jagen die drei Maschinen über das Ziel hinweg und drehen ab, um erneut anzufliegen.

Von der Erde her flimmern jetzt glühende Geschossschlangen zu den Schlachtflugzeugen herauf. Leichte Flugabwehrgeschütze mischen jetzt in dem Höllenkonzert mit. Die drei Henschel werden blitzartig in ein Netz aus glühenden Fäden eingesponnen.

Dicht vor Bauerfeinds Hs 129 rauschen glühende Ketten in den Himmel. Sekunden später rasen die Fäden genau von vorn auf Bauers Maschine zu.

Blitzschnell drückt der Unteroffizier leicht nach. Die tödliche Garbe streicht über das Kabinendach hinweg. Unteroffizier Voigt verspürt einen dumpfen Schlag an der linken Tragfläche, der die Henschel nach rechts hinüberwirft. Voigt reagiert sofort mit entsprechenden Steuerausschlägen und bekommt das Flugzeug wieder in den Griff. Als er zur Tragfläche hinübersieht, bekommt er einen Schreck. Dort klafft ein schwarzes Loch. Sie drehen bei und fliegen nochmals an. Von Weitem erkennen sie, dass die drei Geschütze bereits wieder feuern.

Beim zweiten Angriff töten die Bordwaffen die Geschützbedienungen. Bauerfeind trifft das Geschütz. Es ist schließlich Unteroffizier Bauer, der einen Erfolg erzielt, mit dem niemand gerechnet hat: Er trifft zufälligerweise einen Munitionsstapel, der mit einer mächtigen Stichflamme explodiert. Die Druckwelle rüttelt die Schlachtflugzeuge durcheinander. Noch einmal fliegen sie an und setzen die beiden übriggebliebenen Geschütze außer Gefecht.

Beim Rückflug erhalten sie über Funk die Mitteilung, dass der Flugplatz in der Zwischenzeit von sowjetischen Bombern angegriffen worden sei.

Als sie den Platz umfliegen, sehen sie die Bombentrichter. Die Schlachtgruppe, die Leutnant Krüger befehligt, schwebt gerade auf einem unbeschädigten Abschnitt des Fliegerhorstes ein.

Bauer, Voigt und Bauerfeind landen glatt und rollen zum Liegeplatz, der sich am Rand eines brachliegenden Feldes befindet. Sie sind erschöpft, ausgelaugt, mit den Nerven herunter. Trotz der heftigen Abwehr hat es bei der Staffel keinen einzigen Ausfall gegeben.

Die Männer bekommen eine Stunde Erholungszeit, in der die Maschinen aufgetankt und aufmunitioniert werden, dann heißt es für die Flugzeugführer wieder: *Ran an den Feind!*

21. Januar 1943

Mittags, Sambek-Stellung

Feldwebel Klaudius und einige seiner Soldaten können sich bis zum Kompaniegefechtsstand durchschlagen. Als sie ankommen, ist gerade ein heftiges Gefecht im Gange. Oberleutnant Haye und seine Männer liefern sich eine Schießerei mit einer Gruppe Rotarmisten in Zugstärke. Der Kompanieführer konnte allerdings nur noch eine Hand voll Landser um sich scharen, die nun aus allen Knopflöchern feuern.

Klaudius reagiert schnell. Alle Handgranaten, die sie noch bei sich haben, werden scharf gemacht. Die Rotarmisten sind so mit dem Gegner vor sich beschäftigt, dass sie die neue Gefahr in ihrem Rücken nicht wahrnehmen.

Der Feldwebel befiehlt einen geschlossenen Wurf und gleichzeitig eröffnet Riethmüller das Feuer aus seinem MG 42.

Die Sowjets werden vollkommen überrascht. Da sie nun von zwei Seiten in die Zange genommen werden, ziehen sie es vor, sich vorerst abzusetzen. Sowohl Haye als auch Klaudius lassen den Feind unangefochten ziehen.

Schnell setzt der Kompanieführer den Feldwebel auf den aktuellen Stand. Die allgemeine Lage ist alles andere als rosig. Haye lässt eilfertig die Funkanlage zerstören und wichtige Dokumente verbrennen.

Hayes Gruppe hat noch zwei Handgranaten, die werfen sie in den Bunker, und verschwinden dann in Richtung Bataillon. Haye und Klaudius hoffen, auf dem Weg dorthin noch auf versprengte deutsche Soldaten zu stoßen.

21. Januar 1943

Mittag, Flugplatz Taganrog

Ein frischer Wind weht von Osten her über das Flugfeld. Er trägt den Lärm der immer intensiver tobenden Schlacht herüber. Am Liegeplatz der Staffel »Krüger« dröhnen die Motoren. Die Ersten Warte bremsen die einsatzbereiten Maschinen ab.

Von der anderen Seite des Platzes her sind die gleichen Geräusche zu vernehmen. Dort bereitet sich eine andere der vier bei Taganrog stationierten Schlachtfliegerstaffeln auf den Einsatz vor. Über dem kargen Feld, auf dem im Sommer Sonnenblumen blühen, wehen nun feine Schneeschleier.

Die Unteroffiziere Krüger, Voigt und Bauerfeind grüßen ihren Leutnant. Nacheinander gesellen sich auch die anderen hinzu.

Leutnant Krüger gibt den Einsatzbefehl bekannt, laut dem sie zusammen mit einer anderen Staffel freie Jagd im Raum Sambek-Rostow fliegen sollen.

Der Himmel ist heller geworden, als sie zu den Maschinen gehen und in die Kabine steigen. Die Motoren springen an. Die Kabinendächer werden zugeschoben. Männer vom Bodenpersonal reißen die Startklötze von den Laufrädern weg.

Auf der anderen Seite des Flugplatzes rollen gerade die Schlachtflugzeuge der benachbarten Staffel zum Start. Ein Sonnenstrahl huscht über den Platz.

Unteroffizier Bauer blickt auf den Tourenzähler. Die Nadeln steigen gleichmäßig. Weit hinten, am östlichen Platzrand, tauchen viele schwarze Pünktchen auf. Der Schwarm von Leutnant Krüger rollt in diesem Moment an. Bauer kneift die Augenlider zusammen, um besser sehen zu können. Da hört er auch schon die tiefe Stimme von Unteroffizier Voigt: »Ludwig, schau mal nach Osten. Was sind denn das für komische Vögel, die da auf uns zukommen?«

»Der Iwan!«, stößt Bauer hastig aus.

»Herr Leutnant, russische Schlächter greifen den Platz an!«

An der Platzgrenze beginnen die ersten Maschinengewehre zu belfern. Die leichte und mittlere Flak stimmt in das Stakkato mit ein.

Geschoßketten sprühen den roten Schlachtflugzeugen entgegen. Diese lassen sich davon jedoch nicht abschrecken und halten stur Kurs und Höhe.

Drei Maschinen der Nachbarstaffel rasen gerade über den Platz. Die anderen folgen dicht dahinter.

»Nichts wie raus aus dem Platz!«, brüllt Krüger. »Sonst schießen sie uns hier zusammen. Jeder startet aus der Position, in der er sich gerade befindet.«

Der Leutnant drückt die Gashebel nach vorn. Seine Rottenflieger jagen neben ihm her.

Bauer, Voigt und Bauerfeind geben ebenfalls Gas. Die Nadeln der Geschwindigkeitsmesser wandern hoch, da beginnen die sowjetischen Schlächter vom Typ Iljuschin IL-2 aus allen Rohren zu feuern. Ein Netz aus glühenden Geschoßbahnen hüllt den Platz ein. Die deutschen Schlachtflugzeuge brettern da bereits über den Platz hinweg.

21. Januar 1943

Kaiser Louis Ferdinand I. trifft soeben im Hauptquartier des Oberbefehlshabers der gesamten Ostfront ein, Generalfeldmarschall Erich von Manstein. Schon als er aus seinem Fahrzeug steigt, bemerkt er den Trubel und die Aufregung auf dem Gelände des Rumjanzew-Paschkewitsch-Palastes in Gomel.

Der Kaiser und seine Begleiter werden von Generalmajor Friedrich Schulz, dem Chef des Stabes von Generalfeldmarschall von Manstein, empfangen. Flugs werden sie in den Besprechungsraum gebeten.

Dort herrscht helle Aufregung. Offiziere laufen aus dem Raum hinaus oder kommen mit neuen Meldungen herein. Die Lagekarte wird laufend aktualisiert. Offiziere stecken rote und blauen Fähnchen umher, nehmen welche weg und stecken andere dazu.

Telefone klingeln, Fernschreiben kommen rein.

Der Generalfeldmarschall diskutiert gerade mit einem Luftwaffenoffizier seines Stabes. Generalmajor Schulz begibt sich zu von Manstein und meldet, dass der Kaiser eingetroffen sei.

Der Generalfeldmarschall nickt, erteilt dem Luftwaffenoberst noch einige Anweisungen und begibt sich daraufhin zum Monarchen. Er grüßt; der Kaiser streckt ihm jovial die Hand entgegen.

»Mein Kaiser, Feldmarschall von Witzleben, ich freue mich, Sie hier begrüßen zu können. Doch wünschte ich, dass die Umstände erfreulicher wären.«

Ein schwaches Grinsen huscht über das Gesicht mit der markanten Hakennase. Er streicht sich durch das weiße Haar.

»Ich habe schon bemerkt, dass hier einige Hektik herrscht. Aber was ist der Grund dafür?«

Von Manstein bittet den Kaiser und den Chef des OKW an die große Lagekarte.

»Kurz zusammengefasst, haben uns die Sowjets überrumpelt. Schneller als gedacht haben sie eine neue Offensive aus dem Raum Rostow heraus begonnen. Wir haben zwar mit einer neuen Offensive, vor allem unter Zuhilfenahme der freigewordenen Stalingrad-Armeen, gerechnet, aber hatten wir angenommen, dass wir mit der Schlacht um Rostow mehr Zeit gewonnen hätten, da die Sowjets unweit größere Verluste als wir zu verkraften haben.

Zurzeit laufen die Nachrichten noch sehr unübersichtlich ein. Doch die Heeresgruppe B meldet, dass starke sowjetische Panzerverbände beim Korps ›Steiner‹ durch die Sambek-Stellung durchgebrochen seien. Einheiten der ehemaligen ›Totenkopf‹ und ›Leibstandarte‹ versuchen bisher vergeblich, die Einbrüche abzuriegeln.

Sowjetische Luftstreitkräfte greifen massiv das Hinterland der Heeresgruppe an und stürzen sich auf Lager und Artilleriestellungen.

Die Stoßrichtung bei Sambek zielt mit sehr hoher Wahrscheinlichkeit in Richtung Nikolaevka; so könnten die Roten Taganrog abschneiden und weiter auf Mariupol vorstoßen. Ein zweiter Vorstoß ist in Richtung Donezk und Kramatorsk zu verzeichnen. Ich rechne damit, dass dieser Vorstoß auf Charkow zielt. Daher ist davon auszugehen, dass aus dem Großraum Woronesch ebenfalls ein Angriff erfolgen wird, um Charkow im Idealfall einkesseln zu können.

Sollten Charkow und Mariupol fallen, müssten wir im schlimmsten Fall damit rechnen, dass diese beiden Zangenarmen einen Angriff auf Dnjepro unternehmen. Auf diese Weise könnten sie einen Kessel mit einem Durchmesser von 400 Kilometer um unsere gesamte Südfront bilden, die dann unweigerlich zusammenbrechen würde. Eine weitere Alternative wäre allerdings, dass der südliche Angriff über Mariupol weiter auf Melitopol und Cherson zielt, um die Krim abzuschneiden und dadurch die Reste der Heeresgruppe A zu vernichten. Doch das halte ich persönlich im Augenblick für undurchführbar, denn damit hätte der südliche Stoßkeil eine Flanke von über 500 Kilometer abzudecken.

Unsere Luftwaffe versucht in rollenden Angriffen die feindlichen Stoßkeile abzubremsen oder im Idealfall zu zerschlagen. Doch auch die rote Luftwaffe ist massiert im Einsatz und greift unsere Flugfelder im Hinterland an.«

Kaiser Louis Ferdinand I. und Generalfeldmarschall von Witzleben hören sich die Ausführungen von Generalfeldmarschall von Manstein mit steigender Nervosität an.

»Mit hoher Wahrscheinlichkeit müssen wir Taganrog räumen – wir werden alles vorbereiten. Wir werden mit flexibler Verteidigung und örtlichen Gegenstößen versuchen, die roten Truppen zu zermürben. Die Luftwaffe wird sowohl mit direkten Attacken gegen die Angriffsspitzen als auch mit Angriffen auf das Hinterland und die Versorgungslinien unterstützen.«

21. Januar 1943

Mittags, Flugplatz Taganrog

Unteroffizier Bauer sieht weder nach links noch nach rechts, nur stur geradeaus. Auf der gegenüberliegenden Seite des Platzes stehen drei große Birken, die ihm beim Start als Richtungspunkt dienen. Ein kurzer Blick auf den Geschwindigkeitsmesser, dann zieht Bauer langsam den Steuerknüppel an. Die Henschel hebt ab. Neben ihm steigen Voigt und Bauerfeind in den Himmel. Feuerketten wirbeln um sie herum.

Die herankommenden sowjetischen Schlächter befinden sich jetzt genau über dem Flugfeld. Sie schießen immer noch aus allen Rohren. Bomben fallen und zerstören oder beschädigen Hallen, Bunker und Unterkunftsbaracken. Die Platzabwehr feuert ohne Unterlass. Es hämmern 2-cm-Flak und 3,7-cm-Kanonen. Auch einige Maschinengewehrschützen versuchen ihr Glück, aber gegen die starke Panzerung der Iljuschin sind sie wirkungslos.

Eine Il-2 stürzt brennend ab und schlägt an der Platzgrenze ein. Bauer, Voigt und Bauerfeind huschen im Tiefflug über den Liegeplatz der Nachbarstaffel hinweg. Nur ein Gedanke beseelt sie: *So schnell wie möglich raus aus diesem Hexenkessel!*

Der Platz bleibt allmählich hinter ihnen zurück. Sie gehen auf Höhe und drehen nach Osten ab. Dabei sehen sie, wie deutsche Jäger heranschießen und sich an die noch immer starr geradeaus fliegenden Gegner hängen. Geschossbahnen zersägen den Himmel. Die FW 190 können zwei der IL-2 abschießen.

Aus einiger Entfernung erkennen die drei Schlachtflugzeugführer dennoch, dass alle gestarteten Hs 129 heil vom Platz weggekommen sind.

Leutnant Krüger fliegt mit gehörigem Abstand vor ihnen her. Die Maschinen der anderen Staffel ziehen ebenfalls im Tiefflug in östlicher Richtung davon.

»Alles in Ordnung bei Ihnen, Bauer?«, erkundigt sich Krüger über Sprechfunk.

»Jawohl, Herr Leutnant. Uns ist nichts passiert«, gibt dieser zurück.

»Schließen Sie mit Ihrer Rotte auf, Bauer. Und dann nichts wie weg aus dieser Gegend.«

Die drei Unteroffiziere stoßen die Gashebel nach vorn. Die Motoren dröhnen lauter. Innerhalb kurzer Zeit liegen sie links neben dem Verband des Leutnants. Die übrigen Hs 129 fliegen in einem Kilometer Entfernung in südlicher Richtung mit ihnen auf gleicher Höhe.

Hinter ihnen wenden die sowjetischen Schlachtflugzeuge und fliegen trotz der heftigen Abwehr den Platz noch einmal an. Doch die deutsche Flak und die immer wieder attackierenden Jäger zerschlagen den feindlichen Verband durch mehrere Abschüsse, so dass die Reste nach Nordosten flüchten.

Der Überraschungsangriff der Il-2 hat dennoch wesentlichen Schaden an den Werkshallen und Unterkünften des Bodenpersonals angerichtet.

Der Hs-129-Verband dreht nach Norden ein und fliegt danach nach Osten. Die Hauptkampflinie, soweit man überhaupt noch davon sprechen kann, verschiebt sich immer weiter nach Westen und Nordwesten. Die sowjetischen Angriffskeile kommen Kilometer um Kilometer voran.

Hin und wieder greift feindliches Flakfeuer nach den Hs 129, aber im Großen und Ganzen bleibt es ruhig. Die Sicht gut ist; so können die Schlachtflieger beobachten, wie sich weiter nördlich deutsche und sowjetische Jäger Duelle liefern. Die deutschen Jäger versuchen immer wieder, an sowjetische Bomber heranzukommen.

Der Staffelführer der südlich von Krügers Gruppe fliegenden Hs 129 gibt über Funk durch, dass er auf Südostkurs gehen wolle, um dort die Gegend abzusuchen. Krüger fliegt nach Nordosten weiter, um dann ebenfalls einzuschwenken. Bauers Blick wandert immer wieder hinüber zum glänzenden Asowschen Meer, ein herrlicher Anblick.

Leutnant Krüger blickt auf den Kompass und dann auf die Borduhr. »Noch zwei Minuten, dann sind wir am Ziel«, gibt er über Funk durch.

Plötzlich horchen die Flugzeugführer der Krüger-Staffel auf. Im Äther sind aufgeregte Stimmen zu vernehmen. Der Führer der Nachbarstaffel ruft immer wieder die Bodenfunkstelle, die sich in Taganrog befindet. Endlich meldet sich die Funkstelle.

Bauers Mund springt auf und klappt nicht wieder zu, als er die Meldung des anderen Verbandes mithört. Darin ist von einer Unmenge an Panzern und sowjetischer Infanterie die Rede.

»Meine Fresse, das müssen wir uns ansehen«, quakt Leutnant Krügers Stimme aus den Kopfhörern.

Er hat die Worte kaum ausgesprochen, da ruft die Bodenfunkstelle nach ihm und erteilt den Befehl, sich mit seiner Staffel sofort in den Bereich der anderen Staffel zu begeben.

Die Flugzeugführer reißen die Maschinen herum. Mit äußerster Geschwindigkeit jagen sie nach Südosten, wo die Kameraden in der Luft herumkreisen.

Bauer, Voigt und Bauerfeind fliegen rechts neben Leutnant Krüger an der Spitze der Einheit.

Sie sehen, wie eine Maschine der anderen Staffel plötzlich aus leichter Überhöhung nach unten wegdrückt. Die Bordkanone jagt Geschosse hinaus, die in einen Baumbestand, welcher als Feldabgrenzung dient, hineinschlagen. Der ersten Maschine folgen in schneller Reihenfolge die übrigen. Sie feuern nun ebenfalls aus allen Rohren in die Bäume und dichten Buschreihen hinein.

Kurz darauf erreicht auch Leutnant Krüger mit seiner Staffel die Stelle. Auf den ersten Blick erkennen sie nicht, was dort am Boden vor sich geht. Doch beim näheren Hinschauen kommen sie aus dem Staunen nicht mehr heraus.

Über eine freie, mit Gestrüpp bedeckte Fläche rollen sowjetische Panzer. Bauer beginnt zu zählen und kommt bis 50. Aber das ist nicht das Schlimmste an der ganzen Situation. Vor den Panzern marschieren – in geordneter Marschformation – große Mengen von Infanterie. Die gesamte Gruppe bewegt sich im Marschtempo auf die ehemalige HKL zu.

»Da wird doch der Hund in die Pfanne verrückt«, ruft Unteroffizier Voigt, denn so etwas hat er noch nie gesehen. Vor allem sind sie über die Ordnung verblüfft, mit der die Rotarmisten auf die Durchbruchsstelle in der deutschen Front zusteuern. Selbst ob der in der Luft über ihnen befindlichen Flugzeuge lösen sie die Formation nicht auf.

Die zweite Staffel setzt weiter westlich wieder zum Angriff an. Dort befindet sich ebenfalls ein Stoßkeil der Roten Armee auf dem Marsch. Während die ersten Maschinen angreifen, gibt der Staffelführer einen Bericht über die Situation an den Gefechtsstand durch.

Kaum hat er zu Ende gesprochen, da setzt sich Leutnant Krüger mit der Bodenstelle in Verbindung, um die Lage in seinem Sektor zu melden.

»Sofort angreifen!«, lautet der Befehl.

»Bleiben Sie so lange am Feind, wie es der Treibstoffvorrat erlaubt. Ablösung startet sofort.«

»Los, los, los! Wir müssen sie kriegen, bevor sie sich auflösen und zerstreuen«, drängt Leutnant Krüger.

Er zieht die Maschine herum, gleitet zur Seite und fliegt zusammen mit den anderen genau hinter den sowjetischen Stoßkeil.

Die Bordwaffen sind schussbereit. Dicht nebeneinander jagen sie im Tiefflug auf die Gegner zu. Diese reagieren jedoch noch immer nicht.

Bauer nimmt sich einen T-34 vor, der am Schluss der Kolonne rollt. Als der Stahlkoloss das Revi fast ausfüllt, drückt er auf den Knopf. Die Bordkanone beginnt zu hämmern. Die Maschine zittert und bebt unter den Vibrationen. Der Feuerstoß rast genau in das Heck des T-34 hinein.

Bauer und Voigt sind auf Befehl von Leutnant Krüger auf Höhe gegangen und den anderen vorausgeflogen. Sie stürzen sich kurz darauf auf die an der Spitze fahrenden Panzer hinunter. Die drei übrigen Maschinen der Staffel schwenken befehlsgemäß aus, um die Panzer von der Flanke her zu fassen.

Unteroffizier Bauer drückt die Maschine wieder nach unten und seine Bordkanone beginnt zu hämmern. Ein zweiter Feuerstoß verlässt die Kanone. Die speziell für den Beschuss von Panzer vorgesehene Munition zischt auf den Kampfpanzer zu und schlägt in das Heck eines T-34 ein.

»Dich krieg ich!«, tönt die Stimme von Leutnant Krüger aus den Kopfhörern und somit im Ohr von Bauer.

Dessen Hs 129 rast auf einen in der hintersten Reihe fahrenden Stahlkoloss zu. Konzentriert und angestrengt blickt der junge

Offizier durch das Revi, in dessen leuchtenden Fadenkreuz der gegnerische Panzerkampfwagen zu sehen ist.

Unbewusst, hervorgerufen durch höchste Nervenanspannung, drückt er auf den Funksprechknopf. Die in ihm angestaute Spannung kulminiert in den grimmigen Worten. Satzfetzen, Gestammel und Schreie sind bei Angriffen jeglicher Art immer wieder zu hören. Diese Reaktionen erfolgen aus der ungeheuren nervlichen Beanspruchung heraus. Es ist eine Art gefühlsmäßige Entladung, mit denen die Männer in den Kabinen sich Luft machen und selbst anfeuern.

Krüger drückt die Maschine nach und feuert nochmals. Der Russenpanzer bleibt ruckartig stehen. Das Turmluk fliegt auf. Eine Gestalt klettert heraus. Der Tankist springt auf die Erde und wirft sich hinter einem Busch in Deckung.

Über dem tödlich getroffenen Panzer wölbt sich eine schwarze, ölige Wolke, die kurz darauf von einem feurigen Blitz zerrissen wird. Doch zu diesem Zeitpunkt ist Leutnant Krüger bereits über den T-34 hinweggefegt und feuert auf die dahinterfahrende Marschkolonne.

Als Unteroffizier Bauer über den vom ihm angegriffenen sowjetischen Panzer hinwegbraust, schlagen Feuer- und Rauchwolken aus dem Kampfwagen. Die Maschine schleudert durch den Luftdruck der Explosion hin und her. Bauer zieht den Steuerknüppel langsam an und bekommt sein Flugzeug wieder unter Kontrolle.

An der Spitze der feindlichen Stahlwalze knallen die Bordkanonen von Voigt und Bauerfeind. Geschosse fressen sich in die mit starkem Drahtgeflecht geschützten Motorabdeckungen. Die dazugehörigen Fahrzeuge bleiben auf der Stelle liegen. Eines von ihnen fliegt in die Luft. Dunkle Fetzen wirbeln herum, die wie dicke, unförmige Regentropfen aus Stahl wieder zur Erde hinabrieseln.

Die vier Schlachtflieger ziehen an, gehen auf Höhe und wenden. In diesem Moment preschen drei andere Staffelkameraden von der Flanke her auf den sowjetischen Kampfverband zu. Mit ihren Feuerstößen zerfetzen sie die Laufwerke von drei weiteren T-34. Einer von ihnen dreht sich auf der noch intakten Kette wie ein übergroßer Kreisel um die eigene Achse und wühlt den Boden auf.

Erst nach diesen empfindlichen Verlusten begreifen auch die letzten Rotarmisten dort unten den Ernst der Lage. Anscheinend handelt es sich um eine noch unerfahrene Einheit, die wohl vermutete, dass die deutschen Schlachtflugzeuge nur kurz angreifen und kleine Bomben werfen würden, was die riesige Kolonne nicht ernstlich gefährden würde, da in solchen Fällen vernichtende Treffer meist nur Zufall sind. Außerdem war es bisher für deutsche Schlachtflugzeuge, die meist nur mit Maschinegewehren oder maximal 2-cm-Bordkanonen ausgerüstet sind, eine echte Herausforderung, Panzer auszuschalten.

Nun jedoch hat sich die Situation schlagartig geändert. Die Rotarmisten müssen entsetzt zusehen, wie ihre Panzer einer nach dem anderen abgeschossen werden und explodieren.

Während die Henschel-Maschinen eine Kurve fliegen, um erneut anzugreifen, stellen die Rotarmisten in fieberhafter Eile schwere Maschinengewehre auf. Auch einige leichte Flugabwehrgeschütze werden bereitgestellt. Die Formation der dicht fahrenden Panzer löst sich auf. Doch bevor die Bodenabwehr bereitsteht, schlagen die Deutschen schon wieder zu.

Diesmal rasen sie von West nach Ost über die Kolonne. Bauer, Voigt und Bauerfeind haben die Lastkraftwagen in den Reflexvisieren, die vor der großen Baumreihe stehen und in schnellem Tempo versuchen, im dichteren Baumbestand zu verschwinden.

Der vorn fliegende Bauer visiert den ersten LKW an. Dann hämmert die Bordkanone. Was dann geschieht, spielt sich in Sekundenschnelle ab. Aus dem graugrün gestrichenen, notdürftig mit weißer Farbe übertünchten Fahrzeug schießt ein riesiger Blitz in die Höhe. In unzählige kleinste Teile zerrissen, fliegt der Wagen auseinander. Offenbar war er mit Munition beladen.

Bauer reagiert sofort. Er reißt die Maschine hoch, stellt sie auf die rechte Tragfläche und jagt in einer Messerkurve an dem Explosionsherd vorbei.

Voigt und Bauerfeind scheren ebenso schnell seitlich weg, um nicht in den Wirkungsbereich der Feuerwolke zu geraten. Kurz darauf aber drehen sie bei und stoßen auf die nachfolgenden Fahrzeuge hinab.

Unteroffizier Bauer zieht an und kurvt ein. Dabei blickt er zu der Stelle hinüber, wo er den Lastkraftwagen getroffen hat. Von dem Fahrzeug ist nur noch ein zerrissenes und verbogenes Stahlskelett übrig. Es brennt langsam aus. Aus den dahinter befindlichen Fahrzeugen springen die Fahrer und suchen Deckung.

Leutnant Krüger hat sich mit den drei übrigen Maschinen seitlich abgesetzt. Jetzt rasen sie nebeneinander quer über die Marschkolonne hinweg. Unter ihren Rümpfen zucken Blitze aus den Kanonen und Maschinengewehren. Ein Panzer bleibt mit Laufwerkschaden liegen. Die Besatzung bootet aus und rennt über die mit Gestrüpp bedeckte Fläche zur Baumreihe hinüber.

Am Ende der sowjetischen Marschkolonne, die von Leutnant Krügers Staffel angegriffen wurde, flackert jetzt Maschinengewehrfeuer in die Höhe. Doch die Feuerstöße liegen ungenau und verschwinden im rauchverhangenen Winterhimmel.

»Alle mal herhören. Wir greifen noch einmal am. Bauer, Voigt, Bauerfeind – ihr fliegt sie von Osten an, und zwar im nördlichen Zielsektor. Ich greife mit meinem Haufen aus westlicher Richtung an, im Südabschnitt. So splittern wir das einsetzende Abwehrfeuer auf. Passt auf, dass wir uns nicht gegenseitig die Schnauzen einrennen. Klar so weit?«, erklingt deutlich die Stimme des Leutnants.

»Viktor, Viktor«, antwortet Bauer. »Los, einkurven«, setzt er für seine beiden Rottenflieger hinzu.

Die Flugzeugführer reißen ihre Maschinen auf der linken Tragfläche herum. Dabei ist ihnen aber etwas entgangen. Weit hinten im Osten tauchen dunkle Pünktchen am Horizont auf. Sie senken sich nach unten und sind dann plötzlich wieder verschwunden.

Bauer blickt nach vorn. Am westlichen Horizont kurven Krügers Maschinen ein, legen sich wieder gerade und stoßen südlich von der eigenen Rotte auf den sowjetischen Stoßkeil zu.

Im Anflug erkennen sie, wie einige sowjetische T-34 auf der freien Fläche wenden. Sie bieten den herankommenden Schlachtfliegern jetzt nicht mehr das verwundbare Heck an, sondern die stark gepanzerte Frontpartie.

Die Flieger ändern den Kurs etwas und schießen auf die Panzer zu, die ihnen die Seite zeigen und in einer rechtsstehenden kleinen Baumgruppe Schutz zu finden versuchen.

Leuchtspurbahnen zischen den angreifenden Maschinen entgegen. Vor einem großen Busch ist eine leichte Flak in Stellung gegangen. Jetzt beginnt sie zu feuern.

»Heinrich«, ruft Bauer den links neben ihm fliegenden Bauerfeind zu.

»Nimm du die Spritze aufs Korn!«

»Wird gemacht«, antwortet Bauerfeind ruhig. Dann blickt er durchs Revi und lässt die Kanone einlaufen.

Unteroffizier Bauer steuert auf den ganz rechts fahrenden T-34 zu, der mit hohem Tempo zu fliehen versucht. Die mahlenden Gleisketten werfen Schnee, Erde und Gestrüppfetzen hoch.

Bauer schätzt die Entfernung ab. Mit leichten Steuerausschlägen korrigiert er den Kurs. Da nimmt er plötzlich neben sich einen Schatten wahr. Blitzschnell dreht er den Kopf. Rechts von ihm fliegen zwei sowjetische LaGG-3. Ein Dritter hängt in leichter Überhöhung genau hinter ihm ...

21. Januar 1943

Nachmittags, Henschel-Werk Kassel

Der Stabsgefreite Franz Breitfelder befindet sich seit zwei Tagen wieder bei der Truppe. Nach der Entlassung aus dem Lazarett wurde er zunächst nach Frankreich zu einer neu aufzustellenden schweren Panzerabteilung versetzt. Zu seiner Überraschung begegnete er dort seinen Kameraden Klein und Schneider.

Auch die beiden wurden befördert und ausgezeichnet. Beide tragen nun ebenfalls das Panzerkampfabzeichen und das Eiserne Kreuz Zweiter Klasse am Waffenrock. Dem nunmehrigen Stabsgefreite Hans Klein wurde ob seiner erlittenen Verwundung ebenfalls das Verwundetenabzeichen in Schwarz verliehen.

Klein war es auch, der Breitfelder aufklärte, warum sie sich hier wiedergefunden haben ...

Die oberste Führung ist angeblich darauf bedacht, dass die Kräfte der 6. Armee nicht allzu sehr aufgeteilt werden. Die überlebenden Panzerbesatzungen sollen zusammenbleiben und den Kern neuer Einheiten bilden, da sie kampferfahren sind und ihr Gang durch die Stalingrader Hölle sie gestählt hat. Hier in Frankreich sollen sie nun auf die neuen Panzer VI Tiger geschult

werden. Dazu gehört auch ein Lehrgang im Henschel-Werk, um
den Panzer bis auf die letzte Schraube kennenzulernen.

Genau diesen Lehrgang absolviert Breitfelder nun. Er hat bereits am Fahrwerk mitgearbeitet, bei der Motoren- und Getrie-
bemontage und nun absolviert er eine Schicht in der Turmadjus-
tierung. Diese Maßnahme verschafft ihn zwar neue und interessante Einblicke in die Technik und Funktionsweise des Tigers,
aber nach einer beendeten Schicht spürt er auch die Wunden, die
Stalingrad hinterlassen hat. Er ist körperlicher noch immer nicht
wieder ganz auf der Höhe. Immerhin darf er nach dem Lehrgang
einen zweiwöchigen Heimaturlaub antreten …

Nach der Schicht werden die Soldaten mit Wehrmachtstrans-
portern zu ihren entsprechenden Kasernen gebracht. Breitfelder
ist zusammen mit einigen Kameraden, darunter auch Klein und
Schneider, in der Husaren-Kaserne in Kassel einquartiert.

21. Januar 1943

Nachmittags, Truppenübungsplatz Münsingen

Mladschi Unterofizer Nikolai Iwanowitsch Wolkow wirft sich
gerade hinter einer schneebedeckten Bodenwelle in Deckung. Er
nimmt seine sowjetische PPSh-41 schräg in Anschlag, damit das
große Trommelmagazin nicht stört, und feuert. Zwei T-34 und
ein T-26 jagen an ihm vorbei. Die Gleisketten wirbeln Unmengen
von Schnee und Matsch hoch. Er steht wieder auf und rennt in
sicherem Abstand hinter den Panzern her.

»Schnell, schnell. Hinter mir her!«, ruft er seinen Männern auf
Russisch zu. Auch diese springen auf und nehmen Wolkows
Verfolgung auf.

Die Panzerkampfwagen stoppen und feuern auf die gegnerischen Stellungen. Sie beharken die feindlichen Gräben mit ihren
Bordkanonen und auch mit den Bord-MG. Dadurch halten sie
die Feindsoldaten in Schach und zwingen sie in Deckung. Daher
ist die Gegenwehr kaum der Rede wert.

Die Panzerkampfwagen überrollen schließlich die Stellungen
und Wolkow bricht zusammen mit seinen Männern in das Gra-
bensystem ein. Kaum stehen sie in den Gräben, ertönt eine deut-

sche Kommandostimme: »Übung beendet! Alles sammelt vor dem Kommandostand.«

Wolkow und seine Männer sichern ihre Waffen und marschieren in loser Marschordnung zum Sammelpunkt. Vor dem Kommandostand stehen bereits einige deutsche und auch russische Offiziere in der Kälte. Sie sind mit dicken Mänteln mit Fellbesatz bekleidet.

Nikolai Wolkow lässt seine Gruppe vor den hohen Offizieren antreten. Neben seinen Männern stellen sich weitere Gruppen auf, die an der Übung beteiligt sind. Ihr Zugführer meldet vorschriftsmäßig.

Auch die Panzer werden abgestellt; die Panzersoldaten begeben sich zu den Offizieren. Deren Einheitsführer macht ebenfalls Meldung.

Es werden nun einige lobende Worte sowohl von den deutschen als auch von den russischen Offizieren an die russische Einheit gerichtet. Die Befehlshabenden, ein Podporutschik – also Unterleutnant – der Panzertruppe und ein Porutschik – was einem Leutnant entspricht – für den Schützenzug werden letztlich gebeten, kurz vor Ort zu bleiben. Der Rest der Einheit kann wegtreten und in die Kasernengebäude zurückkehren.

Der Unteroffizier der russischen Volksarmee, Wolkow, führt seine Männer durch den kalten Winternachmittag in Marschformation zum Kasernenkomplex. Die letzte Woche und die Tage bis heute waren für Wolkow sehr anstrengend und intensiv. Auch die Disziplin, die von den deutschen Ausbildern abverlangt wurde und immer noch wird, ist für ihn ungewohnt. Dennoch zeigen sich die deutschen Ausbilder bei aller Strenge auch fair. Natürlich herrscht auch in der Roten Armee Disziplin vor, doch das ist eine andere Art von Disziplin … eine, die auf Gewalt und Angst aufbaut. Wolkow gefällt das deutsche System besser.

Ein deutscher Ausbilder, der anscheinend sehr viel Spaß dabei verspürte, die russischen Freiwilligen zu drangsalieren, wurde nach zahlreichen Beschwerden der russischen Soldaten sogar abgelöst.

21. Januar 1943

Nachmittags, Region Rostow

Genau in dem Moment, als Unteroffizier Bauer die LaGG erkennt, drückt der sowjetische Flugzeugführer auch schon auf die Auslöseknöpfe für die beiden 12,7-cm-MG und die durch die Propellerwelle feuernde 23-mm-Kanone. Gleichzeitig stößt er von oben auf das Schlachtflugzeug herunter. Die Leuchtspurbahnen jagen teils an der Henschel vorbei, teils schlagen sie in das Leitwerk und die rechte Tragfläche ein.

»Jäger! Jäger!«, schreit Bauer verzweifelt.

Voigt und Bauerfeind sehen sich um und erkennen, wie sich die LaGG feuernd immer näher an die Maschine Bauers heranschiebt.

Die Geschosse zersägen das Leitwerk. Von der rechten Tragfläche fliegen Fetzen weg. Bauer zieht die beschädigte Maschine an, die nur noch schwerfällig gehorcht. Der rechte Motor knallt. Die Tourenzahl lässt rapide nach.

Die LaGG fegt über das Schlachtflugzeug hinweg und hetzt hinter den beiden anderen Jägern her. Diese wenden nun und setzen zum Angriff an.

»Motortreffer! Maschine hat keinen Steuerdruck mehr«, meldet Bauer.

Die Unteroffiziere Voigt und Bauerfeind lösen da gerade ihre Kanonen aus. Voigt trifft die heftig feuernde Flak, die sofort schweigt. Bauerfeind verfehlt einen davonjagenden T-34.

»Heinrich, Mühle herumreißen. Wir müssen Ludwig helfen!«

Die beiden scheren im Hagel der MG- und Flak-Geschosse nach rechts aus, ziehen an und wenden. Kurz darauf hängen sie hinter Bauer. Hinter ihnen rauschen die sowjetischen Jäger heran.

Aber noch befinden sie sich außer Schussweite.

»Wie sieht es bei dir aus, Ludwig?«

»Beschissen ist noch untertrieben!«

»Flieg stur auf Westkurs weiter. Vielleicht schaffst du es noch bis zu unseren Linien.«

»Die rechte Latte steht jetzt«, meldet Bauer wenige Augenblicke später und führt weiter aus: »Der linke Motor spuckt auch schon.«

Dann schweigt er.

Von Westen her nähern sich dunkle Punkte. Kurz darauf melden sich neue Schlachtflugzeuge der Gruppe über Funk an. Einige von ihnen attackieren bereits die Marschkolonne, die westlich von Leutnant Krüger positioniert ist. Innerhalb von wenigen Minuten setzen sie vier Panzer außer Gefecht. Auch dort rennen die Rotarmisten panikartig davon und versuchen irgendwo Deckung zu finden.

Voigt und Bauerfeind behalten die heranfliegenden roten Jäger genau im Auge. Die Feindflieger ziehen an und hängen jetzt hinter den beiden noch intakten deutschen Schlachtflugzeugen. Der dritte rote Jäger versucht, hinter die rauchende Henschel zu kommen.

»Maschine sackt ab!«, ruft Bauer über Funk, »Die Kabine füllt sich mit Rauch. Ich schaffe es nicht.«

»Du kannst nicht aussteigen, Ludwig!«, brüllt Voigt erregt.

»Die Russen kommen immer näher, Gerhard«, erwidert Bauerfeind zunehmend panisch.

Sekunden später reißen Voigt und Bauerfeind ihre Maschinen nach links respektive rechts herum. Die Geschossketten zischen ins Leere.

Bauer ist nun vollkommen ohne Deckung. Abwehrbewegungen kann er mit der schwer beschädigten Maschine nicht mehr ausführen.

Der dritte Russenjäger gibt der Henschel den Rest. Die rechte Tragfläche brennt. Eine Rauchfahne quillt aus dem linken Triebwerk. Es ist ein Wunder, dass die Maschine überhaupt noch fliegt. Die LAGG drehen nach rechts und rasen an Bauers 129 vorbei.

Voigt und Bauerfeind wenden, um wieder hinter ihren Kameraden zu kommen. Über Funk ruft Voigt nach eigener Jägerunterstützung.

Die Stimme des im Nachbarsektor angreifenden Staffelkapitäns ist zu hören. Er meldet, dass er Jäger bei sich habe und sofort zwei losschicken werde.

»Ehe die hier sind, bin ich im Eimer«, lässt Bauer wieder von sich hören, der allein ob der Panzerung seines Flugzeugs immer noch am Leben ist und bisher nicht einmal verwundet wurde.

Aus westlicher Richtung rasen zwei dunkle Punkte im Tiefflug heran.

»Jäger, Ludwig, Jäger!«, schreit Voigt mit sich überschlagender Stimme.

»Es ist aus, Gerhard. Die Kiste sackt ab. Ich muss notlanden.«

Unteroffizier Ludwig Bauers Maschine gleitet brennend nach unten. Als sie dicht über dem Boden schwebt, kurven Voigt und Bauerfeind in ihrer Nähe herum. Voigt blickt auf die Karte und merkt sich die Position.

»Melde mich ab! Grüßt mir die Kameraden!«, lauten Bauers letzte Worte im Funkkreis.

»Halt die Ohren steif, Ludwig. Ich kenne deine Position; wir holen dich raus«, gibt Voigt zurück.

Bauer erwidert nichts mehr. Er fliegt zu einer großen Senke dicht über dem Boden. Dann bekommt die Maschine Bodenberührung. Schnee spritzt zu den Seiten hoch. Das Flugzeug reißt eine lange Schneise ins kühle Weiß und kommt dann zum Stillstand.

Die beiden anderen Henschel-Piloten sehen noch, wie Bauer aus der Kabine herausklettert, sich von der qualmenden und brennenden Maschine entfernt und dann zu ihnen heraufwinkt.

21. Januar 1943

Nachmittags, nördlich von Mag

Paul Adomeit befindet sich nun schon seit einer halben Stunde im Graben auf Wache. Es weht ein eisiger Wind über die ebene Fläche, auf der zahlreiche ausgebrannte Panzerwracks der Typen KW-1, T-34 und auch A 22 Churchill stehen. Weiter im Hinterland sind auch Lastkraftwagen zu erahnen. Ein leichtes Schneegestöber kommt auf. Adomeit zieht sich den Kragen des Wehrmachtsmantels höher. Über den Mantel hat er noch eine weiße Wintertarnjacke gezogen. Seine Hände hat er in den Taschen vergraben, den Karabiner umgehängt.

Er versucht mit den müden Augen das dämmrig werdende Licht zu durchdringen. Trotz der Wattestiefel bekommt der junge Soldat langsam kalte Füße. Er tritt daher immer abwechselnd vom linken auf den rechten Fuß und umgekehrt, um wenigstens etwas Bewegung zu bekommen.

Die Sowjets haben sich den ganzen Tag über ruhig verhalten, doch das hat nichts zu heißen. Es besteht noch immer die Möglichkeit, dass sie die Abenddämmerung für einen Angriff nutzen.

Das Panzerregiment 203 der verstärkten Panzerbrigade 100 hat heute früh zusammen mit zwei Kompanien des Panzergrenadierbataillons einen Angriff auf den Durchbruchsschlauch in Richtung Schlüsselburg geführt. Doch stießen sie auf starken Widerstand. Die Sowjets haben den Durchbruchskorridor Richtung Leningrad bereits massiv mit Panzerabwehrkanonen, Maschinengewehrstellungen, Schützenlöchern und Artillerie befestigt. Das Panzerregiment hat 15 Panzer verloren, als sie auf die Pakfront stießen. Zwar konnten einige Panzerabwehrgeschütze vernichtet werden, doch es gelang nicht, eine Bresche in die gegnerischen Linien zu schlagen. Auch die Panzergrenadiere, die mit ihren Sd.Kfz 251 vorfuhren, haben Verluste erlitten. Letztendlich mussten sie sich wieder zurückziehen.

Seither ist alles still geblieben.

Adomeit zieht seinen Handschuh etwas nach unten und blickt auf die Uhr. Schon 45 Minuten lang vertrödelt er auf Wache die Zeit. Jeden Augenblick müsste die Ablösung kommen …

21. Januar 1943

Nachmittags, Lazarett in der Nähe von Rom

Sergente Danielo Tomasi, Caporalmaggiore Luigi Salva und Caporale Antonio Dio wurden von ihren deutschen Kameraden aus dem Schutthaufen, unter dem sie begraben lagen, befreit. So schnell es den Deutschen möglich war, hatten sie ihre italienischen Verbündeten zu einem Hauptverbandsplatz gebracht. Dort wurden sie versorgt und so weit stabilisiert, dass sie schließlich in ein Heimatlazarett verlegt werden konnten.

Nun befinden sich Dio, Salva und Tomasi im besagten Lazarett in der Nähe von Rom. Nach Auskunft der Ärzte haben alle drei das Schlimmste überstanden.

Gestern besuchte ein deutscher Offizier Tomasi. Er wollte ihn für eine italienische Legion unter deutschem Oberbefehl, mit deutscher Ausrüstung, deutschen Waffen und deutscher Verpflegung, jedoch unter italienischen Offizieren, anwerben. Tomasi musste nicht lange überlegen, um zuzustimmen. Mit seinen beiden Kameraden konnte er bisher noch nicht reden, um herauszufinden, ob auch sie dieses Angebot erhalten haben, und vor allem, ob sie es angenommen haben. Bald ergibt sich jedoch hoffentlich eine Möglichkeit dazu. Nachdem er den ganzen Morgen über Untersuchungen über sich ergehen ließ, blickt er nun einem freien Nachmittag entgegen.

Er nutzt die Zeit zunächst, um in Begleitung einer adretten Krankenschwester ein wenig spazieren zu gehen.

Das Gelände des Lazaretts ist sehr schön angelegt samt Park mit einem Teich. Später werden die Verwundeten auch Gelegenheit erhalten, Rom zu besuchen, doch dazu sind Tomasi, Dio und Salva noch nicht in der Lage. Bisher haben sich die drei stets am kleinen Teich im Park getroffen.

So auch heute.

Schon aus einiger Entfernung winken Dio und Salva ihrem Kameraden Tomasi zu. Dios linkes Bein liegt in Gips, genauso wie sein linker Arm. Salva sitzt in einem Rollstuhl, der von einer Krankenschwester geschoben wird. Seine Beine sind mit schweren Prellungen übersät, zudem ziert ein Kopfverband sein Antlitz. Tomasi selbst hat das größte Glück gehabt. Er hat sich nur einen Arm gebrochen, der nun in einer Schlinge ruht, und trägt einen Verband am Oberschenkel wegen einer tiefen Schnittwunde.

»Hallo, Kameraden«, begrüßt er seine beiden Kampfgefährten auf Italienisch. Die Männer erwidern lächelnd den Gruß. Doch selbst im Lächeln beherrscht eine gewisse Ernsthaftigkeit ihre Gesichter – Nachwirkungen von der Ostfront und von Rostow.

»Kameraden, ich bekam gestern Besuch von einem deutschen Oberst und einem Colonnello. Sie teilten mir mit, dass die Wehrmacht eine italienische Legion aufbauen will und dafür in den italienischen Streitkräften Freiwillige gesucht werden.«

Dio ist der Erste, der antwortet. Er streckt seinen Rücken durch, stöhnt kurz auf uns sagt: »Ja, bei mir waren sie auch. Sie meinten, wir stehen dann zwar unter deutschem Befehl und deutschem Recht, aber wir sollen von italienischen Offizieren befehligt werden.«

»Ja, die Herrschaften waren auch bei mir, haben bestimmt 15 Minuten auf mich eingeredet«, erklärt Salva.

Sergente Danielo Tomasi nickt verstehend. »Ihr wisst, wie der Zustand unserer Armee ist. Ihr habt gesehen, wie wir an der Ostfront aufgerieben wurden ... dass unsere italienischen Waffen größtenteils nutzlos gegen die Kommunisten sind – wenn wir überhaupt welche haben ...«

Salva lacht kurz auf. »Bei mir musst du keine Überzeugungsarbeit leisten, Danielo. Ich werde mich melden – zumindest, sobald ich wieder wehrfähig bin.«

Auch Dio muss grinsen. »Na, ich werde euch zwei Ciccinos bestimmt nicht ohne meine fürsorgliche Aufsicht auf die Deutschen loslassen!«

Tomasi taxiert seinen Kameraden Antonio Dio verwundert.

Dieser winkt lachend ab: »Na, du hast dich doch bestimmt auch gemeldet, oder nicht, Danielo? Du musstest doch wohl kaum lange darüber nachdenken! Hast bestimmt gleich eingeschlagen.«

Nun muss auch Tomasi auflachen. »Ja, ich bin auch dabei. Eine Nacht darüber schlafen musste ich aber trotzdem ...«

Die drei Italiener verweilen noch eine Weile im Park bei dem Teich; allmählich wird es ihnen jedoch zu frisch. Die hilfsbereiten Krankenschwestern geleiten sie wieder zurück ins Gebäude. Die Italiener hängen schweigend ihren Gedanken nach und überlegen, was die Zukunft wohl noch für sie bereithalten wird ...

Hermann Weinhauer arbeitet bereits an Band 3 ...

Ihre Zufriedenheit ist unser Ziel!

Liebe Leser, liebe Leserinnen,

hat Ihnen unser Buch gefallen? Haben Sie Anmerkungen für uns? Kritik? Bitte zögern Sie nicht, uns zu schreiben. Wir werden jede Nachricht persönlich lesen und beantworten.

Schreiben Sie uns: info@ek2-publishing.com

Wussten Sie schon, dass Sie uns dabei unterstützen können, deutsche Militärliteratur sichtbarer zu machen? Bitte nehmen Sie sich einen Moment Zeit und bewerten Sie dieses Buch auf Amazon. Viele positive Rezensionen führen dazu, dass das Buch mehr Menschen angezeigt wird.

Sie können somit mit wenigen Minuten Zeitaufwand unserem kleinen Familienunternehmen einen großen Gefallen tun. Vielen Dank für Ihre Unterstützung!

PS: In seltenen Fällen kommt ein Buch beschädigt beim Kunden an. Bitte zögern Sie in diesem Fall nicht, uns zu kontaktieren. Selbstverständlich ersetzen wir Ihnen das Buch kostenlos.

Die neue Serie »Landser im Weltkrieg«

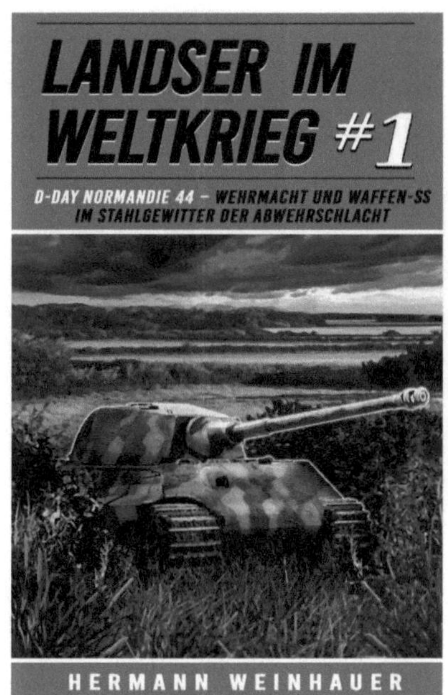

Entdecken Sie spannende Bücher von EK-2 Militär

Link: https://lmy.de/UhusrGAX

Eine Veröffentlichung der EK-2 Publishing GmbH

Friedensstraße 12
47228 Duisburg
Registergericht: Duisburg
Handelsregisternummer: HRB 30321
Geschäftsführerin: Monika Münstermann

E-Mail: info@ek2-publishing.com
Website: www.ek2-publishing.com

Cover/Umschlag: Kayla Pelgrim
Autor: Hermann Weinhauer
Lektorat & Buchsatz: Jill Marc Münstermann

1. Auflage, Juni 2023
ISBN Taschenbuch: 978-3-96403-281-2
ISBN Hardcover: 978-3-96403-282-9

Druckhinweis:
Libri Plureos GmbH
Friedensallee 273
22763 Hamburg